LOCUS

LOCUS

LOCUS

LOCUS

RECREATION

R086
大典

作者：王力雄
編輯：徐明惠
封面設計：Yu Lin
出版者：大塊文化出版股份有限公司
台北市10550南京東路四段25號11樓
www.locuspublishing.com

讀者服務專線：0800-006689
TEL：(02) 87123898　FAX：(02) 87123897
郵撥帳號：18955675　戶名：大塊文化出版股份有限公司
法律顧問：董安丹律師、顧慕堯律師

總經銷：大和書報圖書股份有限公司
新北市新莊區五工五路2號
TEL：(02) 89902588　FAX：(02) 22901658

初版一刷：2017年12月
定價：350
ISBN：978-986-213-845-8

大
THE CEREMONY
典

王力雄
WANG LIXIONG

目次

鞋聯網

1

元旦傍晚，紛紛撒撒的細小雪花在籠罩北京的重霾中飛舞。世界好似變成一團混沌。李博把女兒送去岳父母那過夜，回家第一件事是洗手。這是妻子伊好立下的規矩，洗手前不許接觸任何東西。遵循醫護人員的六步法，每個手指、包括指甲縫都洗到，再用紫外線燈照射烘乾。從確定女兒對流感病毒有特殊敏感後，這規矩已實行數年，成了全家的本能。搞得李博若是沒洗手便會覺得手上戴著一層病毒手套，用北京話說——硌應。

元旦本是法定假日，今年不一樣，公務員全被要求上班。伊好是北京市疾控中心總防疫師，不但白天要去，晚上也得在單位值班。李博是國家安全委員會信息中心的系統師，技術人員比有官職的鬆一些，單位同意他白天在家陪孩子，晚上值夜班。

剛滿四十歲的李博身高一米八一，是那種怎麼也不會胖的體型，如果姿態挺拔，衣著講究，應該能夠挺有範。但是長年坐著用鍵盤使他習慣含胸駝背，看上去比實際身高矮一截。離開老家二十多年，要不是伊好給他選的義大利眼鏡提點氣，總體還看得出鄉村出身的影子。只上過初中的父親後來說過，給他取名「博」是錯把「搏鬥」的「搏」當成了「博」，取意窮人家的孩子得靠拚搏出頭。後來發現「博」也沒錯，甚至可以當成預言——李博從鄉村一路讀書到北京，讀出了奈米材料學和資訊工程學雙博士。

為了防止女兒感染病毒，伊好不讓家裡用拖鞋。拖鞋會藏污納垢，不如隨時可洗的襪子乾淨。這深合李博意，但沒說出他的贊同除了因為乾淨還有一個祕密。除了項目運行人員，李博相信知道這祕密的人不超過兩位數——近年出廠的國產鞋，包括拖鞋和正規渠道進口的外國鞋，都被加上了SID。因此每雙鞋，不，是每隻鞋，都可以被混在手機網絡中的射頻辨識和追蹤。

這個系統被稱作鞋聯網，照理說沒有多新鮮，不過是炒作了幾十年的物聯網用在鞋上。物聯網認為給物品加上射頻識別標籤，能在管理、計劃、資源配置等方面廣為應用，前途無限。但首先搞出的鞋聯網卻不是為了那些用途，而是當做國家安全機密。李博從項目初創就是技術骨幹，已經搞了好幾年，沒向伊好透露過一個字。

李博在其中負責SID。那是一種特殊的奈米材料，在鞋的任何部位形成閉環，就能自發形成可被遠程激活的射頻識別標籤，是鞋聯網的基礎。芸芸眾生不在意，李博心裡卻清楚，有SID的鞋相當於貼身告密者，隨時發送主人的信息，除了所在位置和逗留時間，還能看出移動線路，坐車還是走路，跟誰在一起……即使人在家，只要穿拖鞋，怎麼活動，在哪個房間待多久，用多長時間在馬桶上憋大便，夫妻一塊睡還是分房睡……鞋聯網都能掌握。鞋聯網自動地終日跟蹤每雙鞋的SID，實時記錄所有的數據存檔，需要時便可以調出進行追查，人等於處於全天候監控中。

以李博的技術權限，讓自己和家人的鞋不被鞋聯網追蹤很簡單，但那豈不是自找麻煩？自己監視他人也一定有他人監視自己，私下做手腳會被認為有不可告人的祕密，惹出更多麻煩。他因此什麼都不做，就像跟自己沒關係。至少伊好不讓在家裡穿拖鞋，鞋聯網只能看到脫下的鞋在門口，家裡的活動是空白。

不到四點，霾更濃重，窗外光線已似入夜。調試鞋聯網期間他常上夜班，鞋聯網算法按以往記錄會推斷他在家睡覺。李博遵照女兒叮囑撒了魚食。女兒一直希望有隻大狗，再不濟也有隻小貓，但是她對病毒的脆弱，令伊好堅決不允許。為了安慰女兒，給她養了這缸金魚。玻璃牆似的魚缸橫在客廳與起居室間，水底燈照亮，空氣循環泵日夜不停地送出上行水泡。十數隻金魚養了幾年，都像是上了歲數，總是不慌不忙，只有撒進魚食時稍顯活力。

李博有時私下猜想，是不是伊好以往在實驗室遭到過病毒入侵，雖然她自己沒事，卻影響了女兒的基因？女兒從出生就受病毒困擾，特別容易感冒發熱，打了多種疫苗，做了形形色色治療，長期用藥使藥效衰減，每次再被病毒感染就更難治好。現在，別的孩子無大礙的普通感冒對女兒都可能有致命威脅。這成了全家噩夢，生活的很多內容都圍繞著防範女兒傳染流感。連岳丈二老也時刻向伊好瞭解流感趨勢，快成了業餘專家。

流感年年都有，這次來得早。廣東一入冬就出現流感蔓延的苗頭。多數人對此不知道也不在意，伊好卻非常清楚。她的工作就是觀測病毒傳播演變，預測疫情，向決策部門預警及制定防控方案。岳丈二老退休前是中國駐捷克使館的工作人員，捷克經濟困難時，在布拉格郊區便宜地買了一棟鄉間別墅，每年春天去住幾個月。今年他們決定過了春節就帶外孫女去布拉格，一是身邊需要有個開心果，更主要的是讓外孫女躲流感。

藉著魚缸的斑駁光亮，李博從壁櫃底部摸出麻繩纏繞的布包。是雙老布鞋，上大學離家前姥姥給做的。厚厚鞋底被手搓麻線納得密密。每個線腳都使勁勒到深處，不會與地面直接相磨。當時他已經知道不會再穿這種鞋，要不是念著姥姥的心意早扔了。二十多年跟著他搬來搬去，一直當累贅，直到有了鞋聯網，發現還有用。

他總共沒用過幾次，僅為平衡不喜歡被窺探的心理不值得磨損姥姥的鞋。姥姥去世後這鞋成了絕版。從鄉村學生娃變成城市中年男，布鞋仍然合腳。把手機設成自動應答，不管是伊好還是單位的人，聽到「正在睡覺，請留言」都會認為他在為夜班補眠。把留了言的手機放在家裡，就成了他的掩護。

從衣櫃深處挑件平日不太穿的中式襖，戴上口罩——霧霾讓口罩成為文明人的標配，再戴一頂老式護耳帽，圍上圍巾。避開電梯監控步行下樓。平時仔細觀察小區的攝像頭，已經琢磨出一條盲區線路。數以萬計的攝像頭在北京組成被稱為「天眼」的網絡，包括每輛計程車、公交車上都有。好在冬天人可以包成這樣，拍下也不會被認出。

街對面樓頂的大屏幕正在播放主席元旦零點慰問街頭警隊的新聞。這一年是中共建黨的大慶年，七月一日將在北京舉行規模空前的慶典，半年後將在北京舉辦世界博覽會，被官方媒體稱做「雙大典」。因此今年被當局定為「大典年」，元旦是全國動員的起步日。從政治局常委到國家級高官，再到全國各級黨書記和政府首長傾巢出動，電視新聞全被他們的表演占滿。主席是中國共產黨的主席，也是國家主席和軍委主席，黨政軍最高領袖一肩挑，因此舉國皆以主席稱呼之。

李博只對畫面中顯現形狀的奈米罩有興趣。那個半徑五米的罩隨著主席移動，平時完全看不到，透明且無阻隔。但是在重度霧霾中因為把霧霾隔離在罩外，全景鏡頭中就能看到一個內部清澈的半球罩著主席。一般觀眾可能不注意，李博這樣的專家卻能看得出。媒體讚揚主席不戴口罩與百姓同樣吸霾，其實奈米罩的隔霾效果遠超口罩。

路過星巴克，李博更改了手機的MAC地址，連上裡面的Wi-Fi。星巴克的Wi-Fi信號不錯，撥出去的網絡電話相當清晰。

「我就到。」

「快點吧！綠妹等急了，哈哈哈……」

2

李博其實沒什麼了不得的祕密，費這周折不是搞間諜，也沒想做大案，只是去見一個鞋老闆。監控系統的成員受監控是被明告的，一般只是用機器監控加算法分析。但是所謂的算法很操蛋，根本搞不清它會從看似無關的各種監控結果中算出什麼。一旦被算法認為有異常，便有人工介入調查。發現有任何破綻，人工監控就會成為常態。那時被監控對象一無所知，命運卻已堪憂。

李博要見的鞋老闆顧名思義是做鞋的。自從推行鞋聯網，為了保證市場上的鞋都能加上SID標籤，高層通過各級政府以打假為名取締不易監管的小鞋廠，同時給大鞋廠優惠政策擠垮其他廠家。迄今國內只剩二十三家製鞋廠，皆為超大規模。鞋老闆的富有程度堪比當年的煤老闆。李博見的是其中之一。見到跟著引位小姐進來的李博，那位鞋老闆放下正在打的電話。

「哈哈，大專家，看你設計的模式有多麻煩！」鞋老闆南方江湖式的大嗓門在包間裡嗡嗡回響。在他面前的茶几上，數個貼著名籤的手機排成一排。「我來一次北京得帶這麼多……一、二、三、四、五、六……六部手機！還不算平時我自己用的。真是折騰死我啦！哈哈哈！」

鞋老闆是福建莆田人，四十多歲，短粗精壯，寸頭下飽滿的臉膛油亮光滑，靈活眼光透著商人的精明。李博下意識地用手指推推眼鏡，試圖撫平總是蓬亂的頭髮。他平時就木訥，遇到打趣更不善應對。他教給鞋老闆的方式是先用日常手機發個例行問候，把「身體健康」寫成「貴體健康」，李博便會用每次都更改MAC地址的網絡電話給鞋老闆事先準備的匿名手機打過去。監控系統對不上號，便不會發現兩人約見面。否則鞋聯網的技術人員跟鞋老闆見面，一定會被算法當做需要進一步調查的線索。

在鞋老闆眼裡，李博那點兒事毛都算不上，如此謹慎純屬小題大做。但是這種方法可以用來與官員聯絡。反腐運動搞得官場人人膽小如鼠，跟老闆吃頓飯也會說不清，所以皆迴避。而用李博方法讓官員相信能避開監控，可以放心接受鞋老闆的招待。有在一起吃飯喝酒的機會才能帶出其他可能。當別的競爭者都無法約上官員時，鞋老闆的競爭力就會無形中提高。

和鞋老闆說話時李博心不在焉，心思都在鞋老闆身旁的綠妹。綠妹二十出頭，嬌小玲瓏，有著現今女孩羨慕的尖下巴小臉，濃密黑髮在腦後紮成馬尾，只是凡是她費心打扮之處，都讓李博覺得失去了原本最可愛的純樸，心裡暗暗祈求她別再打扮。

「綠妹活潑勁兒哪去了？怎麼見到大哥就害羞了？」鞋老闆伸出短粗手指挑起綠妹下巴，把她的臉扭向李博。「趕快給大哥笑一個！」

一陣咳嗽讓綠妹臉上泛紅，她笑著伸手捂嘴，讓李博憐愛。

「是不是感冒了？」李博遞給綠妹紙巾，用紙巾盒碰開鞋老闆的手。

鞋老闆誇張地做出收手動作，會意地壞笑。他的眼睛好似沒看李博帶來的紙袋，遞給他時立刻抱拳致謝，早知道裡面是什麼，等的就是這個。

「你們先去玩。」鞋老闆舉手招呼服務生。這個叫「水晶宮」的地方提供餐飲洗浴住宿一條龍消費，是鞋老闆在北京的落腳點。一男一女兩個服務生進來領李博和綠妹去「洗澡」。鞋老闆看李博帶來的材料，約定吃飯時再聊。「把大哥伺候好啊！」鞋老闆吩咐綠妹，故意做了個色相，雖是開玩笑，卻讓李博生厭。

來了幾次，李博沒有服務生指引還是搞不清流程——換浴衣，鎖櫃子，戴鑰匙，不同的毛巾和拖鞋，消毒，淋浴，泡盆，浴液，按摩油，吹風，棉籤。女部那邊的綠妹更會不知所措，想到她被女服務生輕蔑的尷尬，李博只想盡快走完程序，早點和她在一起。

法律不許給浴室安裝攝像頭，一次性浴衣也無法暗藏設備，所以反腐運動開展以來，以前的開房就變成了洗澡。男女分開進入男部和女部洗浴區，既是事前洗乾淨，也被看做很正常，訣竅是在男部和女部之間增加了「中部」。男服務生在伺候李博的過程中，隨時通過耳麥與女服務生協調節奏。當只穿半長浴衣的李博被領著通過一條狹窄通道進入「中部」時，同樣穿浴衣的綠妹已先從女部通道引來等在那。服務生很知道該讓誰等誰。

「中部」四米長三米寬，六面皆是桑拿板，極潔淨。沒有任何家具和設備，看上去便是無處藏東西。男女服務生熟練地展開一套帷幔，向李博展示正反面。枕頭和乳膠墊也當著李博揉捏一遍。那是讓客人放心沒有記錄設備藏於其中的固定程序。掛起帷幔，乳膠墊鋪上乾淨床單後，男女服務生各從來路退出。走前提醒看到由頂部掛鉤控制的帷幔搖動時，不必著急，男走男道，女走女道，各自進入男女浴室，和其他顧客混在一起，一切都會自然而然。其實這種浴室能開設，必定打點好了各方，什麼都不會發生。程序只為客人踏實。

心理安全感現在是這種生意興亡的關鍵。只要一個小小視頻上了網，官員幾十年的鑽營和投入就都打了水漂，跟淫亂幾小時甚至只是射精一瞬的快樂太不成比例。色情消費一落千丈，逼迫商家首先得讓客人確信安全。「中部」這種與奢華全然相反的簡約空間，掛上帷幔，不厭其煩地展示，都是為了這個目的。一旦有什麼事，即便是脫得光光，幾步就能各歸男女洗浴區，鑽進按摩浴池或桑拿浴房。即使警察進到裡面，帷幔落地如同待洗臥具，變成了工作通道和儲藏空間。這種夾在男女浴室間的「中部」有多個，別看小，價錢是樓上五星級客房的好幾倍。

而對李博來說，最讓他放鬆的是這種地方沒有鞋。一進入帷幔，他便把綠妹緊抱得雙腳離地……

3

綠妹是李博的叫法。她是妓女，不過不是通常的妓女。福建貧窮山區的農家沒有多少掙錢手段，隨著城市人自駕旅遊的發展，興起把自家辦成接待城裡人休假的「農家樂」。有些城市男人除了想吃農家飯，也願意換口味睡睡農家女。陪睡一次的錢比吃住加起來還多，又不用付額外成本，綠妹媽一直做這個生意。當年過四十，願意為她付錢的男人日漸減少，農家樂的客源也受影響，綠妹媽便開始讓綠妹接班。不過主要是當招牌，不是什麼人都能睡的，除非出的錢讓綠妹媽看得上，否則還是睡她媽撤火吧。

去年做新奈米材料的批量生產檢驗，選中了鞋老闆的企業為試點。李博作為技術主管來來去去差不多兩個月。鞋老闆的企業因為這個實驗而提前接觸新材料，恰好趕上國安委為推廣鞋聯網的撥款，鞋老闆的企業便被列為重點生產基地，到手了一大筆扶持基金。雖然主要是時機巧合，鞋老闆卻當成李博所賜，把李博的人脈等級序列一下提到最前列，指望李博以後還能帶來好處。

李博拒絕了鞋老闆送的小提箱，只是從箱蓋縫隙看到滿滿的百元現鈔，估摸頂他好幾年工資。他不是沒動心，是怕出事。這輩子還沒人給過他賄賂。對他個人和家庭生活，現有收入夠用了，別為貪圖更多雞飛蛋打。但是對鞋老闆，不接受賄賂的人是指不上的，怎麼也得想法把李博拉下水。只是李博實在太無趣，酒喝不了幾口，撲克麻將從不摸，嫖更是談虎變色，一聽就兩手亂擺，人往後退，好像要被強姦一樣。每天除了睡覺七小時，午睡半小時，三頓飯各用十分鐘，其他時間就像一個長在電腦前的木頭椿子，一直找不到突破口。

直到花開季節，實驗快結束，鞋老闆建議去山裡鄉村轉轉，吃點農家飯，李博才顯出有興趣。本來要親自陪的鞋老闆臨時脫不了身，交給心腹司機小梁，指示務必玩好吃好。開著老闆賓士車的小梁一路大談山裡的環保綠妹子，說得一副要流口水的樣子——天然麗質，新鮮出爐，嬌羞可人，絕對不擔心有病，關鍵部位盡保天然，無需戴套……直到李博打斷他的話頭，表示想安靜地看風景。

第一次見綠妹，李博根本沒想到跟小梁說的環保綠妹子有什麼關係。看上去就是一個純樸的農村女孩，喚起李博內心的鄉情，頓生好感。綠妹忙前忙後，擔水燒火，幫她媽做飯。李博在村後山林裡散步閒坐，懷念家鄉和童年，心曠神怡。晚飯時他被小梁連灌了兩杯茅台酒。那是出發前鞋老闆交給小梁的，叮囑無論如何要讓李博喝點。「酒能助興！」一語雙關。李博後來回想也許說的是「助性」。兩杯落肚，酒興起來，李博雙眼就沒離開綠妹身影。小梁及時阻止了李博難得一見地想要開懷暢飲，說老闆只讓他喝嗨，不讓他喝醉。「要是你喝到人事不省，老闆可要罵死我。」

李博被安排在後院一座獨立小竹樓。涼爽山風從四面竹隙穿過。白色蚊帳掛在軟墊上方，睡在裡面如飄浮雲間。蚊帳輕搖。蟲鳴蛙叫使山野更顯寂靜，花香混在清甜空氣中。李博很久沒有過這種放鬆，一切都感覺美好，似乎看到少年時代的自己和綠妹並肩坐在山腰，俯瞰山下層層梯田……直到聽見竹梯輕微響動，有人小心翼翼扶梯而上。只有綠妹有那麼輕盈的身材。要是平時，要是別人，李博肯定會緊張，本能的反應是逃離，但是今天不想逃，只是裝做在夢中，該發生什麼就讓它發生，自然而然。夢中人什麼反應都可以用夢解釋。何況兩小杯茅台真正恰到好處，讓他興奮而不緊張，全身鬆弛又不麻痺。

李博微微睜眼，透進竹樓縫隙的月光不足以看清臉龐，但襯出綠妹赤裸的軀體無聲地鑽進蚊帳。李博腹部只蓋著毛巾被一角，其他部位一絲不掛。綠妹跪在他身旁，有一會兒沒動作也沒聲息。如果李博真在夢中，下身不會有反應。那卻不是他能控制的，暴露出裝睡，本該尷尬，又讓他驚喜，同時擔心會不會倏忽而去，或是逐步委頓，如同跟妻子在一起時那樣。然而在感受到綠妹手指觸碰時，擔心完全消失，那指尖的輕觸讓他整個人都膨脹起來。

李博仍然沒動，是不是裝睡已無所謂，他沉浸在對那膨脹反應的體會中。快感如涼風拂體，全身微顫。他的意念隨緣妹指尖的虛輕滑動從一端到另一端……那種若即若離似是想，又似怕，以往他那裡可從未被女人想和怕過啊。

用女人二字是過於寬泛了，以往他有過的女人只是伊好。他讀博士讀到三十二歲還未談過戀愛，直到被中間人介紹給伊好。兩人都是沒多考慮就接受，隨即結婚，像是趕緊辦完一件不得不辦的事。對李博，伊好是柏林大學博士，北京市疾控中心的業務尖子，雖比自己大三歲，看上去卻年輕得多，一米七的身高，並非美人那種漂亮，更顯教養和優雅。李博得到這樣的妻子在誰看都是攀上了高枝。伊好則是被父母搞煩了。為了讓父母不再操心她的婚事，能夠安心過晚年，自己也免得天天聽嘮叨，找個過得去的就完事了。李博是高考狀元，名校博士，又是國家核心機關的處級待遇。按社會通常標準算能配上對了。伊好父母其他方面都挺西化，唯獨在女兒婚事上中國式的庸俗一點不少，要不是眼看伊好跨入「剩女」行列，絕不會同意她嫁給李博。

從跟伊好最初接觸，自慚形穢就始終伴隨李博。在被介紹人撮合時，他的真實願望是希望伊好回絕。那雖會有點難堪，卻會使他輕鬆，沒想到伊好同意了。人們都認為是他的福氣。他沒有不接受的理由，甚至沒有不慶幸的理由，只能隨波逐流糊里糊塗地往下走。他明白伊好並非真喜歡他，她太強了，自己就是完整世界。對她那樣的女人，有沒有男人並不重要。因此當她需要有個男人讓她完成任務，那男人是否被喜歡也就無所謂了。

清醒和理智都是後知後覺。當初如果誰說李博怕伊好，他是不會承認的。即使現在他也不會說怕，頂多說有壓力。但是往往被人戲稱為老二的陰莖卻比誰都明白，而且最直接。從新婚之夜，老二對伊好就是縮頭縮腦，蔫兒了吧唧，偶爾充硬也就那麼一小會兒，很快退縮。雖然形式上也算完成任務，但沒有激情和歡愉，更多的是緊張和沮喪。如果那時伊好能伸手幫他一下，哪怕只是輕聲說句沒關係，狀況也許都會改觀，他們後面的生活就會不同。可她只是躺著那裡被動承受，沒有動作，無聲無息。雖有黑暗遮蔽，也會讓人感受她那清醒旁觀的目光，輕蔑地投射在他那奮力掙扎的臉上。而懦弱的老二只是想早早收場，沒戰幾個回合就洩了，收縮成一團黏糊糊的棉花。完事後伊好便轉身背對。當他想說點什麼時，回答只有「睡吧」兩個字，聽不出任何色彩，讓李博想到女領導宣布會議結束。

以後老二對伊好的懼怕日益嚴重，即使正在昂首挺胸，想到伊好也會立刻低頭。他們之間還是有過一些半成半不成的夫妻事，每次都勉強短促，尷尬居多。伊好對此隻字不提，成也好敗也好，似乎都是李博的事，跟她無關。李博則是不好不做，做也不好，每次做後都增加一分壓力，多出一分自卑。夫妻事日益成為他的恐懼。兩人白天似乎一切正常，到該上床時尷尬就會無言浮現，緊張就泛上李博心頭。然而外人的眼睛是看不到夫妻床的，婚後一個月伊好就被確定懷孕，聽到消息的人會心微笑，潛台詞是把李博的老二視為神器。

懷孕提供了一個說得過去的理由，讓他們無需再繼續夫妻間的儀式。伊好先提出分房要求，理由是懷孕需要安靜和衛生。李博如釋重負地表示體諒。至今他們分房已經八年，女兒也已七歲。分開的房卻沒有再合過，二人也再未碰這個話題。

對老二的表現，李博已經當成現實接受，不再苛求。它能正常地擔負排泄功能，也完成了生殖功能，應該算夠格。至於性享樂，那不是必需的，沒有也能活。不過話雖這麼說，每當李博想到這輩子將與性無緣，心裡還是會有塌了一塊的空落感。那麼多文學作品、影視場面都把性當成人生第一事，似乎沒有性就是白活。平時聽到「不是男人」或「太監」之類罵人話時，雖跟自己沒半毛錢關係，心裡也會不自在。李博試過深夜進伊好的房間，可是原本有模有樣的老二在推開房門的一刻就會垂頭喪氣，充溢的荷爾蒙散到九霄雲外，神經通道如在瞬時關閉閘門，無論怎麼尋找感覺也無法打通。他只能收住腳步，輕輕退出，心裡忐忑著伊好是否察覺，會怎麼想？但是黑暗中的伊好從無反應。

而此刻的感受是那樣放鬆，沒有阻礙，沒有焦慮，也沒有激情，是一片寧靜空白。老二一直挺立，既不需要促發，也不需要輸入，只如最原始的狀態就是那樣。襯映著從竹樓縫隙流進的月光，看到綠妹的梨形乳房和挺立的乳頭。青蛙在不遠的水塘合唱。綠妹輕騎到他身上，李博體驗著被一個溫潤領地進入，自上而下，緩慢卻無停頓，一直到盡頭，那整個過程都在平靜中，沒有激盪，沒有忘形，李博發生了一種奇特的分離，靈魂似乎離開肉體，在一旁冷靜觀察，而肉體因為靈魂離開，更能從容地體驗。這讓他第一次感受到性是如此妙不可言，體會到性的變化層次和無窮深入。直到最後他把綠妹肉體輕輕攬住，兩人四肢交纏，融為一體，最後一刻的爆發像是從黑暗中彈射到金星四射的太空，然後沒有邊際地擴散開來，而他一直保持靈魂的冷靜去品味和享受每一秒鐘的過程。但他在臨睡時對懷裡綠妹說的話讓他對自己感到驚訝，他是用正式宣布的語氣說出：「你是我的第一個女人！」好在綠妹那時已經朦朧，只是不經意地「嗯」了一聲。

第二天返回福州的路上，小梁興高采烈，一路隨著搖滾樂的節奏在方向盤上扭動。老闆布置的任務圓滿完成。昨夜他在綠妹媽身上折騰時，一直伸著耳朵聽竹樓方向的聲音，直到傳出李博的快意決堤，他才在綠妹媽身上一洩如注，安心睡覺。鞋老闆要求這次無論如何要搞定李博，因此小梁付給綠妹媽的錢比鞋老闆來時還高了一倍。

在鞋老闆和小梁眼中，綠妹和她媽都是妓女，做什麼和怎麼做只是錢多少的問題，但是李博卻無論如何不能把綠妹當妓女，而是視為改變了他的生命價值、讓他終於確立自我的基石。

當鞋老闆想進一步擴大戰果帶李博嘗試其他妓女時，不管是一夜上萬元的高級妓女，還是其他農家樂的環保綠妹子，李博一概拒絕。他只要求鞋老闆給綠妹媽一筆錢，條件是以後不讓綠妹再陪其他男人。鞋老闆是為通過李博繼續得好處，巴不得李博有所求，自然一口答應，且主動許諾只要他到北京就帶綠妹一塊來，費用全包。精明的鞋老闆看得出，對李博這種迂腐呆瓜，只要把綠妹握在手裡，會要什麼給什麼。

李博之所以與鞋老闆接頭搞得神神祕祕，是因為在工廠做實驗跟鞋老闆來往是工作，回到北京再接觸，被算法發現監控就會升級。雖然把男女關係當罪名主要是針對官員，技術人員一般放過，然而綠妹的性不是白來的，只是花錢沒經他手而已，何況還需要回報，他給鞋老闆的紙袋裡是鞋聯網下一步要推廣的製鞋材料。雖然算不上多祕密，很快會作為國家標準公布，然而商場上的先機能提前幾天便可能具有決定性。

4

跟綠妹在一起，總覺得時間太短，李博卻不得不跟著按點來領他的服務生回包間。鞋老闆正在看美國之音中文電視的中國政局對話。除了涉外賓館客房，中國其他地方禁播外國電視。水晶宮有客房但不是賓館，提供國外電視是打擦邊球吸引顧客的服務之一。電視中四位嘉賓分別在做最後陳述。鞋老闆顯然關注這個話題，只對李博擺了擺手，眼不離電視。其中的三位嘉賓相互雖有分歧，總體都認為中國社會危機重重，內外交困，共產黨政權離垮台不遠。只有一位年輕些的作家認為沒那麼簡單，無論從歷史還是從現實看，專制都不是必然走向自由民主，正義也不見得一定戰勝邪惡，實際上反面的例證更多。隨著技術進化，今天的統治技能更比過去強大許多，反對力量越發不是對手。中共統治達到專制權力的頂峰，很可能還會長久存在下去。

李博乾坐一旁，懊惱來早了，不如跟綠妹去她房間多坐會兒。然而要靠鞋老闆每次帶綠妹來北京，不好失禮，晚飯得談他帶來的資料。看得到鞋老闆在攤開的資料上做了不少標記。李博給的只是製鞋材料的技術信息，從未透露鞋聯網。鞋老闆一直搞不懂李博到底在做什麼，也不明白國安委信息中心為何管製鞋材料？一涉及這個話題李博便語焉不詳，處處搪塞，好在鞋老闆關注的是掙錢，並不深究。

人可以不用手機，卻不能不穿鞋。僅從這一點，鞋聯網也比手機更便於監控。只是鞋不能像手機卡那樣搞實名。人人好幾雙、幾十雙甚至上百雙，隨時更換。十四億中國人的上百億雙鞋如何一一對得上主人？這是鞋聯網的主要難題。不過有大數據系統，歸根結柢是個數據處理的施工過程。刷卡或網購買鞋的買主是清楚的，與其戶口信息相連，根據買的是男鞋女鞋或童鞋就對得上是家裡哪個穿。只要一雙鞋被確定，從鞋碼上就能把穿鞋者的其他鞋都確定。這看似繁瑣，但查找和匹配都是由電腦進行，得到結果只是需要多少算力和時間的問題。

人常穿的鞋一般兩三年就更新，因此多數人在鞋聯網試運行的這幾年都換成了有SID標籤的鞋，於是便進入了鞋聯網的監控。在地攤用現金買的鞋確定不了買主無所謂。那都是底層人，鞋聯網能通過鞋判斷性別、年齡段，從統計角度瞭解流動趨勢、人口分布就夠了。需要精確監控的主要是城市人，尤其是精英階層。其中高檔鞋最受重視，穿者不是富人就是官員。進口鞋過海關時，也會被祕密印上無痕奈米環作為SID標籤，照樣被鞋聯網監控。

鞋老闆對電視裡的作家發言頻頻點頭，對其他嘉賓表示不屑。但是他把李博冷落一旁，全神貫注，說明不屑只是因為聽到的和他想聽的不一致。「那兩爺爺一奶奶都有六、七十了吧！幾十年進不了國門，中國不出點事就等於白跑出去空耗一輩子。只有中國一塌糊塗他們心裡才舒服。我看他們必定連骨頭都回不來。」

「哪兒的黃土不埋人。」李博對討論政治從來沒興趣，加上知道議論政治有風險，能不說就不說成了習慣，說也是應付。

「他們哪甘心啊？」鞋老闆也非真熱中政治，只因為政治牽扯經濟，歸根結柢影響到他的錢包。「問題是他們有那本事嗎？沒錯，共產黨是從幾十人起家，可那時到處有空鑽，什麼都能長。老毛有井岡山可上，還有延安可躲，現在的國家半點縫沒有，露芽就鏟平！就像你李工跟農村小妹睡個覺都得費那麼大勁躲躲藏藏，當年的共產黨放到今天來照樣啥都搞不成！」

李博當然知道，僅一個貨幣電子化就讓多買兩把菜刀都會被算法歸為異常。不過他無意附和鞋老闆，什麼都沒說。吃飯時鞋老闆意猶未盡，繼續高談闊論。

「就算那幾個老傢伙說的全國平均每天三百多起群體鬧事，三百個防暴隊不就夠了！每個防暴隊五百人，配二十架直升機，只要敢開槍就行！一桿槍輕鬆打得散一萬烏合之眾，鬧事就不會擴大。三百個防暴隊不才十五萬人，共產黨可是有二百萬軍隊，一百萬武警再加六百萬警察呢！」鞋老闆上的學不多，卻特別善於數字。

「所以說共產黨萬歲嘛。」李博回了一句挑不出毛病的話。聽得出鞋老闆這麼說是自我打氣。他罵的兩爺爺一奶奶畢竟都是資深學者，論證頭頭是道，數據充分扎實，讓鞋老闆展望前景不免擔心。他是把自己的命運和共產黨綁在一起。黨要垮了，就得玉石俱焚。

「萬歲不用想，地球在不在還不知道呢。反正我這輩子看不到變天，別說那些老傢伙了。」鞋老闆指指關掉的電視屏幕，好像嘉賓們還在那兒。他似乎被自己說安心了，仰脖乾掉杯中酒，喉頭骨碌，長舒一口氣。鞋老闆不知道，李博卻非常清楚，在鞋聯網的監控對象中，鞋老闆的級別相當高。每天一舉一動都留下詳細檔案。李博眼下負責的「性鞋距」項目，記錄與鞋老闆上床的女性已經過百。每個女性的個人信息都從大數據系統梳理出來，形成詳細檔案。

5

跟鞋老闆說完新製鞋材料，李博回家換上鞋聯網能認的鞋，帶上監控系統能跟蹤的手機，開車去到辦公室。因為性關係大都在夜裡發生，實時觀察「性鞋距」比事後看存檔有激發感，李博有時會自行安排上夜班，無需與他人配合，時間靈活。

測量鞋距是由李博負責的一個鞋聯網應用項目。因為人的每隻鞋都有SID，便能隨時精確測量兩腳距離，得知人的形體姿態，以及鞋是否穿在腳上；再通過測量與他人鞋的距離，判斷與他人的空間關係和相互姿態，生出鞋聯網監控的一個特殊內容——性關係。

現在官員搞男女關係都精了，會把手機電池取出，或放進冰箱屏蔽。打電話都說暗語，就算聽到點曖昧，也不能確定是否發生性關係。手機定位誤差常達數米，看到兩個手機相互接近，哪怕誤差只兩米，也沒法確定人家是在同一房間。何況只要沒有真監聽到嘿咻聲，人家即使在同一房間，也可能是在一塊抄黨章呢。而鞋距的測量誤差是三釐米。當男鞋和女鞋挨那麼近時，除了擁抱很難想像別的姿勢吧。若是同一人的鞋距過寬，或腳位不正常——如兩個鞋尖方向相反，如果不是瑜伽師，就可以斷定鞋沒穿在腳上。當同房間的男鞋和女鞋都不在腳上時，你說那是在幹什麼，還需要偵察科長分析嗎？何況還有大數據系統，比如男鞋女鞋隔兩米遠，鞋尖方向相反，鞋距也正常，是什麼情況拿不準。這時調出酒店房間布局圖同比例疊加，顯出兩雙鞋之間是大床，兩雙鞋距離不變且不動不會是背對背站在大床兩側練功或反省吧？除了各在一邊脫鞋上了床，還有別的什麼可能？這種可以當做確鑿證據的鞋距，在鞋聯網術語中叫做「性鞋距」。

查這事兒無聊嗎？黨可不這麼看。這是反腐的重要內容。腐敗幾乎沒有不和性連在一起的，也往往會在性問題上暴露出來。中國政治從來對性關係高度關注，那是最容易打垮對方的抹黑手段和要挾籌碼。因此性鞋距項目由國安委辦公室主任親自領導。即使在鞋聯網系統內部，知道這個項目的人也沒幾個。

鞋聯網沒日沒夜地測量和記錄所有鞋距，篩選出性鞋距，把婚姻關係去掉，所有婚外性關係詳盡存檔——時間、地點、參與人數、進行時長……對監控名單上的人會擴展調查，追查性對象的身分和歷史，包括以往與其他人的性關係，挖掘更多可以做文章的內容，再交給做決定的人考慮如何利用。

測鞋距是從李博負責研究的SID和奈米材料派生的。奈米是毫米的百萬分之一，奈米層次有很多宏觀世界沒有的特性，因此奈米科技——尤其是奈米材料——成為二十世紀末以來的全球熱點。李博的突破是將形成SID的材料加入奈米機器人。那種機器人如分子大小，卻具備執行程序的功能，形成SID智能性，能開發出各種功能。例如讓鞋成為全面感知人類身體狀況的監測器，那是李博希望的研究方向，為的是造福人類，而非窺測兩性關係。但他是國家公務員，小小螺絲釘，上面需要性鞋距，他就得一直窺淫，感興趣的研究只能另外擠時間做。

今天本無需要夜班做的事，尤其伊好也值夜班，李博完全有理由不來辦公室。但他主動上夜班，目的正是為了確認跟伊好有關的一次性鞋距。北京作為雙大典舉辦地，早在元旦前就進入了緊張狀態。伊好已經連續一個月每周輪一夜值班。就在上次她值夜班的第二天，李博一到辦公室，就看到鞋聯網給他的一條私人提示，顯示伊好夜裡出現了性鞋距。李博從未在性方面懷疑過伊好，婚後日子每天都像鐘錶一般準確和規律。上班以外，除了孩子和家務，他們各搞各的研究，每天都覺得時間不夠用。社交活動偶爾有，幾乎都是一家人參加。他在鞋聯網系統上設置對妻子和女兒的監控，只是為了她們的安全，萬一發生什麼問題可以及早知道和追蹤。因此當李博看到伊好的性鞋距，第一反應是不信。會不會是伊好的鞋被別人穿了？細想又沒道理，現在不是缺少潮鞋的年代，閨蜜之間需要借鞋穿。伊好那天穿的鞋中規中矩，雖是西班牙進口，時尚程度還不如很多國產鞋。

李博回放那個性鞋距。顯示是前晚二十二點十九分，在市疾控中心的領導值班室，一雙男鞋在分開的兩隻女鞋中間。男女鞋尖朝一個方向。性鞋距按人體結構判斷，這種鞋距必然使男人性器與女人臀部貼合。兩雙鞋的小範圍移動，與性交動作與頻率吻合。過程持續三十七分鐘，隨後男鞋離開。那天李博上班前，伊好回家沒打照面就進了衛生間，比平時洗澡時間長很多，到李博離家也沒出來，只是隔著門跟要去學校的女兒打了個招呼，嗓音有點嘶啞。李博本來不會在意，是性鞋距提示讓他感覺跟往常不一樣。而調出以前伊好上夜班的鞋聯網檔案，皆無異常。那時伊好在夜班回家後，都是跟他和女兒一塊吃了早飯才去洗澡。

查看男鞋主人，是國安委系統的一個下級官員，叫劉剛，三十二歲，比伊好小十一歲，新疆出生的漢人，現在戶口和人事關係還在新疆，來北京前是喀什公安局國保支隊長，一年前借調到國安委特派局北京特派組任處級特派員，一米七四身高，體重七十一公斤。立過一次二等功，兩次三等功，在新疆和暴徒近身搏鬥受過刀傷，也親手擊斃過恐怖分子。看他照片，平頭，濃眉大眼，臉龐光潔，是街頭地鐵常見的那種大眾相，但眼神兇悍，嘴角傲慢，典型的警察氣質，完全不該是伊好喜歡的類型。伊好會有婚外性關係已是難以置信，至少也該是和她同一層次的人，不是現在同事，就是過去同學。這個安全官員跟伊好從未有過交集，年齡差別也決定了不可能有歷史交往。李博追溯鞋聯網檔案，此人的鞋二十天前才有出入疾控中心的軌跡，跟伊好的鞋軌跡有過交點，不是在會議室就是在辦公室，其間有他人不時進出，不可能有公事之外的其他行為，怎麼突然就能和伊好毫無鋪墊地有了性關係？

李博想了不少，卻沒做任何表現。他不能確定，也無法相信，只有繼續觀察。伊好跟往常沒什麼兩樣，只是仔細看會覺得她心裡有事，有時發呆，有時臉紅。跡象都很微小，不用刺探眼光不會注意。但會不會正是因為用了刺探眼光，反而無中生有呢？無法確定和證實的揣測實在太費心，對李博變成一種折磨，得不到確認始終不能安定，不管結果是什麼也得確認。

今天伊好值班是可以確認的機會。李博第一次應用「鞋麥」。那是遠程操縱SID中的奈米機器人形成麥克風功能，可聽到對象端的聲音。他沒跟任何人講過這個私下開發的技術。跟過去費盡周折把麥克安裝到對象身邊的竊聽比，每雙鞋都能成為一座雙聲道監聽站，公安和安全部門若知道一定會大喜。但是李博寧可不要立功得賞。一個鞋聯網已經讓人時刻提心吊膽，再有鞋麥該怎麼活？不過現在要想確認鞋是不是在伊好的腳上，從鞋麥聽最直接。

搭建鞋麥用不了太長時間，就傳來了聲音。從一聲輕咳聽得出是伊好，鞋聯網顯示值班室只她一人。鞋顯然沒有借給他人。從鞋聯網看劉剛的鞋軌跡，開車停進疾控中心停車場，步行走進辦公樓，上電梯，再走向值班室……李博的神經隨那個鞋軌跡的進程不斷繃緊。他害怕接下去可能聽到的。當劉剛的鞋到了值班室門口，從伊好的鞋麥聽見敲門聲。伊好沒回答，對方也不等回答，門把手轉動的聲音，門開了。兩人什麼都不說。要不是有鞋的摩擦聲，李博會以為鞋麥失效。他把顯示鞋軌跡的比例放大，清楚地展示鞋距。男鞋在門前停了一會兒，女鞋不動，像是僵持，不但沒有互訴衷腸，連打招呼都沒有。李博事先設想過伊好與劉剛可能的各種談話，包括婚外戀常見的傾訴婚姻無趣，為越軌找理由等都沒有。只聽到沉默之後，關門聲，咔嗒的鎖門聲，男鞋走近女鞋。

隨後是擁抱、拉扯、脫衣、親吻、喘息聲。聽上去雙方的動作幅度都不小。鞋麥傳來桌腿被推撞移動的刺耳聲音。隨即女鞋分別墜落，鞋麥震動，女鞋靜止，但鞋麥仍能傳回聲音。伊好發出的一聲壓抑而窒息的輕細喊叫，儘管看不到，也能聽出她被進入了。那叫喊中充滿極度的渴望、刺激與過癮。李博似乎看得到女人躺在辦公桌上，男人站在女人兩腿中間那種經典的畫面，如同電影鏡頭。伊好的形象清晰，皮膚細白閃亮，三角區陰毛如黑色絲花，蕩婦般享受。男人的形體則完全模糊，如同一個被打上馬賽克的幽靈。

那過程對李博似乎是沒完沒了——竟會那麼長！快感人聲都是伊好發出，男人則完全靜默，似乎只是冷靜動作，一邊專注觀察。伊好越來越無顧忌，被不斷上升的快感帶入忘我境地，從壓抑的呻吟變成放縱叫喊，直到說出讓李博如雷轟頂的淫言浪語。難道那是伊好嗎？但的確是她的聲音。她平時的高貴和矜持哪去了？那種拒人千里的正經絲毫不見，下流話放肆地流出，那麼自然，似乎與生俱來，絲毫不遜淫蕩的妓女！

李博知道伊好並非完全性冷漠。他曾通過沒關嚴的門縫偷看到伊好自慰。那情景讓他衝動，成為他後來手淫時的經常幻想。伊好有性欲，想到這一點能激發他的性欲。他願意想像伊好淫蕩的樣子，可是怎麼也想不到真實的伊好會淫蕩如此。原來認為她不會單純為了性找男人，現在看她跟這個劉剛只能是因為性。不管劉剛在別的方面怎麼配不上，至少在性方面比李博強太多。

在伊好口中吐出的下流話中，最刺激李博的是不停迸出的「硬」字。她對男人的最高讚美似乎都聚合在一個「硬」上，充滿著對硬的貪婪渴求和無比享用。她要硬的侵入，硬的蹂躪，硬的征服……

「真硬啊！……使勁硬！……快一點，快一點！快啊！……啊，我要上天了！……讓我上天，上天啊！！……怎麼不動了？……快給我，給我！……」

伊好的聲音從極度享受急轉直落，變成備受折磨。從性鞋距屏幕看，男鞋離開了原來位置。

「別走！別走啊！求你啦！快給我！……」伊好苦苦哀求。

聽到紙聲，不是用於擦拭的軟紙，是文件紙。接著李博第一次聽到劉剛聲音，雖力圖溫柔，仍能聽出警察特有的冷靜和冷漠。

「等一下，會給妳的。妳先簽個名。」

「簽什麼名啊？這種時候簽什麼名！別鬧啦！……快給我！快來啊！快啊……啊！」

男人又進入了。硬的抽動使伊好又一次直奔臨界點，在快要靈犀透頂前，男人又離開了。

「趕快簽吧，簽了就讓妳痛快！」

「實在受不了啦！先讓我到……太難受啦，難受得不行啊！……」

「來，來，這是筆，手一動就行了。然後就送妳上天堂！」

「好……好……」

「拿穩了，手別抖，別走形……」

紙的聲音。筆尖畫在紙上。紙被收起。

「……快來……快來……」

「好了，就來。」男人的冷靜音調未變，其中有了達到目的後的滿意和放鬆，隨之不再是前面的冷眼旁觀，一邊進入，一邊淫褻起來。「真是騷貨啊，這就給妳！給妳硬的！……告訴我，妳老公不給妳硬的嗎……」

「他，他……」

李博猛地關閉聲音。他從一周前發現性鞋距，到今天赤裸裸地證實，心裡沒有通常男人遇到這種事該有的憤怒，也許正是因為他給不了妻子性的享受，沒有了憤怒的資格。即使如此，他也不會願意妻子在讚美別的男人硬時說自己怎麼軟……不聽了！已經得到確認，還有什麼可聽？想想那個簽名吧。劉剛要的是什麼簽名？為什麼要簽名？怎麼會在這種狀態下簽？她的簽名是被操控、甚至應該說是被強迫的。她知道簽的是什麼嗎？聽上去完全不知道……這個劉剛到底要幹什麼？

至少在財產方面，伊好簽不了。她對家裡經濟不聞不問。房子、存款、汽車、保險……都在李博名下，只有李博簽名才有用。跟女兒有關的手續也是李博簽名。對這些可以放心。除此還有什麼要伊好簽名？李博實在想不出。難道是像浮士德那樣出賣靈魂給魔鬼？儘管伊好此時正在跟另外的男人搞得不可開交，李博還是惦念她的安全。結婚八年，兩人雖然隔著一層難言之隱，還是覺得融合成了一體。平平安安和和氣氣的日子一天天過下去，眼看孩子一天天長大。家庭的其他方面都算圓滿，兩人也有了感情，或者說相互習慣和依賴了。每次伊好出門李博都會叮囑開車小心，她晚點回家就會擔心出事。沒有性似乎算不了太大的事，可以當做一種生活方式。那麼多高僧大德都是自願選擇無性生活，說明無性一定有可取之處。這些是李博以前想的，自己也從中得到平衡。現在卻突然知道了伊好對性並非像她表現得那樣無所謂，而是有如此的激情和索求，這給了李博重重一擊，讓他不能不正視沒有性正是他們關係的致命處。

劉剛的性能力讓李博無地自容。把所有複雜的拋在一邊，關鍵就在一個字——「硬」。伊好要劉剛的是硬，李博無法給伊好的也是硬。再怎麼覺得劉剛檔次低，一個硬就比你什麼都強，硬就是男人！雖然有了綠妹讓李博知道自己並非不能硬，只是對伊好不能。可伊好偏偏是他妻子！跟其他人不硬也罷，為什麼偏偏是跟妻子不能硬？往後還有幾十年和妻子一起過的日子，難道能像以往那樣一直把頭埋在沙裡？不知道也就罷了，這往後每天看到妻子都會聽到她對硬的渴求呼喊，卻是清楚地知道自己無法給她。

能不能改變？或是求醫求藥能治好？李博沒有信心。以往他自己也想過各種辦法，看過心理醫生，都不見效。關鍵是他已經不敢再對伊好有性的表示，那會使他倆都覺得怪怪的，陷入不自在，把事情弄得更糟。這種障礙已成為二人間的高牆，不可克服。尤其是這回知道了劉剛的硬，以後更會想到伊好對軟的失望與輕蔑，有這種負擔怎麼還能指望硬得起來？只能更加軟、軟、軟……李博此刻真切地感到一種絕望。他是否能在這種絕望中跟伊好共處幾十年？原本以為只要全心全意地服務家庭可以彌補，事實證明彌補不了。想到這甚至讓他覺得活著了無意思。奮鬥幾十年所做的一切和得到的一切都支撐不起他的人生。是不是只能放棄一切，到綠妹的山村去過餘生？

如果跟魔鬼簽約能讓他對伊好硬起來，像劉剛那樣把伊好幹到欲罷不能的高潮，發出剛剛聽到的那種歡愉叫喊，他想也許他會簽。

夢造儀

1

路過天安門，劉剛把車停在長安街南側正對毛澤東像的位置。那裡只有警車可以停。劉剛的車是普通牌照，跟大街上那些不准停留的民用車看上去一樣，但左右的警車和站崗武警無人干涉。他車上安裝的芯片會被自動識別，警察都知道國安委特派局的車不受任何限制。

劉剛只是喜歡享受特權，能停車在這裡欣賞天安門的燈光，全中國不會有幾個人。他點燃煙，把背風車窗降下一條空隙。伊好的體溫似乎猶在。車內音響放著維吾爾輕音樂。他討厭維吾爾人，卻喜歡聽維吾爾音樂，讓他想起新疆浩瀚的大漠、清涼綠洲、烤饢和羊肉串。

除了在北京上了四年公安大學，劉剛從小在中國最西端的喀什長大，畢業後又回到喀什，自認為是地道新疆人。有學歷又有第一線行動力，連破大案，他的提升速度比同輩警察快了很多。不過人太能幹難說一定是好事。國安委派給喀什公安局的借調特派員名額落到了他頭上，看似從邊遠小地一步邁入中央機構，然而在喀什他能呼風喚雨，在北京只是最小的兵，任人指使。這「高升」明擺著是因為副局長到了退休年限，空出的位子沒人比他更有資格坐，把他弄到北京，其他競爭者就去掉了最大的對手。

國安委全稱是中國共產黨中央國家安全委員會，本屬政黨機構，但在黨政一體的中國體制中，所有能裝進「國家安全」筐裡的國家機構——軍隊、武警、公安、司法、情報、外交、外宣等，都在它的管轄下。這個機構的實質是要由中共——進一步的實質是由中共主席——掌握國家的全部強力。主席親自任國安委主席。國務院總理和全國人大常委會主任擔任的副主席只是掛名，一切皆由主席說了算。

只是國安委自身沒有執行機構，容易被架空。下面機構接受命令時唯唯諾諾，具體執行則根據自己需要，不管結果怎樣都有理由辯解，信息不對稱的國安委無可奈何。為了解決這個問題，國安委建立了一個自身的執行機構——特派局。特派局在各省和各部委設有特派組，一方面作為國安委高層的專門情報來源，避免被下面的信息篩選蒙蔽誤導。一方面可以直接指揮特派局執行行動甚至抓人，形成行動力和威懾力。

特派局大部分人員從地方機構借調，不轉關係，不帶工資，時間定期，結束回原單位。這樣可以繞開財政、編制等麻煩，規模可大可小，方便靈活。另一個好處是保持新鮮血液流動，防止特派局自身怠惰和腐化。借調人員大都想表現，比較有幹勁。對優異者，借調結束後，國安委會要求原單位提拔使用，表現最好的則會留在國安委，相當於一步登天，有類似科舉制的激勵效果。不過很多人也會白耽誤，沒遇到立功機會，借調期一事無成，回原單位的發展也因為中斷而一趟車落下，後面趟趟車趕不上。

劉剛現在就處於這種尷尬。他被分到北京特派組，本想在天子腳下嶄露頭角。他來自反恐第一線，應該在真刀真槍的領域顯身手，沒想到分配他做的竟是衛生系統特派員。真鬱悶！那是娘們兒和娘娘腔小男人的地方，頂多發生小市民的醫鬧，有什麼恐可反！轉眼兩年借調期過去了一年，除了收集點動態，寫寫報告，沒有其他事幹。相比他習慣的爆炸、暗殺那類大案，在北京簡直悶到要發瘋。

劉剛瞭解官場，即使是為打破官僚主義成立的機構也會首先關注本位利益。機構初建時為了爭取更多的權力和資金，不僅致力發現問題，還會有意誇大問題，以突出機構作用，得到上方進一步扶持。當發展到常規狀態，權力和資金不再有擴大空間，機構就會重複官僚機構的老路，不再把發現問題放在第一位，而把自身利益放在第一位，開始利用權力做交易。從特派局的本位角度，發現下面機構掩蓋問題時，是去揭露對自身有利，還是幫助下面掩蓋對自身有利呢？既已成為常設機構，揭露問題是上方認為應盡的職責，不再需要獎勵，而幫忙掩蓋會被下面感激，回報以實實在在的好處。那些已在特派局中坐穩了位置的人會怎麼選擇呢？

劉剛被分到北京特派組，本是因為他跟北京沒有任何瓜葛，有助於獨立發現問題和無忌諱地揭露。但是北京特派組的組長卻不按照這種思路用他。組長職位是特派局的「鐵飯碗」。北京組組長原是東北某公安廳廳長，接近退休，不會再升職，因此只想為退休生活做好安排。他進特派局時，只有他和老伴的戶口可以進北京，成年兒女不行。他要把兒子和女兒兩家人調進北京，未來照顧自己晚年，只有靠北京市政府解決。所以組長便有意把從外地借調來的有野心、不安分的年輕人錯位安置，就是為了讓他們少找麻煩。發現地方政府和官員有什麼問題，都得交由組長掌握，成為組長與北京官員交易的籌碼。

在劉剛借調滿一周年那天，獨自喝了一夜悶酒讓他終於想明白——這個組長的目的就是要讓他白混兩年灰溜溜地打道回府，再打報告也不會讓他做擅長的反恐或政保，因此像以往那樣被動等待無異自暴自棄，必須自己掌握命運！他出身底層，沒有拚爹背景，靠的只是能幹。如果能幹無法施展，什麼前途都不會有。既然無法換到擅長領域，就得在沒人的沙漠上想法挖出人屎來！不能再執著原來的思維定勢，必須把不擅長變成擅長。危機到處都有，衛生領域不是淨土，雖不如反恐那麼直接，覆蓋範圍卻廣得多，關係每家每戶所有國民，問題只在於能不能發現和突顯其中的危機。

所謂突顯，說穿了就是引起上面注意。自己發現的危機能被上面注意到，自己的能幹就被同時注意到。在官僚集團聯手粉飾太平的大環境下，突顯的機會不會自然到來，只能主動挖掘甚至創造。不主動出擊，永遠不會有突顯可能！

想清楚這一點，便如同服了一劑解藥，讓劉剛從消沉中振作起來。他的工作狀態和精神面貌煥然一新，每天從早到晚跑那些原本根本不願去的衛生部門、醫院、康復機構；關注醫患衝突事件，明察暗訪，參加不同會議，看相關文件，時刻琢磨各種可能——到底什麼會是衛生領域能被突顯的問題呢？醫療費用昂貴，一病致貧，醫患衝突，醫保超支……類似問題多多，都不會引起高層真正關心。社會上對此類問題的討論連篇累牘，哪個都是積重難返，又暫時不危及眼下。只要尚能得過且過，當權者都不會費心，在這些方面著手費力卻不討好。

思路必須歸結到根本，到底什麼是衛生領域的功能，說一千道一萬不就是為了對付疾病嗎？因此根本問題在疾病。疾病有很多種，多數照樣不被高層關心。人都是這樣，病沒到自己身上就與己無關。唯一讓所有人怕的是傳染病。能震動國家高層人物的，只有稱得上瘟疫的大規模傳染病。有什麼比瘟疫對一個國家的威脅更大？即使戰爭也分前線和後方，不會同時危及所有人。瘟疫卻沒有誰可以保證自己逃得過。尤其是那種帶有未知性、缺乏以往應對經驗和有效手段的瘟疫，帶來的恐慌就更大。

國安委早在進入大典年之前就把確保大典當做核心工作，若是大典年發生瘟疫，先不說大規模死亡帶來衝擊，僅按防疫法律也得取消所有公眾活動，大典不能舉行，已經花出去的上千億資金白廢，且會被不安好心的人說成對黨的天譴；隨後的世博會如果再受影響，將在世界面前丟多大的臉！

想清楚這些，劉剛就找到了方向——瘟疫。瘟疫具備引起上方重視的所有條件，比恐怖主義、政治反對有更大威脅。那些都有很多人在應對，反而誰都看不上的衛生領域正可以讓他另闢蹊徑。瘟疫就是他要尋找的！這個把手能打開通向核心的門，讓自己後面的人生提升而不是沉淪。因此他必須找到瘟疫。哪怕沒有也要製造出來！至於瘟疫實際有沒有，劉剛並不擔心。寧左勿右是幾代人總結的官場真理。左即使錯了，立場是對的，用心是好的，錯也可以原諒。製造出瘟疫，最後沒發生，不正是提前防疫的功勞嗎！誰能說防疫是錯的呢？

劉剛不是讀書人，卻善於學習，尤其是有了明確目標需要立竿見影時，他會很努力。他立刻開始鑽研與瘟疫有關的知識，讀防疫方面的書，瞭解歷史上的瘟疫。這種學習當然成不了專家，他只需要達到能給高層說事的科普水平。重要的是找到一個現實切入點，他為此去參加與防疫有關的所有會議和活動。沒人知道他是誰，他總是坐在後排默默地聽，直到一個月前聽到伊好的發言。

2

往年元旦彩燈亮到夜裡十二點，大典之年要營造不夜天的氛圍，彩燈要一直亮到第二天升國旗。劉剛到北京這麼久了，習慣的仍然是新疆時間。北京已是車稀人少的十二點半，對差了兩小時的新疆時間，才是夜生活開始。看到新疆國保楊副總隊長的助手在微信朋友圈發了「加完班去喝酒」，劉剛不禁懷念起新疆的日子。那兒的國保不受反腐影響，反恐維穩是第一位，吃喝玩樂都可以放在工作需要的範疇，也被允許在社交媒體談論，化妝對外身分。

劉剛給楊副總隊長發了條私人微信。

「謝楊哥！成功！神器！」加上三個作揖。

可能正好碰上楊哥去喝酒的空閒，一個壞笑表情當即返回。

劉剛給楊哥回了個碰杯表情，寫了句：「還得用一段，才能鞏固！」

返回的仍是一個壞笑表情。劉剛知道那是表達應允了，於是又回三個作揖，外加一個色表情。

「神器」在副駕座上。一個有斜挎背帶的低調黑帆布袋，像男人平時裝手機和錢包的小提包。那是他上周末專程飛烏魯木齊跟楊哥借的。當他在酒桌上提出請求時，楊哥泛出的就是壞笑。「是不是在北京憋得難受了？」楊哥雖是上級，跟劉剛更像哥們兒。

劉剛長歎一口氣。「處了個女朋友，什麼都好，就是性冷淡。咱這年齡還不到不把這當回事的時候，楊哥你說是不？這不能算小事。在一起過一輩子，不解決太影響夫妻生活的質量。我也是實在沒招了，才想試試夢造儀能不能調理……」

「別說人家性冷淡，說不定是你小子功夫不行吧，哈哈哈……」

拿性話題開過幾句玩笑，楊哥回到說正事的態度。「自打夢造儀被上頭命令收回，全部登記封存，管得緊啊。」

夢造儀是這些年轟轟烈烈的「夢工程」造出的諸多產品之一。毛時代結束使中國落入意識形態空白。鄧用全民逐利凝聚社會，到了無法繼續做大蛋糕、社會分化和利益衝突激化時，問題暴露出來。單靠警察和監獄統治成本太高，需要說服人們接受現實，提出一個讓利益對立的各階層都接受的意識形態，便換成了怎麼解釋都行，能讓所有人各取所需的「中國夢」。當專制機器圍繞一個虛幻的夢轉動起來並被要求形成實際成果時，各級官員紛紛開展「夢工程」，一定產生奇特的怪胎。夢造儀便是其中一個。和宣傳部門的夢工程是以假亂真、教育部門的夢工程是系統洗腦、文化部門的夢工程是娛樂麻醉都不一樣，公安部門的夢工程講求直截了當的實效，來自於以前對改造罪犯的研究——例如通過對頭腦手術去掉人的暴力傾向，或是通過藥物平息人的狂躁，還有在審訊過程中的精神控制技術等。現代科技給控制人的精神提供了諸多可能，公安系統的造夢是通過把人的否定性思維轉換成肯定性思維，使其消除仇恨，厭惡暴力，追求快樂，樂於服從。不也是一種夢嗎？如果人人都有這種夢，何愁社會不穩定，公安系統又能省多少事！

夢造儀就是在這種思路下研發的。通過改變人的腦電波改變人的行為。只要在一定距離內向對象發送特定的電脈衝，改變對象腦電波的頻率，或是從激動亢奮的β波變成安靜冥想的α波，或是從抑鬱憤懣的θ波變成麻醉昏睡的δ波，便能讓行暴者失去鬥志，讓狂躁者變得安靜。應付日漸增多的群體性事件，這種技術能有很大幫助。公安部頌揚「中國夢」高屋建瓴指明方向，使他們豁然開朗，把原本分散於不同項目的腦波技術整合於統一的框架，為社會穩定找到了根本和可靠的保障。這種認識深得高層領導賞識，國家「夢工程」資金為製造第一批夢造儀撥了鉅款。

第一批夢造儀給了新疆國保總隊做實用檢驗，是因為新疆民族問題越演越烈，暴力事件頻發，急需獲得新手段支持。新疆警方起初寄予很大期望，若能讓射頻穩定對準群聚鬧事領頭者的頭部，幾分鐘就會使對象進入白日夢，脫離正在發生的行為。失去核心的群體易於分治，或至少阻止鬧事繼續升級。然而試用中發現問題，如對象來回移動，置身人群又總是被其他人體遮擋，夢造儀很難穩定瞄準對象頭部數分鐘。距離的影響也很大，不能足夠靠近對象，作用便會大打折扣。不得不讓便衣帶著夢造儀混進鬧事人群，盡可能貼近對象，擴大射頻覆蓋面積。那的確提高了夢造儀功效，卻產生了一個連設計者都沒有想到的效果——對象會被激發強烈的性亢奮，達到無法自制的程度，甚至癲狂失控，當場侵犯身旁異性等。這對瓦解鬧事有幫助，領頭者立刻遭人厭棄甚至被群毆。但也有可能讓震驚的人群更加暴烈，更加極端。這使夢造儀效果無法確切把握，每次都要做兩手準備，增加人力物力和工作量。現場指揮者寧願不用夢造儀，按傳統程序處理反而容易把握。

夢造儀的意外特性被開發出另一種用途——從性方面對人操縱和控制，用於破壞名聲，製造治安或刑事犯罪，得以拘押判刑或進行要挾。試驗表明尤其對女性有效，射頻照射十分鐘內，女人便會進入性欲難遏狀態。無論平時多矜持，哪怕是冷若冰霜，都不例外。且越是清高的女性，事後羞愧心越強，越容易被控制。

自從發現這種特性，夢造儀便成了國保大隊長們的寶。表面上夢造儀與槍和手銬一樣是嚴管的執法工具，私下卻被用於肆意獵色。搞女人變得既方便又有把握，一搞一個準。採取主動，女人斷不會拒絕，故意不主動，女人會投懷送抱。國保大隊長們個個熱中使用夢造儀。尤其是有另類口味的——喜歡搞處女的，願意讓良家女變下賤的，樂於性虐待的……平時不易滿足，有了夢造儀隨時能得到。一些老淫棍願意讓女人處於高潮邊緣遲遲不到，說那種狀態的女人最下賤，讓幹什麼幹什麼，是最有快感的虐待。有人給夢造儀加上可自動控制的繼電器，女人快到高潮時自動關掉射頻，女人稍微冷卻又恢復，這樣斷開再恢復再斷開……讓女人長時間處在高潮臨界不能釋放，被折磨得死去活來，淫棍視為玩女人的極致。等夢造儀被收繳時，超過三分之一都被裝了繼電器。

初期大隊長們還比較謹慎，一直沒出事。也許是太有把握了，謹慎逐漸放鬆。碰上喜歡搞的女人就搞多次，有的甚至和搞上的女人成了相好。為了讓女人重溫強烈快感而再度使用夢造儀，女人因此就知道自己當初為何會變成花痴。逐漸的外面開始有了流言，這就有危險了。當局原本對大隊長們用夢造儀幹這事兒睜一眼閉一眼，讓下面人賣力幹活總要給好處，不妨當做無需成本的福利，然而絕對不會允許洩漏出去。這當口又發生了一個事故。夢造儀有一種「遺忘功能」，可以將對象的記憶按時間抹掉。本是為處置最難搞的對象，抓或殺容易激化衝突，不如抹除記憶。一個大隊長的相好女人一門心思要結婚，威脅不答應就要說出夢造儀真相。那大隊長情急下給女人用了遺忘功能，本想只讓她忘掉相好時段的記憶，結果操作有誤造成遺忘了大半人生，變成了智障，好不容易才掩蓋下來。當局意識到必須杜絕類似危險，一道嚴令，夢造儀全部收繳封存。

夢造儀一直歸楊哥管。劉剛相信他有辦法。

「楊哥，管得再緊還不是在你的手下。」

「這你知道，一入庫封存，一套程序就啟動了。幾頭扯著，我管也得按程序才通得過。你這種事找不出說法，拿不上枱面啊。」

「這事是拿不上枱面，我連醫生都不好意思找，只能找楊哥幫忙。這可是關係到我一生的幸福，大哥無論如何幫我這個忙。」

楊哥沉吟一會，他是爽快人，人緣好，一般能幫的忙都會幫。何況劉剛借調國安委，說不定哪一下能通天，這個忙也值得幫。

「這樣吧，總隊留了兩台當備用，我借給你一台，就說你在國安委有需要，具體幹什麼我不知道——中央的事我怎麼敢問啊。要辦正式借用的手續，一切責任你負，好不好？」

劉剛顯出深受感動。「楊哥，要是在古代，我得給你跪下感謝。現在這時代我不知道該怎麼表達。受我一拜吧！」劉剛起身對楊哥鞠了一躬。

「坐下，坐下！小子你是在北京學的禮兒嗎？」楊哥表現得不以為然，實際上挺受用。

「少來客套，要謝就乾一杯！」

劉剛把一個半斤杯倒滿新疆伊力特白酒，雙手端起仰脖全乾。在西北，如此乾杯表達最大感謝。

「楊哥，我得用有繼電器的那種。」

「哈哈，你小子要使什麼壞……」

「明白人說那樣能最快調節好性冷淡。」

「哈哈，明白，明白……誰還有我明白？……」

3

開著暖風，劉剛放倒車座睡了一刻鐘。夢中他似乎又聽到伊好呼喊：「……硬啊……好硬啊……」醒來下身硬邦邦。天安門前燈光下已是人跡寥寥。點燃一根煙，取出夢造儀。外表低調的設計有意避免求酷，幾個按鈕和轉盤，以及兩個儀錶，都無標識，就是為了不讓不相干的人知道如何使用。夢造儀的內機狀如較厚的大號手機，一面有顯示屏，可以回看最近一次的錄像。大隊長們摸索出的經驗，夢造儀要達到最佳效果必須女人全身都在射頻範圍內，才能使其完全忘我，任憑欲望激情擺布。男人的身體在射頻範圍有助提高性感受和性能力，但頭部保持在射頻範圍外才能清醒，避免陷入性癲狂，因此最佳姿勢是所謂「辦公室性體位」——即女人仰臥辦公桌上，男人站立在女人兩腿間；或女人趴在桌上，男人站立從後進入。那時夢造儀籠罩女人全身和男人身體時，男人頭部正好在射頻範圍外。

劉剛重放剛才的錄像。雖然他搞伊好不是為了性，事先也沒期待有什麼特別，不過他得承認受到吸引，再次產生了想搞伊好的欲望。他跟伊好一共只有兩次。第一次是為了檢驗她的反應。這是第二次，便拿到了簽名。按照避免與對象糾纏的工作規則，能斷則斷。不過他需要先弄清伊好會怎麼對待她的簽名，才能確定應對。不能排除她不承認簽名，甚至指控是劉剛挖的坑。挖坑沒錯，但是她沒有把柄。她不知道自己為什麼突然成了花痴，為達到性高潮而在沒看過的文件上簽名。劉剛沒有清除她對性過程的記憶，因為必須讓她保持簽名的記憶。以對伊好的心理分析看，她死也不會讓人知道她是在不能自持的性癲狂下簽名，再不情願也得承認，何況那報告跟她的觀點沒有根本分歧，只是方法不一樣。

當劉剛定下以發現瘟疫為突破時，問題歸結到瘟疫是什麼？瘟疫在哪裡？他在各種防疫會議的後排位置豎起耳朵捕捉每一個字，尋找的就是這個突破點。在北京市疾病預防控制中心的一次例會上，討論呈現蔓延趨勢的流感時發生爭論。伊好是少數一方，主張信息要公開，處置要謹慎。首先應該讓公眾知道情況，才是最好的預防，因為只有公眾的普遍警惕和共同預防，才能真正有效地防止疫情蔓延。而具體的處置，如注射疫苗，隔離患者，公共場合測體溫那些政府行為作用不大，反而容易引起恐慌，不要輕易採用。另一方的意見相反，信息要控制，處置要及時。因為公眾長期形成了對官方說法的懷疑心態，即使公布的信息完全真實也不會得到信任，反而調動猜疑，誇張想像，擴散謠言，引起更大恐慌，因此不如讓公眾盡量少接觸這類信息，通過嚴密控制，對疫情進行及時處理，消弭於未發之萌芽。

爭辯中伊好舉例，在她對H7N9禽流感病毒的跟蹤研究中，已經發現變異樣本。原本斷定H7N9不會在人類之間傳染，前提是病毒不發生變異。現在的變異病毒是否會進行人類傳染不能定論，但足以警惕。今年H7N9禽流感擴散趨勢明顯，死亡人數比去年同期增長百分之九十。隨著春天將至，候鳥遷移，家禽活動增加，可能導致H7N9更大範圍傳播。萬一變異病毒真能進行人類傳播，提前告訴公眾存在這種可能性，可以提高警覺，注意身邊人情況，注意洗手戴口罩等。這些看似簡單的普通預防措施可使傳染降低百分之八十以上。雖然公眾一時緊張，但因為並無大規模發病，就不會變成恐慌，而是形成有益的警惕。這種全民動員方式對遏制H7N9傳播比政府更有效。因為政府再有能力，也不可能看住億萬老百姓是否洗手和戴口罩。

劉剛馬上就能理解疾控中心的官為什麼不喜歡伊好的思路，按她說的做法，疾控中心的位置該往哪擺？信息發布靠媒體，公眾預防靠自覺，疾控中心除了提供科研成果和科普知識就沒事了。而若信息不對外，由疾控中心掌握，按需要提供給政府，再由疾控中心作為政府機構承擔防疫處置，權力和資源都會由疾控中心掌握。防疫形勢越緊張，疾控中心得到的權力和資源就越多。伊好的意見必定會遭否決。中心主任是位專家，從專業角度否定H7N9發生變異，論證到中途被黨委書記打斷。書記的說法是，今年是大典年，確保穩定是重中之重，對內不能造成民眾恐慌，不要沒事找事，而是以無事為大事；對外不能造成不良影響，給千方百計看我們笑話的國際敵對勢力提供彈藥。一旦讓他們利用瘟疫做文章影響了世博會，誰都負不起責，尤其不能由我們來當這個源頭。

那麼大的帽子，伊好也不好再多說，只是回了一句，無事當然好，萬一真有事，也得問我們的責。書記回答是，我們對上級從來知無不言，但交上去的必須是經過周密驗證的結論，不能空喊狼來了，那才是不負責任。

這一點劉剛信，從官僚性質而言，把情況及時通報上級是推卸責任必不可少的，微妙在於通報給哪層上級。北京市疾控中心的業務上級是國家疾控中心，行政上級則是北京市政府。前者只是指導業務，後者則決定中心官員升遷和待遇。相比當然是後者對中心官員更重要，所以他們會跟特派組的組長一樣，首先考慮北京市的需要。北京市覺得該上報，中心就會往上報，北京市覺得沒到時機，中心就會壓下來。目前北京雖然死於流感的患者有增加，按人口比例仍屬正常，未到必須上報的程度。H7N9迄今一直是由禽鳥傳染給人，預防相對簡單。如果真出現能在人類間傳染的變異病毒，當然嚴重，然而目前大部分專家都不支持這種擔憂。伊好發現的變異尚無定論，有可能是偶然因素造成的個別現象。在不能定論的情況下，上報是庸人自擾，公開更會製造恐慌。

防疫界目前普遍是這種態度。各地疾控中心都和當地政府配合，既不進行社會動員，也不上報中央，跟往年一樣採取順其自然的態度。從官僚理性而言，這是穩妥的。流感年年都會有，時多時少不奇怪，既沒有靈丹妙藥，也不會造成太大問題。針對每個流感患者，專家說法是吃藥一星期好，不吃藥七天好，人為干預沒多大作用。以往遇到季節性流感基本都是任其自生自滅，即使大典年也沒必要大驚小怪。如果上報了又沒有措施，還不如不報，反會被認為是失職。

劉剛以前從未在意過的四個字符——H7N9在那次會上給他留下了強烈印象。連續幾天，他在網上搜索有這四個字符的文章。雖然大都讀了半天不知是什麼，但當做澆水施肥的過程，四個字符的種子從朦朧直覺逐漸變成明確方案——這就是他尋找的突破點！

他先寫了一條特情。「特情」是「特派員情報」還是「特別情報」的簡稱沒有正式說法，特派局每天出一份，把各地特派員寫的特情選編在一起，提供給國安委高層，其中一份由特派局專人直送主席辦公室，可以說是呈現特派局日常工作的主要載體。劉剛寫的「特情」題目是「警惕變異病毒破壞大典年」。因為高層沒時間看長文，特情文字必須極簡練，一般三四百字就得把問題說清楚；既要符合黨八股，不惹高層反感，又要能刺中高層神經，不被當做老生常談而錯過。寫特情的技巧關鍵在此。

劉剛歸納了幾點：一、H7N9禽流感病毒傳染給人的致死率為百分之四十；二、病毒專家伊好發現H7N9發生了前所未有的變異，有可能在人類之間傳染；三、人類之間傳染速度會比禽類傳給人的速度快得多，不及時控制會形成爆發；四、屆時高死亡率會造成巨大社會衝擊；五、國際社會一直將H7N9視為重大威脅，一旦發現人際傳染，勢必封鎖與我國的人員往來，影響世博會；六、承載雙大典的北京若重蹈SARS危機的覆轍，會導致大典年失敗。

SARS危機是指二〇〇二年底到二〇〇三年中從中國大陸擴散至全球的疫潮。因為中國地方政府在最初階段隱瞞疫情，錯失時機，疫病蔓延到全球。中國政府廣受國際社會批評，衛生部長和北京市長被撤職。那時劉剛年齡小，但是在最偏遠的喀什也感受到人心惶惶。那時代過來的人都忘不了SARS。

不出劉剛預料，他的特情在組長審批環節被卡。組長訓了他一番——特派員不是街頭侃大山的混混，不能聽風就是雨，自己先陷入危言聳聽的幻想，沒有扎扎實實的調查和證據確鑿的立案，憑想像亂說不配當特派員。劉剛態度恭敬，不爭辯，不惶恐，內心也無沮喪。與其說這是挫折，不如說正是他設計的環節。他事先反覆熟讀特派局規章，特派員遞交特情未獲組長通過，特派員有權越過組長上報特派局；特派局不通過，可直接上報國安委最高層，即直接送達主席。設置這種條例本是為打破中間層次對信息管道的壟斷，然而現實中從未有特派員這樣做過。特派員會顧慮這樣做首先是對組長個人的挑戰；其次特派局一般都會支持組長，因此要麼白白挑戰了組長，要麼就得繼續越級，挑戰整個特派局。那樣即使真給高層送上一份真實情報，高層看完就完了，越級的特派員並不會因此受到高層青睞與保護，卻會成為特派局的異類甚至叛徒。是否值得？報復是一定的，雖不會明說，但是在人手下，什麼理由都找得到。借調期滿時給個負面鑒定，回原單位繼續發展的前程基本就毀了。對原單位而言，特派局的鑒定就是中央意見啊。

劉剛卻決心賭一把。反正在這個組長手下吃不上好果子，怎麼縮頭也不會有用。他斷定自己結束借調時只能得到負面鑒定，新疆那邊的競爭對手就會有充分理由排斥他再度入局。現在放手一賭，要麼一舉改換新格局，還有翻盤希望，即使輸了也壞不到哪去，不賭就只能束手認命。

不過他的賭可不是閉眼撞大運，而是經過深思熟慮。劉剛相信高層需要下面有人勇於發現問題，否則不會成立特派局。反腐運動造成的官場人人自危使得粉飾太平的無作為成為主流。在多數官僚都用報喜不報憂敷衍上面時，自己敢於越級上報特情，更會顯得突出。以前從未有過特派員越級上報，僅憑這一點，他的上報就會引起高層注意。而他不僅要引起注意，還要得到賞識，靠的是不僅指出危機，還能拿得出處置方法。對高層的效忠與貼心既不是不報憂，也不是只報憂卻無解決方法，徒讓高層煩心。要報憂又能解憂，拿得出讓高層眼前一亮的方法，才會為自己打開進入新天地的門。

然而，只是他劉剛說疫情威脅是不夠的。沒有專家意見，高層可以視為他的個人臆測，甚至當成危言聳聽，他的孤注一擲就是白費。因此必須拉上伊好。她作為北京市的總防疫師證實疫情，才會讓高層真當事兒。他越級上報的特情一定要有一份伊好簽名的報告才行。

4

此刻，伊好的簽名到手了，劉剛心裡並不踏實。但凡有別的辦法都不會用夢造儀。北京不像新疆天高皇帝遠，自己地盤上怎麼都搞得定。北京的水又渾又深，千頭萬緒相互纏繞，說不定踩著哪根線就會引爆不知埋在哪兒的雷。只是劉剛對伊好試了各種方式，就是無法讓她同意簽名。

最初劉剛以為很容易把伊好拉上同一條船。在伊好意見遭否決的那次會後，劉剛私下向伊好表明了國安委特派員身分，對伊好受到官僚主義壓制表示同情，請伊好就H7N9變異後可能發生人與人傳染寫個文字意見，他可以送達最高層，相信會受到上級重視和表揚。伊好卻表示其他專家的意見也有道理，目前還不能說H7N9會人際傳染。科學不僅靠證明，更重要的是證偽，一個證偽便可以否定再多的證明。H7N9病毒的確發現有變異，但變異方向不明確，至少目前尚無危機徵兆。今年的流感主要是老病常發，常規應對應該是可以的。她在會上要求提醒公眾防範，是出自職業擔心，萬一候鳥遷移季有新病毒隨飛鳥一路擴散，臨時做公眾動員會措手不及，不如防患於未然。伊好反感什麼都在政府黑箱裡操作的方式，從防疫而言效果只能相反。劉剛要她給高層寫證明，誘惑以「上級重視和表揚」，都屬她反感的黑箱範疇。

其實劉剛不需要伊好親自寫報告，打動高層必須按特定路數和語言。專家寫的高層看不懂，也抓不到要害。防疫知識以劉剛這段惡補的即夠，然而需要有伊好簽名，看似出自專家之口，才能讓上面當回事。劉剛從各種角度試圖說服伊好，開始伊好還耐心，解釋她女兒就是因為過度使用了疫苗，現在反而受更大威脅，這個教訓讓她對所有過度處置都保持戒備。當劉剛表示她只需簽名即可，伊好回答她簽名就必須負責，不可能隨便簽。很快伊好就不耐煩劉剛的鍥而不捨，不再理睬他，也拒絕再討論這個話題。

這讓劉剛陷入了死局。讓高層注意到自己，得先展示危機才談得上處理危機。而沒有伊好簽名證明不了危機，後面的一切便無法進行。最要命的是，他前面提交給組長審核的特情中已經寫了伊好，組長沒通過也是要存檔的，若後面換了別的專家，失去銜接與延續，會讓人看出刻意，是為了說事邀功而挑戰體制。總之，除了想法攻克伊好，沒有其他選擇。

夢造儀成了最後一招。為了一生尋求的突破，抓住不復再來的機會，劉剛只能下決心。夢造儀直搗人性最脆弱的根本，新疆國保的大隊長們於公於私用了那麼多，還沒發現能抵抗的先例。即便是伊好那種拒人千里之外的高冷女照樣得投降。劉剛早就深諳夢造儀特性，用起來得心應手。第一次下手時，他先裝作無意中進了值班室，看到伊好後沒話找話，找機會把夢造儀放到了合適位置，已開的射頻對準伊好，隨後下樓吸了兩根煙，再裝作發現忘了拿包回到值班室。

兩根煙時間足夠讓伊好進入狀態。當劉剛再進值班室，看到伊好已難以自持，站在辦公桌旁，眼神迷離，面色緋紅，無法安坐，雙臂交叉抱緊自己肩頭，下巴收緊，好像是費力地呼吸。劉剛連忙問她怎麼了。「是不是心臟出了問題？」他上前去扶，伸手摸她的心臟，位置沒錯，卻是把她的左乳握進手中揉捏。伊好沒有躲閃，也沒出聲，反是受用樣子，屏住呼吸閉上眼睛。劉剛順勢把她上身按倒在辦公桌上，從後面掀起醫生白褂，鬆緊休閒褲不用解帶，連內褲一塊褪下。肉感細嫩的臀部在燈下雪白耀眼。劉剛毫不拖延，也不把玩，直接進入。他動作那麼快倒不是因為衝動，而是要盡快搞定。這種後入姿勢最少周折，讓女人猝不及防，因此最易成功。對女人進入與否是分水嶺。不管有了多少性的動作，只要沒進入，女人就不會被征服，隨時可能生變，而進入了，哪怕只一下，女人就會失去自我，當做木已成舟，生米煮成熟飯。

那次只有性，劉剛讓伊好要死要活，到了數次高潮。過程中他試了繼電器方式，伊好的反應是在無法釋放的高潮邊緣全身抽搐，幾乎窒息。他相信那時讓她做什麼都不會拒絕，或者說根本不會有拒絕的清醒。那次他沒讓她簽名，擔心太像性勒索，即使當時簽了事後也不保險。沒有後面她繼續配合，和仿造一個簽名有什麼區別？夢造儀能讓女人無法抵抗，卻不能一直用，脫離了夢造儀的女人會怎樣，一直是個問題。國保大隊長們玩女人可以用遺忘功能，對伊好不能用，反而要讓她清晰記住，再不情願也得承認是自己簽的名。

再見到伊好是兩天後，和其他人在疾控中心共用電梯。伊好與同事打招呼時嗓音是啞的，對別人詢問回答是著涼。但她一定清楚同乘電梯的劉剛知道原因。旁人看不出，劉剛卻能感覺到她不再有原來的無性博士那種高冷，雖帶著某種惱怒，卻是讓劉剛放心的惱怒，是性和羞的混合。她不看向劉剛，空氣中卻散發出性場。劉剛明白她已經接受了那夜之事，甚至有一瞬想到了不用夢造儀也能再上她。以劉剛搞過上百女人的經驗，肉欲本能會打破所有女人後天的屏障。尤其是那種從性冷漠轉而品嘗到性快感的良家女，為了性而能打破的底線有時是想不到的。

不用夢造儀會使劉剛的男人虛榮得到滿足，但是他的目的畢竟不在獵豔，需要有十足把握。若是不使用夢造儀的繼電器模式，劉剛無論功夫怎麼了得，也無法恰到好處地讓伊好在仙境與地獄邊緣翻來覆去保持不洩，直到失去神智。而只有讓她進入那種狀態，才有把握得到她的簽名。劉剛第二次搞伊好的過程不必多說，就是李博通過鞋麥聽到的——劉剛既拿到了簽名，又享用了伊好肉體。對李博，原本似乎與他無緣的性在那個夜晚以空前強度把他擠壓在中間，先是和綠妹銷魂地性交，隨後親耳聽到妻子與另一個男人癲狂亂性。而當李博被這種擠壓攪亂之時，剛搞完了李博妻子的劉剛在天安門廣場，看著對面的毛澤東像在考慮下一步該如何進行。

網格化

1

劉剛越級報給特派局的特情，跟被北京組組長卡下的一字未變，只多了兩個附件——附件一是北京市總防疫師伊好論證H7N9變異會導致人與人傳染；附件二是劉剛提出的防疫措施。特派局以前沒遇到過越級上報特情，不敢擅做決定，報給主管日常事務的國安委辦公室蘇主任定奪。

蘇主任六十出頭，是那種在辦公室從年輕坐到老的形態，全身每個部分都有圓弧，最圓的是頂部全禿的頭。光亮頭皮襯著從側面梳來支援中央的頭髮，顯得頭更禿，髮更稀。扁平臉上突出的是圓黑框近視眼鏡，看文件時總是習慣地往前湊。蘇主任出身政法界，做過最高檢察院和法院的副職，本來要調任中央政法委副書記，最後一刻改調到國安委當辦公室主任。在旁人眼裡，國安委權力雖大，跟辦公室主任沒多少關係。硬權力——軍隊、公安、外交等都由主席掌控，辦公室僅是處理任何單位不能沒有的瑣碎雜事。蘇主任是管家型人物，沒有野心卻閒不住，既能幹又兢兢業業。哪個單位的一把手都想只抓權力，不管雜事，因此都願意要這種管家。蘇主任是被主席親自點將調來的，把國安委交給他看攤。

主席同時擔任十幾個中央領導小組的組長，時間精力只允許過問大事，無法顧及日常工作，掛名國安委副主席的總理和人大委員長都知道國安委是主席的地盤，能不碰就不碰，這讓看似只是做行政服務的辦公室成了國安委日常運轉的核心，蘇主任便是核心的核心。

蘇主任在官場多年，卻難得地沒架子，平易近人，被下屬普遍喜歡。他總讓人稱他「老蘇」而不稱官職，天長日久，國安委工作人員都以「老蘇」的諧音稱他老叔，既拉近關係，又保持尊重。老叔的風格總是把事情處理得圓滑。他知道劉剛既然越了組長的級，特派局再卡也擋不住，會繼續越級報到國安委，那就會到他手上，得由他決定和負責了。不如讓特派局正式上報，他只按程序轉發給主席。主席看不看，怎麼處理，就不是他的責任了。不過老叔的圓滑也非純粹消極，他親自動筆把特情和附件增刪幾處，便把劉剛原來針對北京市政府的矛頭轉到針對國家疾控中心。北京的頭兒是政治局委員，何必惹？國家疾控中心雖是全國性機構，卻是最軟的柿子。同時老叔以特派局口吻做了個附註，說明這是第一次由下級特派員越級提交的特情，特派局向上呈交主要為了讓越級上報的機制被激活。

正是因為多了這段附註，劉剛的報告才被主席注意。準確講，是先被主席的兒子注意到。那個被人私下稱為「太子」的年輕人剛滿三十歲，在美國名校讀完信息科學碩士，博士讀了個頭便被主席召回國。那時主席剛被定為黨內接班人，為了避免被人抓到把柄，約束太子既不能經商，又不要從政。太子閒著沒事，便為主席私下做信息分析，正好也是他的專業。幾年過去，已經做成了頗具規模的機構，與主席辦公室之下的其他八個分支機構並列，低調地稱為「九組」，只為主席一人服務。主席越來越依靠九組，太子也就沒有另尋高就，專心為主席提供信息。

貴為一國之尊，主席照樣免不了每天坐馬桶，且時間不短。從兒子主管他的信息，馬桶時光就不再由他任意暢想了，被搞成聽特情的時間。兒子說他最寶貴的就是時間，每分鐘都值億元，馬桶上的時間不利用起來，他每次大便都等於浪費掉一個縣的產值。主席原本不想再增加負荷，每天的信息量已經令他十分厭倦，馬桶上的安靜是難得的輕鬆時光，然而兒子就是兒子，當爸的無法一口回絕。何況兒子用的方式很方便，坐在馬桶上說聲「開始」，柔和女聲便開始朗讀。先讀標題，聽到哪條感興趣，說聲「這個」，朗讀就轉到標題下的內容，說「停」則停，說「轉」則報後面的標題。每天的特情內容多，事先會由太子做篩選，劉剛的特情這次被排在前面。

正好那天主席便祕，在馬桶上的時間比較長，不但聽了劉剛的特情，還有時間聽了劉剛附件的主要內容。太子知道主席不會有興致瞭解病毒變異細節，將伊好簽名的附件省略，但說明了提供證明的是北京疾控中心的總防疫師、病毒專家、德國博士。瘟疫引起主席重視，平常年份也許無所謂，大典年哪怕有萬分之一的危險也不能允許，要求的是不出任何狀況，何況瘟疫。

劉剛建議的防疫措施主要是利用已經在全國成熟實行的網格化。那是在多年維穩中形成的，由政府把凡是有人的地方根據地域和人口劃分網格，在每個網格配置管理員、警員、黨支部書記、司法員、城管員等，加上計程車司機和各個位置的清潔工充當信息員。將網格內的所有人，尤其是上訪者、異見人士、刑滿釋放人員等編號分類；網格區域的所有固定物皆編碼定位；網格內發生任何文化活動、案件、群體性抗議、民間聚集等也隨時編碼分類，加上監控攝像頭、無線路由器等隨時採集和報告數據，層層上傳，進入電腦信息處理，使政府能夠精準掌握即時動態，極大提高處置突發事件和精準打擊的能力。這種高技術化和系統化的網格管理模式，可被視為古往今來統治技術的頂峰。

劉剛以網格化為基礎，提出了針對防疫的檢查、巡視、監督、舉報等措施，發現任何初期症狀者立刻進行隔離、消毒、防範傳染等一條龍程序。發現感染者的網格立刻切斷人員進出，直到警報解除。防止瘟疫的關鍵是避免傳染，網格化對此最為有效，前提是各級官員必須充分調動，高度緊張，所有環節不得有絲毫懈怠。相信在主席領導下，依靠中國政治體制的有效性和各級黨員幹部的忠誠，一定能打贏防疫這一仗。

劉剛只是針對防疫，主席的思路不在一個檔次，那最後一句八股式的口號讓主席想到更廣泛的層面。每當想法有突破時，肛腸便會隨之突破，身心俱感暢快。主席沒讓特情繼續朗讀，而是要讓新的想法在頭腦裡成熟。

今天的國家機器和手段控制老百姓不再是問題。生產力不會餓死人，餓餓引發的革命不會再發生。刁民永遠會有，只要統治機器好用，從來不在話下。如果所有官僚服從指揮，忠誠不二，國家機器便能控制一切。所以治民是其次，治機器才是首要。控制權力歸根結柢是控制官僚集團的問題。最高當權者有兩種，一種是做管家，一種是做主人。前者是為官僚集團服務的，後者是讓官僚集團為自己服務。明年年底的黨代表大會，他是讓位還是繼續掌權，便是管家與主人的區分。官僚集團普遍期待他按時下台，好再次換上能為官僚集團謀利的新主席。正是通過定期輪換管家，官僚集團才能體現自身力量和重新分肥。管家被輪換不奇怪，若是主人又怎麼能被輪換呢？

主席已經打定主意，黨大會要打破主席不能連任的規則，繼續掌權。這是一個重大突破，相當於改變文革後建立的黨內共識。官僚集團集體反對可想而知，以前按規則退位的元老也不會容忍。對自己的不滿可能集中爆發。那時，如果雙大典成功舉行，便能利用民意支持壓倒官僚集團；而若出現瘟疫導致雙大典失敗，丟臉是小事兒，繼續留任的安排便可能落空，因此防疫必須當做天大之事。

劉剛的報告啟發了主席，大典年雖說是人人守土有責，畢竟大典只在北京，其他地方的官員關係不大。防疫卻是人人有關，無論是傳染還是被傳染，都可以問責。主席通過反腐立了威，卻因為權力集團人人皆腐，反腐不可能一直持續。通過搞防疫，可以成為再次觸及所有官僚的新運動，再搞一次清洗，用新的恐懼提前打掉官僚集團敢於反對自己連任的勇氣。官僚都是賤骨頭，欺軟怕硬，最有效的不是收買而是震懾。以往觀念認為得罪官僚集團是統治大忌，因為官僚不配合統治者便無法治國。然而所謂的官僚集團只是個營盤，鐵打的營盤流水的兵，把老官僚打下去，自然會有新官僚進來。新官僚一定擁戴自己在黨大會連任，才能維護他們的未穩地位。這就是通過換血得到的生命力！

通話器傳出兒子的聲音：「爸，你沒事吧？」

「沒事兒。」主席按下沖洗鍵，熱水噴頭伴著音樂前後移動沖洗肛門。

「辦公室打電話給我，說是你在裡面超過了平時時間。我從後台看你也沒聽特情。」

「沒事兒，沒事兒，我想事兒呢。」

「沒事兒就好。」兒子關掉通話。

雖然有點煩，對辦公室的細心還得肯定。史達林的死不就是因為工作人員不敢進房間耽誤了搶救嗎。辦公室的人不敢在他大便時進來，才讓兒子詢問。兒子的九組在中南海瀛台，那是南海的湖心島，俯瞰像是中南海、北海、什剎海和後海組成的龍之龍眼，兒子認為正是九組該在的位置，他就是中國龍的眼睛，堅持讓島上的機構給九組騰地方。那裡雖離主席遠了些，但是電子設備相連，感受不到距離。

主席不怕當孤家寡人，敢與整個官僚集團較量，正是拜新時代提供了前所未有的武器。這是掌握了信息科技的兒子讓他認識到的，讓他的信心大增。統治者權力再大，一雙眼睛盯不住百萬官僚。官僚正是利用信息不對稱陽奉陰違、瞞上欺下、扭曲變形、軟磨硬泡，最終總是讓統治者無可奈何，大權旁落。毛主席搞文革歸根結柢也是為了解決這個難題，想把自己的思想灌輸給民眾，再用民眾看住官僚，讓官僚不能背離自己。然而文革卻是打倒了官僚造就了暴民，證明民眾只能被管。過去對官僚集團的一籌莫展是因為沒有相應的技術，現在有了互聯網、超級電腦和大數據系統就不一樣了。機器不打盹，不吃賄賂，一年到頭盯住每個官員，核對收入支出，一有逆差便進一步調查。加上對通訊的監控，誰還能心存僥倖不被發現？因此領袖一人就能看住百萬官僚，讓官僚只能按領袖意志管理民眾，便如同領袖完全按自己的意志治理民眾。毛主席的文革做不到，今天的科技能做到！

主席慶幸掌握新科技的兒子把自己帶進科技時代，找到了治國的新模式。這次利用防疫再對官僚集團做一次清洗，確保自己實現連任，才有充分時間徹底解決這個歷史課題，從此讓治國不再受官僚集團制約，領袖不再必須為官僚集團謀利。當主席一身輕鬆地走出衛生間時，想到毛主席在天之靈會羨慕自己，早知道也會讓他的兒子毛岸英去學信息科學……

2

老叔辦公室在三十九層高的國安委大樓第三十層。三十一層整個留給主席，長年空閒。信息中心是國安委最大的單位，占了離天線最近的頂部八層。信息中心主任是位五十出頭的女性。臉型瘦削，身材未變，戴金絲眼鏡，穿著時尚但含蓄，精心造型的花白頭髮給人——特別是給上級——沉穩可信之感。她此刻正在老叔辦公室，像是彙報，又如請示，卻清楚地傳達否定態度——主席辦公室的九組要求分享信息中心所有信息，包括對信息的分析和應用，這是否符合制度？應該怎麼處理？信息是信息機構的血肉，分析和應用則是靈魂。九組在行政級別上不比信息中心高，二者也無隸屬關係，怎麼可以一個電話就把信息中心多年的成果一下都拿走呢？

老叔安慰地給主任倒了一杯水。他心裡清楚，不要說信息和應用，整個信息中心遲早都會落到九組——也就是太子手中。九組規模不如國安委信息中心，但是有獨特優勢。一些情報機構前任或現任頭目會把不交給國安委的情報交給九組，以示對主席的私人效忠。那些情報有時可以起到決定性作用。例如全國官員及家屬的海外帳戶明細，就讓主席在上台初始掌握了權力鬥爭的絕對優勢，形成現在無人敢於挑戰的權威。

「主席是國安委主席，九組屬主席辦公室，九組要國安委的信息就是主席要，這裡不存在矛盾。也許程序上稍有不合，不必多計較。」老叔跟下屬說話的態度總是循循善誘，對女下屬更有一種長輩的慈祥。「還處於試驗階段的項目，本著對主席負責的態度，暫時不要交。在試驗過程中改進完善，通過正式檢驗後再交不遲。」

老叔後面這句話聽上去是官場套話，卻讓信息中心主任茅塞頓開。她收斂了剛才流露的情緒，立刻提出一串處於試驗階段的項目，鞋聯網排在第一位。老叔給了肯定答覆：「這些項目要反覆檢驗，盡快完善，確保交付主席後不出任何問題。」

信息中心主任忍不住笑起來，離開前有些調皮地表態：「一定確保，不達完善絕不交付。」是否達到老叔提出的「不出任何問題」，判斷決定權在她手裡。只要這些項目不交，信息中心的核心部分就仍然是她說了算的領地。

老叔辦公室進門右手是沙發圍起的會客區，左手是一排屏風。老叔在他的辦公桌後既能對沙發落座的來訪者說話，也能看到屏風另一側的監控屏幕。來訪者隔著屏風看不到屏幕具體畫面，只看到閃動的光影。老叔平時基本不去樓內其他房間，連午飯都是食堂送到辦公室。然而樓內每個區域都在他眼下。監控屏幕每次隨機展示十二個辦公區的畫面，三分鐘後換到下十二個辦公區，輪完所有辦公區後進入下一輪循環。進過老叔辦公室的人都知道，隨後也講給其他同事——不露面的老叔隨時盯著每個人。

其實老叔獨處時經常降下幕簾不看監控。他不喜歡光影晃動。但是有人來辦公室前則會升起幕簾。他需要人們認為他在隨時盯著。不過這段時間他總開著幕簾，畫面主要是在「處突組」的辦公區輪換。處突組占了三十層的另一半，平時也是空著，發生緊急情況時才啟用。所謂處突組是「處理緊急突發狀況領導小組」的簡稱。這個名義上屬國安委的機構是按主席旨意建立的，專門處理全國性重大危機，核心功能是可以自由裁量採取措施和手段，其他機構和部門不得以法律為由拒絕配合，因為緊急狀態不容延誤應對時機，事後補辦法律手續即可。主席親自任處突組組長。

瞭解情況的人知道，這是主席給自己安排的一條不受法律制約的途徑，需要時可以為所欲為。為了防範其他人利用這種權力，不像其他小組那樣有別的高層領導人掛名，唯一的副組長給了日常打雜的老叔。雖然國安委規章有組長無法履行職責時由副組長代理的條款，那只是官樣文字而已。老叔只負責培育和維護處突組的工作能力，做到主席需要時能馬上發揮作用。成立後主席尚未真正用過處突組，這次防疫運動交給處突組，算是一次實操演習。因為防疫不需要動員強力機器，主席便全盤交給老叔負責。

老叔明白這是他的一關。萬一影響大典，罪責多大可想而知。統治術就是這樣，成敗關係重大的事要交給信得過的人。成功了榮耀屬於統治者，失敗了負責的是執行者。對於防疫，老叔只能成功，不能失敗。在這一點上他和主席完全一致。

主席要求「外鬆內緊」。「外鬆」即是不讓外界形成恐慌，「內緊」即是各級官員必須對疫情嚴防死守。外鬆到和風細雨，內緊到雷霆萬鈞，哪一方面都不得出差錯。疫病從哪裡傳出，官員免職，官僚問責，絕不姑息。同時保持社會祥和，不形成輿論，不引起恐慌，否則同樣免職和問責。這要求似乎矛盾，想在這矛盾中找到平衡，需要走鋼絲般的本事。從鋼絲上掉下來的人也必定少不了。這正是主席的目的。他交代給老叔一個指標——地市以下各級幹部要達到百分之五的撤換率，可以超，不能低。這是衡量防疫運動的一個硬指標。指標不公布，也不見正式文件，只是主席私下的指令。操作程序是由特派局提出罷免名單，各級組織部門不問緣由，不得干涉，必須按特派局的名單執行罷免。整個過程主席都不介入，只通過組織部的統計看罷免率是否達到百分之五。

這是給特派局的大權，對推動防疫也很有效。各省特派組派出所有特派員下去巡視，如同手持尚方寶劍的欽差大臣，被他們上了名單的官員立刻免職，沒有任何申訴餘地。這使得特派員如同官場上的死神，人人聞之色變。百分之五在比例上是「極少數」，絕對數卻相當可觀。如果按正常程序處理具體個案，一定困難如山。只要能爭論是否合理，就會生出無數辯護理由，必然進行不下去。那些批評毛澤東當年確定反革命或右派比例的人是不懂統治。對統治而言，具體的人冤枉與否不在考慮範圍，重要的是要形成足夠規模，才能達到統治需要的效果。

老叔領導防疫運動主要就靠特派局的這種威懾。從各省特派組各調一名副組長作為與各省上傳下達的環節，在處突組成立防疫指揮部。防疫是目前頭等大事，長年早上班晚下班的老叔現在來得更早走得更晚。但是幾乎他每次離開時，從監控畫面都看到劉剛仍在，等他上班時又看到劉剛已來。有幾次還看到劉剛趴在辦公桌上睡著，顯然通宵未歸。這讓老叔印象深刻。在主席批示了劉剛的特情後，老叔便把劉剛提為北京特派組的副組長，參與處突組防疫指揮。經過這段觀察，老叔準備再把劉剛提為防疫副總指揮。雖然兩個月連提兩級快了點，但是提拔最能換取效忠。劉剛的特情得到了主席批示，推動了防疫運動，就衝這一點別人也說不出什麼。而且確保大典的防疫重點在北京，劉剛角色的重要性本來就高於其他省市的副組長。

罷免空出的位置成為另一些人的機遇。提拔新人還是歸組織部門管，被形容為大典年的「火線衝鋒」。其中無疑有大量任人唯親和私下交易，卻都被譽為防疫英模。被提拔者不論官職高低，皆會收到主席頒發的「共和國衛士」動章和證書。證書上的授勳辭赫然寫著每個人的名字，由主席簽名。雖然誰都明白主席不可能親自過問下級官員的任免，但是被提拔者寧願認為證書上的簽名是主席親筆而非仿印，招搖顯擺，甚至掛到牆上，堅定地把自己當成主席的人發誓效忠。

特派局這種只有罷免權、沒有提拔權的白臉角色最遭人恨。罷免人數越多遭恨就越深。老叔要求特派局把罷免指標分解給每個特派員，要求人人達標。好在各省特派員都是借調的，跟當地沒有個人關係。據說有的特派員乾脆閉著眼睛在官員花名冊上亂點，點到誰算誰，反而能避免糾結。這種罷免和提拔造成的震盪可想而知，各級官員都像被擰到了頭的發條一般繃到最緊。是落入被罷免的百分之五還是挺進受提拔的百分之五，禍福首先取決於防疫是否萬無一失。這種緊繃層層加碼，驅使防疫機器越來越快地旋轉。

3

自從劉剛被提拔為北京組副組長，進入處突組，便不再天天往外跑，大部分時間都待在辦公室，即使出去也盡快回來。一是因為管整個北京的防疫靠腿跑不過來，更多得靠網格的彙總。二是聽說老叔隨時在盯著，要給老叔留下印象，就得多在老叔視線內。在處突組聯合辦公的各省副組長，日常工作也是看本省網格彙總，處理隨時反映的情況。不過都不像劉剛那麼認真，連睡覺也設上聯網提醒，網格一有情況手機就響，半夜也要趕到辦公室處理。

從應對危機而言，網格化把等問題出來再被動反應轉為事先主動解決。網格規模小，管控團隊瞭解每戶每人，隨時都能處置；網格之間共用數據，協同行動。在「維穩」中建了奇功的網格化，只需給每個網格加配一個有醫護基礎的防疫員就可以，加入由居委會、業主委員會、物業公司、退休人員志願者組成的小隊，每日入戶排查，發現疑似疫病者立刻送隔離中心。有確診疫病的網格馬上封閉，切斷人口流動，疫病便不會擴散。網格化有多道控制人口流動的屏障，既能充分動員，又不過於聲張，正適合「內緊外鬆」。雖然高層沒提這是劉剛提出的思路，劉剛還是當成自己的榮耀。新疆反恐一直運用網格化，使他高度熟悉網格化效能。他的目標不僅是把北京防疫搞到萬無一失，還要伸手全國的防疫，在更大範圍展示自己的才幹。

「兄弟該歇會兒了，喝個咖啡吧。」新疆組副組長路過劉剛，從齊胸高的隔段板上伸頭打了個招呼，卻沒停腳。劉剛意識到他有事要說。大夥都知道老叔隨時盯著，講私話一般會去走廊的咖啡吧。那裡只有走廊另一端有攝像頭，聲音傳不過去。而且在那會像休息時的正常閒聊。劉剛在選擇咖啡機的按鈕時，新疆組副組長邊往咖啡裡加糖邊低聲說：「昌平區副區長上了名單，託我求你，如果不把他往上報，新疆國保的楊副總隊長也不會上名單。」一般人聽不明白其中的關係，劉剛當然明白新疆組副組長是在跟他做交易。

北京組特派員報的罷免官員名單，每天要先經劉剛彙總，再交組織部門執行。今天劉剛還沒看名單，對方已經知道，並且知道楊哥是新疆官場能讓劉剛關心的人。劉剛端著咖啡杯離開，甚至沒讓對方知道自己是否聽到了。處突組防疫指揮部運行了兩個月，副組長們相互已熟，初期的謹慎放鬆了，交易便在私下開始進行。非常簡單，筆頭一動，把特派員報上的名字畫掉不報，一切就ＯＫ。本來報誰就沒有標準，也不一定有確鑿證據，甚至乾脆是冤枉，所以畫掉名字不會有任何問題，也不會被追究，還可能是做了好事。這種輕而易舉改變別人命運的權力，不被利用才怪。開始可能只是相互幫忙，後來一定會變成交易。這其中有多大利益可想而知。以前有這麼大利益在眼前不要是傻瓜，可現在劉剛的眼光要往遠看。這次運動由他而起，讓他終於實現了突破，他必須抓住這一生難逢的時機，最大程度借勢，盡可能衝高，切忌因小失大，等獲得更大權力後何愁沒利益可拿。

猛然想到說不定是給他下的套，如果他應了交易就會被抓到把柄。他眼下官運亨通表面被人羨慕，少不了暗中嫉恨。北京組組長現在躲著他，連眼光都迴避，當然不是服輸，在那閃爍目光下可以感受到更深的厭憎。特派組其他人既把劉剛看做未來可能的新上司逢迎，也巴不得見到他從火箭上墜落，再上去補踹幾腳。劉剛越發意識到，一個越級特情絕非是能一直吃到底的本錢，要在官場有前程還得通過當馬仔去換取庇護和提攜。

能當誰的馬仔首先取決於搆得著。當主席的馬仔自然最好，卻怎麼攀得上？提拔他當北京組副組長是老叔親自召見告知的。看似是老叔隨口一提的小事，但是讓劉剛清楚地知道是老叔力排眾議的破格提拔，很明顯是在遞給他梯子。劉剛當場表態，從今以後他就是老叔的人！老叔雖不是擁有最大權力的角色，負責的防疫正是劉剛眼下顯身手的領域。借調期滿要留在國安委，只有老叔可以排除組長作梗。他不跟老叔還跟誰？

當老叔再次破格提拔劉剛為防疫副總指揮時，連劉剛自己都擔心是否節奏過快。各省副組長至少是副廳級，只是處級的劉剛當他們上司無疑不是滋味。老叔卻清楚表明，提拔劉剛是作為樣板，年輕人接替老一輩也是大勢所趨。劉剛進一步感受到老叔的信任，是他被授予了介入鞋聯網的權限。防疫指揮部的其他人別說無此權限，連鞋聯網的存在都不知道。

網格化管控防疫的關鍵在及早發現患者。發熱被當做最直觀的指標。發熱者一概先送隔離營，再進行檢驗。說是確診不是流感病毒感染後即可解除隔離，但在實際執行中各個環節都是寧左勿右，被送進隔離區基本就別想出來，哪怕已經不發熱，也擔心萬一在隔離期間感染了病毒，放出去會成為新的傳染源，所以不如留在隔離營，等到防疫結束再放人。

北京的隔離區在北邊小湯山，幾萬人規模的容量很快填滿。於是東邊的平谷，西邊的房山，南邊的大興陸續建起更大的隔離營。儘管把隔離營宣傳成療養院一般，瞭解的人都知道裡面條件惡劣，缺少基本舒適，加上不讓家人探望，不許與外界聯絡，讓人唯恐避之不及。經常出現的情況是，試圖隔離發熱者時，看似聲勢浩大地去了一群網格人員，家人卻說發熱者不知道去哪了。那時怎麼辦？頂多各房間伸頭看看，總不能大張旗鼓搜查吧。其實發熱者可能就躲在附近，或是鄰居家，或是樓下某處樹叢後，甚至就在自家壁櫃裡，網格人員卻只能束手無策。等一個小時可以，三個小時可以，不可能一直等吧。網格人員前腳離開，發熱者後腳回家。人家是以逸待勞。這種躲貓貓的方式使得被隔離的發熱者不到上報數量的三分之一。

引入鞋聯網就是為了解決這個問題。只要知道發熱者姓名，就能通過追蹤其鞋的SID，在定位儀上顯示準確位置。那時無論家人怎麼打掩護，網格人員都能在床下、壁櫃、隔壁、樓道的水錶房……任何地方找到發熱者。哪怕逃跑，也可按照顯示的移動軌跡準確堵截。得到鞋聯網助力後，發熱者的隔離比例一下就升到百分之九十。

劉剛代表防疫指揮部參與鞋聯網與防疫網格的整合，配合解決鞋聯網部門提出的要求，由他給各地防疫機構配備鞋聯網定位儀，組織對網格工作人員使用定位儀的培訓。人們對定位儀如何實現精確定位有各種猜測，卻沒人想到是包括網格人員和防疫人員在內的所有鞋都被聯了網。

隨著對鞋聯網的瞭解逐步深入，劉剛對老叔的佩服與日俱增。那絕非是一個表面看上去沒有自己想法的管家，鞋聯網雖非老叔親自開發，沒有他支持卻絕對搞不成。老叔是學工科出身，雖然早早轉行，一直保持對新技術的敏感。他在高層官員中是最重視技術的，總是琢磨新技術，讓自以為比老一代瞭解技術的劉剛自愧弗如。

這也讓劉剛好奇老叔的桌子下還藏著多少沒露的寶。他被允許接觸鞋聯網，但只是網格化防疫需要的功能，其他功能並未對他開放。他出於好奇，用特派員可查詢人員檔案的權限查看鞋聯網人員，希望看出他們都在幹什麼，卻讓他有一個意外發現——其中一個名叫李博的，原來是伊好的丈夫。

拿到伊好簽名後劉剛便斷了與伊好的來往。多一事不如少一事，事少麻煩少。防疫運動開始後，前面反對誇大疫情的專家紛紛開始迎合危機說，論證病毒變異會導致人與人傳染。劉剛不再需要伊好提供專家支持，反而要防範他倆的性關係暴露，他們的合作就會受懷疑，甚至被視為陰謀。那種狀況下伊好會是什麼反應他毫無把握。因此最好就像什麼事都沒發生一樣。

跟劉剛不同的是伊好沒得到任何好處。在劉剛的特情被主席批覆後，疾控中心包括主要領導在內的六十七名官員免職，全體職工扣發三個月獎金，使伊好從原來與世無爭的專業人變成了同事眼中的投機者。大家的倒楣都來自她支持了那個奸細特派員。雖無正面作對，集體的疏遠使她孤立，在所有場合都被形單影隻地晾在一邊。滑稽的是，她此刻仍是少數派，與多數專家意見對立。那不是因為她的意見有變化，而是多數專家站到了另一面，渲染疫情的嚴重和傳染的危險，伊好反倒成了保守派。專家們倒不見得都是為了投機，反而是帶著某種情緒，既然上面願意這樣要，那就這樣給，甚至故意誇大。

在部署防疫運動的各省黨委書記會議上，主席脫稿講的一句話外界聽不到，不會上媒體，卻給與會者留下最深印象，是那次會議精神的一言以蔽之——「誰出事，提頭來見！」說話時主席面目平和。二十一世紀不會真砍頭，砍烏紗帽卻一定。烏紗帽是官員畢生心力所在，沒了烏紗帽就等於沒了頭。向下傳達時，「提頭來見」被改為官場語言的「守土有責」，威脅含義是相同的。專制體制是層層向下的專制。各省書記對主席猶如馬仔，卻是各省的二老大，同樣說一不二。二老大要想保證主席要求的百分之百，就得對三老大要求百分之一百二。每層老大都對下面加碼，「提頭」最後就得變成千刀萬剮，整個統治機器變成轟轟作響的絞肉機。各地政府一改原來的捂蓋子，紛紛提高本地疫情程度和危險等級，寧願說得嚴重。不管出於什麼目的，上級要面對危機，誇大危機就對自己有利。結果沒那麼嚴重，皆大歡喜，把平安過關說成政績。結果若不理想，危機之重已說在前面，還能指責什麼？當多數官員都在如此應對時，局部的個別誇張被逐層疊加，展現給上面的危機便越來越嚴重。

此時伊好反對渲染疫情和採取過度的防疫措施，卻被同事明嘲暗諷，早知現在何必當初？這讓她心情沮喪，身心疲憊。回家氣氛也很沉悶。女兒原本是她和李博之間的紐帶，父母把女兒帶去捷克，就如三足鼎立的平衡失去了一足。李博明顯對她冷淡，似乎總有一種不自在的尷尬，故意躲著她。他倆已經好多天只是通過微信寫幾個字聯繫。

劉剛也讓伊好不是滋味。倒不是她想跟劉剛怎麼樣，而是那麼明顯的利用之後棄之如敝屣的心理傷害。她在其他方面對劉剛絲毫沒有興趣，但他是男人，喚醒了她的肉體和性欲。原本不知道性的滋味也罷了，可以很平靜，一旦有了那種經歷，欲望便會稍不留意就洶湧泛起，讓她備受煎熬。那時她不會想到劉剛的臉，只是期待那種長驅直入的感覺。她從未想到自己那麼喜歡那種感覺。即使是現在，當她被欲望折磨時，如果劉剛出現，也不敢說自己一定會拒絕。

但是顯然劉剛不會再出現，她也不會下賤到去找他。自己明明有丈夫，卻不能平息肉體折磨。

這折磨什麼時候到頭？以後該怎麼辦呢？

4

第一次看到劉剛從辦公室玻璃幕牆外走過時，李博有如挨了一記重擊。他只看過照片上的劉剛，卻將那張臉牢牢記住。劉剛被允許進入鞋聯網工作區，但不能進入性鞋距工作區，好奇地透過玻璃向裡看，目光有一刻與李博相碰，友好地一笑，李博如同沒看見。信息中心的人大部分不瞭解鞋聯網，鞋聯網的人大部分不知道性鞋距。某種意義上，性鞋距可被視為老叔的自留地，因為未完成而無需上報其他高層人物，實際卻已經在應用。李博每天都要把老叔感興趣的對象——幾乎都是權勢人物——的性鞋距傳給老叔。老叔用來做什麼不得而知。李博通過系統後台，看到過老叔有時自行輸入SID查看性鞋距進行追蹤。那些SID在鞋聯網數據庫裡找不到。李博知道，只有政治局委員以上的SID不進鞋聯網數據庫，由老叔自己掌握。

李博發現這個情況後，便不再從後台看老叔，他不想知道跟自己無關的事。那次用鞋麥聽到伊好與劉剛後，他也再沒查看伊好和劉剛。男人願意窺淫，卻不是窺自己妻子的淫。知道別的男人上了妻子，似乎該做的是拔刀，而李博只是告誡自己——既然自己不能給伊好，有什麼權利不讓伊好得到？既然有性才算完整人生，伊好是自己的親人，就不該讓她的人生殘缺。這麼想，反而應該感謝那個令她快樂的性器。就把它當成是成人商店出售的電陰莖吧，只是供伊好滿足的工具！

當李博看到劉剛真人，注意的並不是他的年輕氣盛，不是他的西北人面相，也不是在他西便裝下隆起的肌肉，而是穿透這些，直接看到他兩腿間一個剛硬勃起的性器。那個曾經進入過伊好並把伊好搞到癲狂的性器，直立著填滿了他看向劉剛的眼界，似乎劉剛只是個性器化身。想到那性器進入過伊好，竟會讓他也衝動，使他既感費解，又覺難堪。

其實，李博沒再查看伊好的性鞋距並非全是那麼高尚地為了伊好，深層之下是怕知道，萬一伊好不是只把劉剛當做釋放欲望的工具，而是當成真正的男人，當成比自己更勝任的丈夫，該怎麼辦？他不敢想，寧願不看。直到劉剛出現在鞋聯網，跟自己已經只隔著一道玻璃幕牆了，才忍不住調出劉剛的性鞋距檔案。檔案表格是李博設計的，非常熟悉——出現性鞋距的次數、每次持續的時間、發生的地點、性對象是何人……李博一眼就看到伊好的名字，然而還是兩次！李博有些不敢相信，仔細看，的確一共只有兩次。也就是說，從他用鞋麥聽到那次之後，兩人再沒有過。李博分別追溯伊好與劉剛的鞋軌跡，兩人的偶爾交會都是在公開場合，彼此保持距離，匆匆而過。從劉剛調到防疫指揮部後，兩人就完全沒有了交點。

這樣的結果讓李博一方面是死刑處決前得到赦免的輕鬆，一方面又驀然湧起對伊好的心疼，差點流淚。劉剛給伊好的不是性愛，只是用性折磨逼她，得到了簽名便斷絕，更是莫大的羞辱。可以想見伊好內心會是怎樣的痛苦。她落到這境地，追根溯源是做丈夫的他沒盡到責任。而在她被折磨和羞辱後，本是最需要安慰的時候，自己給她的卻是冷淡和迴避。

李博亦看到自己陰暗的一面，他知道伊好出軌卻沒引起多大波動，其實跟綠妹有很大關係。要說出軌，是自己在先，沒有資格責備伊好；他似乎高尚地希望伊好得到性滿足，也是因為自己在綠妹那裡得到了這種滿足。為什麼作為夫妻，兩人都只能從他人身上得到滿足，卻不能互相滿足呢？他倆的狀況何其相像，那次之後伊好再沒有過劉剛，而自己在那同一天和綠妹之後，至今也與綠妹失去聯繫。過了三個月，鞋老闆一直沒音信。李博每天算日子，日子一天比一天漫長。直到終於看到鞋老闆的「貴體健康」，打到對方的備用手機，才知道綠妹沒有來。

「……鄉下都被封鎖了，人出不來，電話也打不進去。顛趴！」福州話的「顛趴」是罵發癲或神經病。「我派小梁開車去接人，半道被堵回來。到處是卡子，哪都不讓外人進。顛趴！」鞋老闆邊罵邊解釋。「這回只能請你吃飯了。」

李博情緒一落千丈。早已猜到有問題，綠妹家鄉的手機和網絡多天前就被切斷，鞋聯網便看不到綠妹蹤跡。他本寄希望鞋老闆有辦法，畢竟地頭蛇好辦事。連鞋老闆都沒辦法，看起來真的很嚴重。他倒不擔心綠妹有疫病，上次見面後他被綠妹傳染了咳嗽，只靠多喝水，幾天後便痊癒，綠妹自然也該沒事兒。

守土有責的軍令狀和百分之五的撤換率層層向下加碼，最後的承擔者是基層網格。面對這麼大的壓力，鄉村網格管理者最簡單的方式就是乾脆封閉。綠妹家鄉的武夷山區在這方面走得最遠，乾脆連通訊聯絡都切斷。不僅疫情的傳播渠道沒了，連恐慌情緒的傳播渠道也沒了，還能讓他們負什麼責？不過得給老百姓說得過去的理由。開始還按上面要求不透露瘟疫，說是維吾爾恐怖分子製造爆炸，為保證安全進行封閉，切斷通訊是避免恐怖分子用手機引爆炸彈。對此百姓的配合堅持不了太長，畢竟人不會把自己中炸彈的概率估計太高。反恐說著刺激，卻非每個人的日常貼身事。況且今日村莊已經離不開與外界交流。村民衝破網格封鎖的情況越來越多。基層政府都知道以反恐理由持續不了多久。

城市社會比鄉村一體化程度高，不能隨便切斷通訊和交往，網格的畫地為牢主要體現為驅趕外來人口。衡量城市網格管控的主要數據和指標都是針對戶籍人口及房屋業主，來來去去的流動人口對於網格管理是麻煩。尤其從防疫角度來看，流動人口往往是疫病來源和傳播途徑，杜絕流動人口的思路自然成為主導。城市普遍開展驅趕外來人口的清查。各網格要求業主不得租房給外來人口，已租住的中止合同；居住小區加強門衛，重新換發出入證，只許業主進入；文革後未見的入家查戶口也再度重現……

請李博吃飯時，鞋老闆滿腹怨言。他的企業基本是農民工，高級職員和技工也多是外地戶口，只有讓他們一直待在廠內才能避免被驅趕。但廠內空間和條件有限，難以持續。跟切斷了通訊的老家親人聯繫不上，也造成人心浮動，不少人辭工回鄉。更頭痛的是企業活動離不開與外界的通暢往來，現在處處有障礙，生產大降。連他來北京一路都被檢查了好多道，差點進不來。

「……說是為了反恐，檢查的卻是發熱，溫度稍高就被強制隔離。人也不是傻子啊！不識字的老太太都猜得到是出瘟疫了！何必這麼小兒科？人越不知道真情越胡思亂想，寧願信小道消息，添油加醋變成謠言，越來越恐慌……其實情況根本沒那麼嚴重。」鞋老闆的斷言來自他的企業好幾萬職工加上家屬，算得上小社會，從統計角度應該能準確反映大社會。「今年得流感的是比往年多，但是沒有太特殊。開始我們得到政府內部消息也緊張，發現體溫高的就通知政府帶走。但是政府太他媽黑，外地戶口的由企業交錢，一個人十萬，誰他媽交得起！後來我們乾脆自己在廠內搞了隔離區，病號在裡面吃點大路藥，結果最後都能好。」

「這些情況政府不知道？」李博問。

「政府裡的人肯定知道，要說政府知不知道就不好說了。政府是靠報文件運轉的，文件要寫上級想看的。上級說有疫情，下面說沒事兒，就有可能被指責怠政懶政。」鞋老闆不吃菜只喝酒。「不過肯定也有故意的。下級都是大活人，個個夠壞，上級逼他們，他們就不使壞？反腐運動已經搞得官場共憤，但是誰也不敢說什麼，就事事走極端，往死裡弄。誰也沒法說他不對吧，抓不住他的把柄，也沒法說他怠政。結果本來沒多大事兒，被怕負責、撈好處，或是故意挖坑的動機一塊推，就會搞成一團糟。上頭只能認，那是你拉的屎，得自己擦屁股！」

李博從鞋聯網上看得到人口流動趨勢。低檔鞋一般都在農民工和底層民眾腳上，往往最有共同趨勢。如春運期間先如大壩放水從大都市瀉出，滾滾洪流層層分散，最後散在農村；節後又從水滴匯成涓涓細流，逐步合流，最後如洪水灌入都市。現在離春運還遠，正是農民工忙著打工掙錢的季節，鞋聯網上卻看到了類似春運的趨勢，只不過不是心懷喜悅的返鄉，而是被城市驅趕出來。流動速度比春運緩慢，明顯不情願。從一線城市被趕出的先流到二線城市，再被趕出，流到三線城市……實在不得已才回老家。還有不少來回流動，如失去方向的蟻群。農民工的二代三代在生活方式上已和城裡人一樣，只是因為房價高買不起就不被城市接納。這些人遭驅趕後，家鄉無房無地回不去，只能盲目流動。

李博已不在那個群體中。他有北京戶口，有國家核心機構的職位，但他的根似乎一直脫離不開鄉土。他不能說對鄉土有多少情感，但想起家鄉親人，想起綠妹，還有鞋老闆企業的農民工，總是會陷入惆悵，心底某些祕不示人的部分被撥動。他現在置身於驅趕他們的陣營，他參與創建的系統為抓捕他們提供指引，他編製的軟件把他們當做螞蟻而非人……想到這些，他感到自己的生命真是沒法寄託意義，既無趣，又可悲。

從「水晶宮」回家的一路上，李博仍是盡量避開攝像頭。又多出好幾處利用紅外線熱像儀檢測行人體溫的點，超過三十七度的即被監控網絡自動跟蹤，防疫機構按鞋聯網定位攔截，有北京戶口的送隔離營，外地人送中轉營由各地防疫機構接回本地隔離。

李博住的小區也封閉。業主換了新門卡，每個家庭成員只發一個。小區新裝了一種被鐵柵欄分成格的旋轉門，每格只容納一人，從外面進入格裡，刷卡後旋轉門可推轉一格，格裡的人才能進入小區。這種方式杜絕了以往一人開門其他人跟著進的情況。通常小區業主遇到要湊錢的事總是百般不願意，這次卻以從未有過的速度交齊換門錢。即使有了這種門，保安也要守在門口防範外人混入。留在北京的外地人主要是保安，現在全歸網格指揮，成為網格的強力隊伍，查戶口，驅趕外地人，在網格邊界設立檢查站……這些具體事都要有人幹。保安們若不想跟其他外地人一樣被驅趕出城市，就得盡力當好打手，維護本地人。

李博進家時碰到伊好。疾控中心報復伊好，調她當值夜負責人，天天不能回家過夜。前面李博以為是伊好自己這樣安排，方便與劉剛尋歡作樂，直到回溯性鞋距才知道伊好一直獨守值班室。今天看見伊好，李博原本的困窘完全消失，脫下外衣就要進廚房。「做粥還是下麵條？」好像他不是剛跟鞋老闆吃完飯，和伊好之間也什麼都沒發生，還是按照以前的習慣，晚飯只吃稀飯或麵條，李博做，伊好洗碗。

「你自己吃吧，我馬上要走。來，打個疫苗。」伊好顯然是在等他，見他回來就開始操作。

「在單位打過了。」

「以前的疫苗是假的，剛查出來。」

「太過分了！」李博沒多說。連國家安全委員會給員工統一打的疫苗都是假的，這國家還有什麼是安全的？

政府對全民實行免費注射疫苗，圍繞疫苗鏈條結成的利益共同體看到了掙大錢的機會，紛紛濫竽充數，大都是把老疫苗換上新牌子，對新病毒基本沒用。監管機構只求不出事故，更多的是私下與疫苗供應方和使用方做利益交換。

「假疫苗不會對人體造成問題，但是對防疫沒用。」

「那不是該導致疫情擴大嗎？似乎也沒發生。」

「也許可以證明疫情不如想像的那麼嚴重吧。雖然以這種方式證明有點可悲，但這是最大樣本量，比其他證明都有說服力。」

「那就不需要再打疫苗了吧。」

「也別一下就跳到另一頭兒，有備無患。」她拔出注射完的針，順手把李博垂到眼前的一綹頭髮理上去。

這個小動作讓李博感到暖流穿心。這些天他們第一次說了這麼多話。

5

綠妹不像李博惦記她那樣惦記李博。李博對她過於遙遠。不過面對眼前這如同獸類的七兄弟，她會想起李博對她的溫存。她喜歡那種年長男人的呵護，實在厭惡七兄弟的粗鄙。他們竟把她媽吊在房梁，同時把她綁在椅子上輪流幹，一邊爭論生過小孩和沒生過的區別。這時七兄弟的爹進來，呵斥著驅趕他們。七兄弟在爹面前還老實，提起褲子去找其他女人。他們像是在撈本，過去說不上媳婦，現在全村女人差不多被他們幹遍了。

七兄弟的爹沒給綠妹和她媽鬆綁，淫笑著東一把西一把猥褻。他不像幾個兒子那樣粗魯，卻更顯邪氣。他原來是村裡最窮的男人，性格褊狹又懶惰，好不容易娶了個半傻女人，掙不著錢就使勁生孩子。為了躲避政府對超生者的打胎結紮，乾脆帶著一家躲到山裡十幾年，讓老婆開荒，讓兒子套鳥抓兔子，自己時不時下山偷東西，硬是養活了七個男孩（傳說中間還有女孩兒，生出來就被扔進山溝）。七兄弟基本沒上學，也不會做生意，但是七個光棍往那一站誰都怕。在今天日益依靠暴力的鄉村，村裡人都說到頭才發現這個爹最有長遠眼光。

過去他們一家至少還怕政府，現在是政府反過來靠他們。最初抓捕疫病嫌疑者，因為村民穿的鞋多數沒有SID，無法用鞋聯網定位，只能由本村人帶。一般村民會考慮鄉親情面，拒絕當這種角色，七兄弟卻不在乎，給錢就幹。到了封鎖網格階段，基層政府力量越發不夠，更需要村莊內部不怕撕破臉又能鎮得住的人。對綠妹的村莊，缺頭腦卻能抱團打架的七兄弟正好是這種角色，進一步成為政府依靠對象。雖沒給他們正式職位，但只要政府對他們的胡作非為睜一眼閉一眼，他們就能凌駕村莊之上了。

農村的網格即是村莊。防疫初期是政府從外部實施封閉，很快就力不從心。政府看不住億萬個體，尤其是那些個體與政府目標不一致時。需要轉變為村莊自我封閉，才能讓政府從疲於奔命中解脫。那首先得讓村民從對抗變成自願。為了實現這一點，基層政府不再隱瞞瘟疫，而是通過私下管道向村民透露，一種致死率很高的疫情正在全國傳播，很快將逼近本地。消息自然不脛而走，村民們一下變得高度緊張。他們對恐怖分子的炸彈可以不在意，瘟疫卻關係到每個人的安危，誰也逃不脫。各種聳人聽聞的說法不斷增加新版本，有人煞有其事地形容外面每天成千上萬死人的場景。這立刻導致局面反轉。村民從原本想方設法突破政府封鎖，變成了忙不迭地縮回村裡不再出去。各村成立聯防隊，十八歲到六十歲男人必須參加，輪流執勤。進入村莊的每條道路都架起路障，設置崗哨，不許任何人車進村。經過村莊的國家公路也被大型農機橫七豎八地堵住，只留行人和摩托車通過的縫隙。

暴力成了這種臨時秩序的基礎。村莊控制權大都落入了類似七兄弟的村霸或混混手中。村民之間也暴露人性惡的一面。人們互相懷疑，發現有人生病，不管是什麼病，便驅趕到村外自生自滅。還有人趁機報復以往仇隙，故意散布某人生病，恐慌的村民便會將其驅逐。拒絕離開的，聯防隊拆房子，人被強行捆起扔到村外野地。

綠妹村的聯防隊由七兄弟把持，他們互相任命，從司令到政委，還有參謀長、武裝部長……個個有官位。不僅不讓外人進村，連被城市驅趕回來的本村打工者也不讓進村，說他們已經沾上了城市的病毒。七兄弟沒出去打過工，對能進城掙錢的同村人始終自卑又嫉恨，現在可算能報復了。近年全國經濟走低，有人在外打工的家庭是少數，在村裡說話的分量不大。其他家庭為了自保，也不願意回鄉者進村，樂得由七兄弟出面當惡人。

被拒絕進村的返鄉者只能在村外臨時安身，找些簡便材料搭建窩棚，在村外形成一個營地。被當成病人驅趕的村民也加入他們。返鄉者人數雖然相對少，但普遍年輕，見過世面，比在家的村民更有能量，遲早會反擊，只差一個領頭的人和一件開頭的事兒，直到綠妹哥回來。

綠妹哥去廣州十幾年，從給武館打雜到當上武術教練，已經算有了社會地位，也有不少社會關係。本來這次可以留在廣州不被驅趕，因為一幫徒弟沒有廣州戶口被趕得無處可去，便決定帶領他們回老家避風，順便在鄉下繼續習武。在村口，遇到聯防隊不讓進村，他先是自己上前交涉。站崗的聯防隊員跟他是髮小，陪著笑臉解釋現在七兄弟是頭，要是放人進村就得挨七兄弟的打。現在跟當年不同了，沒人敢惹七兄弟。綠妹哥表示不會讓他們為難，請他們叫七兄弟來。

七兄弟才不鳥綠妹哥。當年綠妹哥是村裡的孩子王，根本看不上七兄弟。現在七兄弟反過來，沒說幾句話就用上了「操你媽」的問候。七兄弟中最沒腦子的結巴老七坦誠告知綠妹哥：「我……我們剛剛操……操完你媽……你妹……一……一塊……操的……」在這麼多徒弟面前遭羞辱，綠妹哥飛起一腳，看上去就像用腳側扇了結巴老七一個耳光。結巴老七仰面倒下，卻叫不出聲，已被踢掉下巴。等其他兄弟反應過來要撲向綠妹哥時，綠妹哥身後的徒弟早衝到師父前面，練就的各種招數一塊施展，被拒絕進村的返鄉者早憋了一肚子氣，跟著衝上。七兄弟瞬間被打倒在地，任人圍毆，其他聯防隊員頓作鳥獸散。

進村後，綠妹哥在自家門前示意徒弟止步。他不知道結巴老七只是嘴上過癮還是真做了什麼，萬一有不堪場面不想讓徒弟看到。進家後看到的卻是比事先想到的最壞還要壞。媽和妹正在被七兄弟的爹狎弄。當那沉浸於淫邪中的老傢伙被身後的聲音驚動回頭，看到的是綠妹哥手中的木凳隨著風嘯從天而降，聽到的最後聲音是自己腦殼的碎裂。血和腦漿噴灑在母女身上，往下流淌，如同要給她們裸體披上遮擋。

綠妹爹在世時當了半輩子屠夫，留下的殺豬刀仍放在立櫃頂，鏽跡斑斑，仍然鋒利。綠妹哥用刀砍斷綁縛媽和妹的繩子，沒說一個字，一手持刀，一手拽著七兄弟爹的一條腿徑直出去。村口圍毆已停，七兄弟有的昏迷，有的撐著身子試圖爬起。人群喧囂躁動，村民遠遠圍觀，不知下一步會發生什麼。見綠妹哥拖著屍體過來，騷動和喧嘩頓時中止，所有人屏住呼吸，只剩七兄弟中的老大還在發出咒罵。綠妹哥將殺豬刀徑直捅進老大的心臟，刀尖從後背穿出。在眾人震驚中，綠妹哥冷靜而有條理，依次給七兄弟每人一刀，刀刀在心臟位置，刀刀穿出後背。拎著人血滴滴的殺豬刀，他掃視全場，聲音平平，說的是粵語，給在場人的感覺像是武俠電影。

「殺一個，殺一百，沒區別。」

從那一刻起，綠妹哥便成為村民們膜拜的新首領，不僅是本村的老大，遠近百里的百姓也紛紛跟隨他。各村聯防隊都表示受他指揮，合在一起，他的徒弟和他挑選的年輕人成了骨幹。新聯防隊不再是欺壓鄉里的暴力團夥，吸收所有願意加入的村民和流民。綠妹哥發出響亮的號召：「城裡人榨乾我們的血汗，又把我們踢出來，天底下沒這麼便宜的事，他們欠我們的，全得拿回來！」聯防隊攔截公路和鐵路，把供給城市的物資截下來分給本地鄉親，人人有份。在當地老百姓眼裡，簡直就是水泊梁山的現代版。地方政府只能睜一眼閉一眼，不願冒發生衝突的風險，向上級的說法是暫且記帳，等防疫運動結束後再打擊。

讓政府更頭痛的是綠妹哥代表一種普遍現象——大量被網格排斥在外的盲流，既不能留在城市，又不能回到鄉村，形成了攔路搶劫和掠奪村莊的流寇。造成的後果一頭是讓鄉村網格更加封閉以自保，一頭是阻斷物流導致物資益發短缺。此種狀況有蔓延之勢。如果說城市的網格化控制比較有效，農村的網格化控制卻日益顯露與原本期望的差距。尤其當網格化封閉變成村莊的自我封閉後，政府權力也被阻隔在村莊之外。原本的政府網格管理人員喪失威信，無心工作，加上政府收入大幅下降發不出工資，紛紛辭職或不辭而別。

「農村包圍城市」的地理格局造成城市之間物流癱瘓，繼而導致生產鏈條中斷。企業因無法協作而停產，市場因無法流通而萎縮。原本已經不妙的經濟形勢進一步惡化，長遠展望更令人擔心。之所以眼下還能維持大局，全靠地方政府在夾縫中靈活掌握平衡。但是再如此持續下去，遲早會難以收拾。情報系統發出警告，軍隊和武警士兵多數來自農村，遇到通訊中斷，家裡情況不明，也開始私下交換謠言，致使軍心出現不穩。九組通過攔截軍警人員的個人通訊進行大數據分析，驗證了這種警告。軍隊和武警是保證統治穩固的根基，這戳到了主席最敏感的痛處，絕對不能允許這種情況發生。

6

主席在大典籌備情況彙報會上發了脾氣，網格化管控搞到了極致，卻成了按下葫蘆浮起瓢，反而發生混亂。防疫是保證大典年的一個方面，不是全部。如果僅搞防疫，不考慮造成其他方面的不穩定，和破壞又有什麼分別？老叔在會上做了檢討。把主席發脾氣提升到英明指出物極必反的哲學高度，要作為指導防疫運動的新精神深刻領會。防疫大方向不能放鬆，但需要加強全局觀念，不能形而上學地顧此失彼。老叔向主席保證，一定認真汲取教訓，糾正前面那種全天候全範圍網格控制導致的過度緊張，實現張弛有度，盡快消除混亂。

主席發脾氣的消息立刻被傳出去，官場隨之掀起一股洶湧的反對聲浪，矛頭對準老叔負責的防疫指揮部。反映防疫導致混亂及申訴免職不公的上書大量湧向中南海和中央各部門，進入九組建立的大數據。最讓官僚集團不滿的是藉防疫之名進行的清洗，但是不敢直接針對主席，此刻攻擊防疫指揮部貌似是跟主席站在一起，實際還是以攻擊老叔表達對主席的不滿，逼迫主席調整做法。

老叔被推到了風口浪尖，必須馬上彌合他與主席之間被撬開的縫隙，避免官僚們故意把他與主席剝離的「清君側」。雖說防疫運動由主席發起，但是造成混亂的責任不會找到主席頭上。國家領導人要求防疫怎麼會有錯誤呢？問題一定是在執行者。要避免被動挨打，當務之急是解除網格化隔離，平息正在蔓延的衝突和混亂，不再給官僚發難提供新炮彈。然而防疫又不能放鬆，萬一疫情擴散，才真是能把自己置於死地的罪名。解決這個矛盾的唯一方法，就是做到無遺漏地發現疫病嫌疑者，對其做精準處置，那樣就不再需要控制所有人的網格化隔離。

如何解決這個問題，老叔要求防疫指揮部的所有人員一塊開動腦筋，但是爭來爭去，想不出怎麼做到無遺漏地發現目標。劉剛在會上不說話，要求跟老叔單獨談，因為事關保密的鞋聯網。劉剛提出的只是一個他不知道答案的問題——鞋聯網除了掌握鞋的位置，能不能測出穿鞋者的體溫，並且在鞋聯網上顯示？如果能，通過鞋聯網發現發熱者，精確定位，進行精準處置，不就不需要網格隔離了嗎？

這個提問讓老叔有了柳暗花明的感覺，但是有想法只是第一步，還取決於能不能實現？信息中心主任表示，如果是在生產階段給鞋加上測體溫功能，技術上不複雜，增加相應成本即可實現。但那是遠水不解近渴。要馬上投入應用，只能利用人們現有的鞋。能不能做得到，唯有看開發了SID奈米材料的李博。老叔立刻拍板成立專項課題組，要求李博放下所有工作，全力攻關鞋測體溫，爭取在最短時間內完成任務。老叔委任劉剛領導課題組。劉剛接觸鞋聯網時間不長，能提出這種想法，讓老叔賞識。

李博卻不願意與劉剛發生關聯，更不要說受他領導，然而上級決定也不能公然違背。他不公開抵制劉剛，總是用幾個技術術語就讓劉剛無法回應，便中止與劉剛的交流。劉剛只好每次都讓信息中心主任一塊參與討論，才能與李博交流。等於李博事實上還是受信息中心主任的領導，劉剛被架空在一邊。

測出鞋內溫度對李博談不上多難的攻關，他能通過鞋聯網遠程操作SID形成鞋麥，溫度感應要簡單得多。問題在於測得的溫度是否能被當成穿鞋者的真實體溫？首先不同的鞋材質不同，設計不同，散熱或保溫都有差別；其次人的運動狀態不同，靜止、走路或跑步，腳的溫度都不一樣；影響更大的是環境因素，氣溫高低，有無太陽，走在水泥路面還是草坪，溫度差別更大。因此不能因為鞋內溫度高就斷定穿鞋者體溫高。若是要從技術上對這些差別準確做出識別就更難了，每項都得有專項攻關和實驗，需要幾個月時間，目前形勢根本不允許。

當參與討論的技術人員都對李博描述的難題一籌莫展時，劉剛也認為走進了死胡同，突然老叔的聲音插入，他一直透過監視器看著整個討論過程。

「……不要鑽牛角尖，得跳出來考慮。」傳聲器使老叔的聲音有些發悶。「從技術上判斷每個具體對象有困難，能不能用算法代替？這麼說吧，每個地區的環境條件應該差不多，流感發病率也清楚。例如一個地區的即時流感發病率是目前全國的平均數百分之二點九六，可以讓鞋聯網按照測溫結果排序，把體溫最高的前百分之二點九六篩選出來，就針對那百分之二點九六去處置。雖說會有誤差，但可以在處置過程中甄別，體溫不是真高就放人。肯定也會有漏網，例如被環境溫度降低了鞋溫的。但只要體溫真高就會繼續保持，當環境溫度回復正常時還是會被識別，進入下一批百分之二點九六中。從統計角度來看，最後結果會逼近精確。」

老叔的話讓大家的思路豁然開朗。他年長位高，專業訓練少，卻有應用新技術的敏感，思路勝過年輕人。眼下要平息主席的不滿和官僚發難，必須立竿見影，避免糾結細節。只有李博還力圖表達異議，卻被老叔打斷，指示立刻執行，在過程中解決細節。

既然不用考慮具體條件差別，李博只用半天時間就編製出程序。測試和調整的時間都被壓縮到最短。老叔親自坐鎮督促每個環節，直到李博編製的程序通過上百台伺服器向全國有SID標籤的八十三億雙鞋正式發送，已到深夜。

十小時後，基於算法的鞋溫篩選完成分布。發回的測溫結果開始在鞋聯網大屏幕上顯示，逐漸形成完整的地圖。代表高鞋溫的紅色圓點在正常鞋溫的綠色圓點中異常顯眼。

電子蜂

1

很少有人清楚趙歸的真正身分。他早年學飛機設計，一直保持對飛行器的熱中，在國內有個無人機企業，同行中不算大，卻是專供公安系統使用的無人機。他的生意主要在國外，錢也主要在國外。主席反腐以帳目不清抓了國安部副部長時，據說他一次就從國外調回兩億美金給副部長堵窟窿。那時人們才知道他一直是國安部的人，也是國安部在海外調撥資金的白手套。副部長被抓對趙歸影響不小，他陸陸續續一共交了十億美金才算擺平。當時老叔以趙歸對瓦解流亡異見者團體立過功為由保了他。知情者認為，十億在趙歸的海外資產中只占小頭，否則他不會寧願交錢保留他在安全部的副局級編制，但看得出他對那編制的重視。

趙歸年齡在劉剛與老叔之間，稍顯纖弱的南方人體型，氣質儒雅，西服考究。一頭濃髮精心做出波浪型。金絲眼鏡與瘦臉很搭。不太協調的是臉上的「橘子皮」，卻給他增加了一些粗獷。劉剛一接觸趙歸就被吸引，在趙歸的學者型企業家外表下，深藏著亦黑亦白的江湖氣，隨時能輕易轉換。那是最容易在警界打開局面的氣質，怪不得他在國安和公安系統全都如魚得水。

老叔讓劉剛與趙歸合作，為的是用無人機處置鞋聯網的目標。解決鞋聯網測溫後，如何處置發熱者便成了新問題。正常社會的人口流動主要沿著公路鐵路，設卡即可攔截目標。網格封閉時交通線被切斷，造成大量無家可歸者在網格之間的空隙流動，走小路，穿田頭，翻山越嶺，官方解除網格封閉後也不能馬上扭轉。從監控屏幕看，鞋溫高的紅點到處散布，乘機動車沿交通線活動的處置隊員即使嘗試深入小路也難追上。百姓仍處於謠言蠱惑的緊張中，即使體溫不高，遠遠看見處置隊員便逃跑，結成團夥的流民還會攻擊處置隊員。鞋聯網測溫發現的目標若不能有效處置，等於問題還是沒解決。用無人機對發熱者發射麻醉針的想法便被提出，考慮到普通無人機目標大，攻擊姿態明顯，容易造成恐慌等，必須用不易被發現的微型無人機，老叔便選定了趙歸公司的「電子蜂」。

趙歸最初成為國安系統的線人，是二十年前老叔在國安部時發展的。老叔離開國安部後，沒有了直接工作關係，他們的私人關係卻走得更近。趙歸始終充當老叔的馬仔。此時趙歸對老叔的效忠和不惜重金保下來的安全部編制就看出含金量來。涉及鞋聯網這樣的機密，別的公司有再好產品也沒資格進入，這個大生意只能給有編制因而是自己人的趙歸。這一單買賣做下來，趙歸上交的十億美金能拿回大半。

單論商業關係，趙歸作為供貨方應該巴結劉剛代表的訂貨方才對，然而從他倆開始相處，趙歸就居於當仁不讓的主導地位，劉剛也不自覺地把自己擺在了下級位置。這是因為老叔一開始就交代給劉剛四個字——「大事聽趙」，劉剛明白這是老叔給他倆定的主從關係。

趙歸在劉剛面前倒沒有倨傲之態，總是態度親善。他親自操作電子蜂給劉剛看，鼓勵劉剛提問，津津樂道地解釋每個細節。照理說趙歸多年前就成了億萬富翁，手下不缺做事人，自己卻一直保持專業方面的興趣，即使做不了研發，操作和編程方面仍然拿得起來。

電子蜂比黃蜂稍大，形狀、顏色、聲音都模仿黃蜂，裝有肉眼難以分辨的電子眼和各種傳感器。劉剛是第一次見到這類仿生飛行器。它在眼前盤旋時，那種活靈活現數次讓他產生想一把抓住的衝動。電子蜂是五年前趙歸公司接受公安部訂貨開發的。當時的公安部長看一部好萊塢影片裡有用電子蜂幹掉恐怖分子的情節，便想到用電子蜂麻醉群體鬧事的領頭人，把鬧事化解於無形。但是研發成功後只生產了第一批，尚未投入使用，公安部換了部長。新部長要的是殺一儆百，讓鎮壓人人看得見，而不是領頭人莫名其妙癱倒，像是發病。於是第一批一百個電子蜂在公司保險庫裡鎖到了現在。

趙歸對電子蜂頗自傲。能做出同類產品的公司全世界沒幾家，國內更是他獨一份。但因為是公安部投資研發，合同約束不得轉為他用，不得對外透露，因此始終未見天日。這回防疫對他可是絕佳時機。他立刻全力投入。因為鞋聯網系統只允許在信息中心內運行，老叔特地批准將國安委的樓頂平台作為試驗場，從信息中心接了一條鞋聯網專線通到樓頂。電子蜂方面只有趙歸一人可以在樓頂參與試驗，有需要回公司才能解決的問題只能就事論事，不得透露鞋聯網。

趙歸提出了改進思路，麻醉能讓對象無力逃跑，但還需要去現場進行收治，很多麻煩，不如把麻醉針換上疫苗與神經阻斷劑的混合針劑。劑量合適的話，對象被射中只感覺如一下蜂螫，仍能自己回家，隨後會一直乏力。這種情況一般會被家人送醫，處置隊只需等在醫院即可帶走隔離。即使對象不去醫院，藥效也會使其七至十天難以外出活動，相當於自我隔離，加上針劑中的疫苗作用，也達到防疫目的。趙歸的思路得到老叔肯定。只待電子蜂與鞋聯網的配合試驗成功後，就下訂單投入批量生產。趙歸躊躇滿志，公司做全面擴張的準備，要滿足全國的防疫，可想得是多大的訂單！

電子蜂和針劑都不是劉剛的領域，無法實質參與。為了緩和矛盾，已經暫停按百分之五比例罷免官員，劉剛從原本大權在握的忙碌突然有點上不著天下不著地，不知該幹什麼，有時在樓頂平台充當電子蜂發射針彈的臨時標靶。趙歸給了劉剛一個課題，讓他研究電子蜂方案可能引發的問題與預後。劉剛不知道是趙歸真需要這個課題，還是僅為給自己找點事做。不過即使是後者，也是對他的體貼。

從職業警察的角度，劉剛認為最需要重視的是針劑安全。有老叔的綠燈，公安部提供了各種用於審問和特殊措施的神經阻斷劑。那大都經過多年驗證和改進，只要比例配置得當，對象的肌體無力症狀都會隨時間自行緩解，恢復如初。發生過導致心臟停跳死亡的案例，比例很小，但這次的對象數量大很多倍，同樣比例的死亡，絕對數也不小。

劉剛跟趙歸談這個結論時，聲明自己完全知道為了國家和社會安全，個別人死亡是維護大局的必要犧牲，且一般醫院無法檢測出神經阻斷劑，通常會把死因歸於心臟病突發。「……不過，我過去幹過刑警。要是落到當年的我手裡，這案子真不一定輕易過得去。搞不好讓我發現點什麼，會當成謀殺案辦。雖然我不會想到有這麼深的背景，也找不出來龍去脈，但只要以毒針謀殺立案，必定引起重視。那時其他的類似死亡案例也會被注意，往下怎麼發展可就難說了。」

看到趙歸沒回答，劉剛進一步解釋他的擔心。

「你想啊，這和謀殺沒有明顯界限。只要神經阻斷劑多加點量，就能導致人心臟停跳。明知這種效果，只是把用量降到所謂安全水平。這時再有死亡發生，說明用量仍是超過界限，那和故意超過界限的謀殺，在法律上難以證實本質不同……」

趙歸還是沒說話，不過劉剛能感覺到他被謀殺的概念打動，而且不是一般地打動。每當趙歸不是爽快地反應或敏捷地評判，而是無表情不說話時，就是有什麼正讓他陷入深思……

2

當世界衛生組織提出到中國對疫情獨立調查時，沒有任何部門敢做主如何回應，層層如甩出燙手山芋那樣一路上報，最終擺到了主席辦公桌上。沒人奇怪會到這一步。儘管在內緊外鬆上下了大工夫，但是內緊和外鬆互為矛盾，內緊離不開外部措施，一定會突破外鬆的假象，滋生種種民間謠言，國際媒體會從旅遊者的捕風捉影中挖掘內幕，隨著疑慮與證據越來越多，世界衛生組織早晚要介入。

對中國政府否認疫情，國際社會並不相信。二〇〇三年的SARS傳染到全球多個國家，就是因為中國政府瞞報。今天的中國政府和那時並沒有本質的不同，仍是一黨專制，行為方式也不會有根本變化。世界衛生組織表示，如果北京拒絕其派專家實地調查，無法得到真實信息，就只能基於假設做決定，考慮瘟疫有隨世博會傳染世界的危險，不得不發布疫情警報，要求各國遊客不要前往中國，並建議國際展覽局停辦或延期北京世博會。

以主席一貫的風格本不會對要挾讓步，但是這次不一樣，不讓世界衛生組織派人進中國容易，它真要向全球發布疫情警告，威脅就大了。它不是實權機構，對它警告的疫情，世界卻沒人敢不重視，必將讓北京世博會慘敗。就算能花錢搞定國際展覽局不做停辦或延期決定，也會有很多參展國和觀眾拒絕來中國。無人參加的世博會將淪為笑話，僅這一招中國就沒有手段能扳回。沒錯，黨慶大典可以自己說了算照樣辦，然而世博會失敗卻如當著世界的面被砍掉一條腿，無法交代。對主席想藉雙大典的輝煌實現連任也成為反效果，反對勢力一定會落井下石，因此主席再有氣也沒轍，只能同意世界衛生組織進入中國。

主席的幕僚保證可以控制局面。中國官場對付上級巡視的手法搞了幾千年，已經爐火純青，搞定幾個洋人絕對沒問題。這種事不用主席親自布置，下面自有全套安排。然而等世界衛生組織的調查團來了，才發現這回不像以往好對付。調查團大部分成員會中文。隨中國經濟做大，學中文的老外越來越多，本來被中國政府當做軟實力驕傲，這時卻變成不利。調查團成員在幾個主要中文社交媒體上都開了帳號，公布個人郵箱和中國手機號碼，鼓勵中國民眾向他們直接反映情況。世界衛生組織要求中國方面不得封鎖或刪除調查員發的網上消息。很多被隔離者家屬紛紛與調查員接上頭，親自帶領他們去追蹤家人下落。對家人命運的擔憂超過對政權的恐懼。家屬們借助調查員為自己撐腰，否則根本無法打破封鎖。這種「內外勾結」使得糊弄人的手法不再好使。能騙住老外的騙不過家屬；可以拒絕家屬的無法拒絕老外。受命的地方官和警察往往眼睜睜看著國際調查員進入上級命令不得讓他們進入的地方，拿到上級命令不可讓他們拿到的證據，因為上級還有另一個同樣嚴格的命令，不能讓國際調查員們感到受封鎖和不自由，尤其不許使用強硬手段，那會惹怒世界衛生組織。有了這種顧慮，連對隔離者的家屬都不敢用強硬手段，因為家屬們狡猾地一刻不離調查員左右，把調查員當成盾牌。

分頭奔赴中國各地的世界衛生組織調查員從各個醫院和隔離營複製原始醫療檔案，與醫生面對面交流，對患者進行直接檢查。這些部分還可以控制，施加壓力下的醫生和患者基本會按事先導演與排練行事。但是調查員在醫院和隔離營內隨機採集血樣卻無法事先導演，他們還以突襲方式從醫院化驗室直接拿走原始病毒的樣本。更沒料到的是，被調查團拿到最多病毒樣本的地方，竟是防範最嚴的北京，是北京市疾控中心的病毒庫，由總防疫師伊好親自打開病毒庫大門，讓調查團任意取樣。

那是調查團夜裡的一次突然襲擊。伊好不知道如果沒有劉剛裝成司機跟著一塊來，進來後裝做不認識她，又在無人注意時用眼色對她發出警告，她會怎麼做。她會不會就按照早已準備好的方案去做了——或是推託病毒庫管理人員不在，或是以不符合操作規程的理由拒絕，總之就是耍賴，讓調查團無可奈何。但是劉剛的表現讓她怒從中來，幾乎沒有猶豫，便當即給調查團打開了病毒庫。

這當然也不是僅僅針對劉剛的衝動，劉剛只起到了打消猶豫的因素。伊好本來就對隱瞞事實的做法極其反感。世界衛生組織是防疫界的最高機構，為全人類負責，應該毫無保留，真誠以待。她平時撒個善意的謊都臉紅，讓她既違背做人道德又違背職業良心去耍賴，如何做得出？既然當局公開說的都是要無條件配合調查團，她給調查團打開病毒庫就沒人能指責。

三個調查員裡有兩個是德國人，伊好故意用德語跟他們對話，只是想讓劉剛一夥的監視者們聽不懂著急。看到劉剛拿出手機錄音，伊好對他更加厭惡，指著劉剛對德國人說：「看，你們的司機在給我錄音呢！他沒告訴你們他是安全官員吧？」劉剛聽不懂德語，也能知道伊好是在說他，只得收起手機，裝做沒事。

調查團在伊好打開的病毒庫中得到了幾乎所有樣本，補足了所缺，第二天便由專機直接送往歐洲三大最具權威性的實驗室。調查團要等實驗室完成對病毒樣本的檢驗後，才能公布對中國疫情的調查結果，做出正式結論，時間需要三星期。

那三星期中國政府內部亂成一鍋粥。該如何面對世界衛生組織將對世界公布的真相？擔憂的結果看上去註定躲不過，連鎖反應卻非中國能控制，只能考慮如何把損害盡量減小。溫和意見是利用這次配合調查團形成的良性關係，請求世界衛生組織採取和緩方式處理，不要針對九個月後才開幕的世博會，相信中國有能力在這段時間內消滅疫情；強硬意見是威脅與世界衛生組織停止合作，停止繳納會費，對其發布的疫情警告指控為國際敵對勢力的陰謀，將調查員拿到的樣板說成偽造。但是讓指控無法立足的是，調查團是從中國的政府單位——北京市疾控中心取到的主要樣本，調查員全過程做了錄像，總防疫師伊好一直與其配合，那是難以否認的鐵證……伊好被恨得要死。

養了那麼多機構那麼多人，關鍵時卻一籌莫展，難怪主席這一段日子動輒發脾氣，讓身邊人戰戰兢兢。主席的小姨子本是少數能跟他說上話的，作為黨慶大典的總導演，也不敢再提請他去看大典彩排。一旦世界衛生組織發布中國疫情警報，彩排能不能搞都成問題。等待最終結果，就像等著鍘刀落到脖子上的一刻。

從劉剛認識李博以來，李博第一次主動跟他說話。伊好被北京市公安局以洩密之名「監視居住」，等於變相監禁。李博想去見伊好也被阻。他爭辯妻子讓調查團取樣本是政府對國際社會的允諾，不存在洩密。辦案者回答伊好的洩密是向調查團暴露扮成司機的我方安全官員身分，後果不重但性質嚴重，定罪量刑至少三到七年。李博從鞋聯網檔案查出劉剛是當晚送調查團的開車人之一，而伊好只知道他是安全官員。

劉剛向李博保證絕不是他告發了伊好，隨行有好幾個部門的人，都在暗中監視。他在表示惋惜和關切的同時，尚不清楚這究竟有助於他與伊好的切割，還是更會被懷疑他和伊好之間有過什麼才有這種報復，決定暫時還是不要有什麼動作，等看清發展走向後再決定，所以他只是應付李博說會去瞭解情況，但特派局與公安局不是一個系統，需要時間。李博黯然而去的形態，倒是讓劉剛改變了原以為這對夫妻沒感情的看法。

其實劉剛在伊好被抓前就知道消息。那是北京市的決定，一旦上面追責，就用伊好的「賣國行為」解釋。為了掩蓋這次封鎖世界衛生組織調查團的失敗，各地普遍給幫助過調查團的人扣上罪名進行懲處。對伊好目前還算客氣，監視居住是一種可進可退的措施，北京市也在觀察事態走向。

結果卻是誰也沒有預料到的。三星期後，世界衛生組織公布的結論簡直有如天上掉下的大禮包，竟然、竟然、竟然是——雖然在中國流感患者中發現了H7N9禽流感病毒的變種，但經過歐洲三大實驗室分頭檢驗和相互印證，結論是不會在人類間傳染，沒有特殊危險性，中國的流行性感冒仍屬普通級，處於安全範圍，發病率也不比全球平均水平高，因此原本針對中國發布的黃色警報降為藍色。

這消息頓時吹散了全球對中國發生瘟疫的質疑，傳言不攻自破。與中國經濟有關的股票大漲，疫苗企業股票雪崩般下跌。各國勸導國民避免到中國旅行的政府建議盡數撤銷。事實證明了中國政府前面對疫情狀況的否認不存在故意掩蓋和封鎖信息。世界衛生組織對中國政府的信息公開和配合調查給予高度評價，中國政府在國際社會的信用提高，形象改善。曾經曝光疫情內幕揭露中國政府的媒體記者則成為被嘲笑的對象。

如此奇特的轉折使主席再次確認天意對他的眷顧。前面的防疫運動現在看雖是空穴來風，但幫助他達到了加強威懾、整肅官員、吐故納新的目的；到了運動激發的矛盾可能影響大局時，原本認為是最大麻煩的世界衛生組織卻伸出妙手，一舉化解了所有矛盾，迎來柳暗花明，風景更好。除了天命之君，誰還能得到這種冥冥相助呢？

黨慶大典只剩四十四天，原本擔心疫情而糾結的彩排無需再顧忌。小姨子一再強調不能不彩排，否則無法保證幾十萬人加上聲光電的配合達到完美。跟大典有關的決策最終都需主席拍板。他拿起電話。

「彩排按預訂時間，放手進行！」

「太好啦，我的好姐夫！」要不是隔著電話，小姨子會衝上來給他個大大的擁抱。主席此刻心裡充滿幸福感。老天顯示了如此眷顧，說明設想的一切今後都會順利實現。

「姐夫一定要來看彩排啊，要聽您的意見！」

「這還得看中辦安排……」

「來嘛~來嘛！大典是獻給姐夫您的！必須達到姐夫百分百滿意。彩排看出問題還來得及改，這非常重要！非常!!非常!!!」

「呵呵，我跟警衛局說說看……」

3

老叔這種時候本來沒心思再聽電子蜂項目的彙報。世界衛生組織的警報一解除，高速運行的防疫運動就像一頭撞上了玻璃牆，戛然而止。電子蜂自然不會再用，收尾也用不著老叔過問，他面臨的問題比這些小事嚴重得多。不過趙歸堅持要彙報，讓老叔感覺另有其他，就隨趙歸上了樓頂。

國安委大樓可被看作一個巨型電器。裡面的無數電子設備是其中的零件。大樓的牆壁內、樓板間、天棚上布滿數據線、電纜、光纖、插座和接口，如果把其他建築材料去掉，那些線纜會呈現出同樣形狀的大樓，密布交織，數據如瀑布和流水在那些線中川流不息。還有大量在樓內交換的無線信號，被包裹著整個大樓的巨型電磁屏蔽罩隔絕在內部，絕對不會洩漏出去。與外界聯繫靠的是大樓頂端那座高聳的天線塔，數十種大功率天線集合在一起，外表做成渾然一體的建築裝飾尖頂，伸出在屏蔽罩上方。天線塔的底部插入樓頂半透明的藍色梯形體下。那梯形體的頂部與樓頂平台之間留有十二米高的空間。天線塔在其下如樹根般張開，分成幾十根直徑一米五的不鏽鋼柱。柱體作為天線塔支撐，柱內是不同天線的線路。柱腳和大樓結構合在一起。梯形體與樓頂接合處留著一圈一米五高的空隙通風散熱。樓頂平台雖然看不到天空，卻有風對流，經常風還不小。這種柱體林立且有風的環境很適合作為電子蜂捕捉SID目標的模擬環境——天線柱如樹林，空氣對流如自然風。

老叔很少上樓頂平台。陽光下，罩在上方的梯形體透進藍色光線，像在青幽幽的水底。此時其他人都已撤離，只剩趙歸和劉剛。趙歸事先已安排好，老叔一到就放飛電子蜂。充當標靶的劉剛穿長袖衣褲，戴著有護目鏡的頭罩在天線柱間繞行，時而小跑時而慢走。從發射基座上陸續放飛的電子蜂追蹤到劉剛，接近他發射針彈，再返回被稱作「蜂巢」的回收箱。趙歸讓劉剛到老叔面前，指著射在劉剛衣服上的針彈。

「您看，這是我一直沒解決的難題。SID可以指引電子蜂射中人體，但是人體大部分覆蓋在衣服下。受限於電子蜂體積，針彈射擊力度不可能太大，只要衣料不是緊貼人的皮膚，就會因為衣料緩衝使針尖扎不到皮膚，藥劑也就不會注射進人體。針彈大部分掉落，有些像這樣掛在衣服上。反覆試驗的結果，模擬皮膚暴露最多的夏天，針彈有效率也只有百分之五，其餘的都會被浪費。這種有效率是無法進入實用的。」

趙歸讓劉剛轉身，指他頭罩後面脖頸位置的白膠墊。「提高有效性的途徑是讓針彈只命中人體皮膚暴露處。考慮人多數情況是穿全套衣服，頭頂有頭髮，始終暴露的皮膚只有脖頸、臉和手。手的活動頻繁，不易命中，臉部可能射中眼睛造成傷殘，因此最合適的位置是頸後。就是這塊區域——大概上下五公分、左右十公分。想準確命中這麼小的目標已經有困難，問題還在它總是隨人的形體變換位置。想了很多辦法都沒解決。從這點而言，防疫運動中止倒讓我放下了心病，否則一直都在焦慮怎麼向您交代呢！」

老叔知道這不是趙歸真正要說的，如果就這些，完全可以不說，做出什麼都已解決的樣子至少更有面子。

「我一直以為不會有問題。不能像無人機那樣人工遙控嗎？」

「在視線範圍內由發射員遙控，命中頸後位置沒問題，但是防疫範圍在整個國土，只能通過衛星或移動網絡操控。信號會隨著距離增加有延遲，少則一秒鐘，甚至兩秒三秒。對象靜止不動還好，但那種狀況不多。靠人工對移動目標估算提前量彌補信號的延遲，失誤率非常高，不會比電子蜂自動發射更好。」

「然後？」

趙歸揮揮手，劉剛到樓頂平台另一端的鞋聯網工作間迴避。趙歸則請老叔進這一端的電子蜂工作間坐。利用樓頂維修間改裝的工作間主體部分是玻璃，可以看到整個樓頂。裡面有空調和衛生間。趙歸打開他隨身攜帶的屏蔽罩生成器，直徑兩米的屏蔽罩把他和老叔罩住。防範電子刺探的屏蔽罩是由特殊儀器形成的電磁場，完全無形，卻能阻隔電子信號。外面的信號進不去，裡面的信號出不來。在罩住了整個國安委大樓的屏蔽罩內再用屏蔽罩，防的就是大樓內部的竊聽了。

趙歸把事先沏好的茶給老叔斟上，沒用平時說話的快節奏，而是字斟句酌地開口。「從技術儲備的角度，這個課題應該繼續解決。首先用移動網絡或衛星遙控電子蜂都會留下軌跡，可以被回溯追查出源頭。這對用於特殊目的會不利。其次，即使對象是靜止的，以人工遙控電子蜂瞄準頸後那麼小目標，也要在距目標五米內才行。否則空氣對針彈的干擾會導致過大偏移。那麼萬一對象處在半徑超過五米的大型屏蔽罩內，電子蜂在屏蔽罩外的發射不能一擊中的，便可能被發現而前功盡棄——這種方式只能一次有效，不可重複。而讓電子蜂進入屏蔽罩，遙控信號便會失去聯繫，無法人工遠程操縱，只能讓電子蜂按SID導航方位自行發射，於是又卡在無法射中頸後位置的問題上。」

趙歸話中的「特殊目的」、「一擊中的」、「前功盡棄」是事先反覆考慮選定的詞，內含著特殊含義的提示，尤其是「半徑超過五米的大型屏蔽罩」，他相信老叔能明白。果然，老叔的血壓驟然升高，感到了一陣暈眩。能用屏蔽罩的人都是權勢人物，但一般的便攜式發生器只能形成兩米半徑的屏蔽罩。半徑超過五米的屏蔽罩得由隨行機器人承載發生器，運行複雜且成本高，只有身邊總有多個隨員的政治局常委才能在日常使用。

老叔在手指間掂了好一會兒茶盅，一直不說話。茶水從熱變溫，血壓慢慢降下。他飲了一口溫吞茶，沒嘗出味道。趙歸把新茶從壺裡倒進濾網，嫩黃明亮地流進銀絲網下的玻璃杯。空氣凝滯。趙歸的話也變成一字一頓：「我想，目前的局勢對您多危險，應該不用我多說。」

趙歸和老叔是那種可以直言官場祕密和仕途之術的關係。在高位者萬般謹慎，也需要一個能直言的對象，無需猜謎般拐彎抹角地說話，讓對方幫自己做判斷，提反證，激活思路。這種對象一般是有歷史淵源，年齡地位不在一個檔次，又能放心信賴的人。趙歸多年來一直為老叔管理海外祕密帳戶，說是為工作而設，趙歸每年存進帳戶上百萬美元也像公事公辦，但是老叔最疼愛的外孫在美國讀書生活，包括買跑車一類開銷，都是趙歸從那個帳戶支出。

世界衛生組織的調查結果一方面讓中國出乎意料地解了套，一方面也使前面的防疫運動成了空折騰。主席在感到幸運的同時，馬上就面臨如何善後。他當然不能承認自己神經過敏過度反應，一定是又一次高奏凱歌的偉大勝利。主席親自參加了大張旗鼓召開的全國防疫慶功表彰會，為英模授獎，高度肯定了防疫運動採取的措施，歸結為在黨的領導下，全國人民萬眾一心戰勝了疫情。信息防火長城內的中國民眾並不清楚，世界衛生組織的調查結果說明舉國防疫是個大烏龍，都以為是取得成功後得到世界衛生組織的認可，因此對政府的做法不再抱怨，畢竟危機解除，生命安全了，被隔離的人皆被放回家，關卡撤除，通訊恢復，人們回歸正常生活，主要心態便是抓緊娛樂、消費、享受，把被防疫運動損失的個人生活補回來。

而要讓官僚集團釋懷卻沒那麼容易。他們完全清楚世界衛生組織的調查說明了什麼，無法含糊過去。尤其是在防疫名義下被撤職的近十萬官員，若真有疫情，怎麼都有理，沒人敢質疑，一旦是子虛烏有就成了亂搞，甚至會被懷疑有意為之。以後是不是隨便編造一個瘟疫就可以開展類似的清洗呢？官員對此怎麼能放心，還怎麼能效忠？十萬被撤的官員各有能量和人脈，該如何安撫？未被撤職的官員也會兔死狐悲，對他們是不能沒有解釋的。

極權社會的最高統治者，不管是皇帝還是主席，從來不會有錯誤。如果有什麼不對頭，一定是下面人所為。主席不會為防疫運動撤職的官員平反，那是他保證繼續掌權必不可少的震懾，往回縮一點就會效果全失。且空出的職位已經恩賜給新人，任何動搖都會恩情不再，兩頭不討好，絕不可以。撤職者就算這次沒犯錯，以前的反腐清查也都有帳底，如果不鬧，該有的待遇不會少，不服就算老帳，取消待遇，相信沒有人敢較真。不過，統治需要靈活性，毛主席當年時而反左時而反右，就是要讓官僚產生心理上的不確定性，被威懾的同時又總是抱有起死回生的希望，避免鐵了心地成為對立面，因此也不能讓官僚太憋屈，氣得有處撒，就要找一個替罪羊，展示象徵性的公道。

「無非是退休養老唄，早晚有這天，誰也指望不了做一輩子。」老叔的聲音無力，力圖顯得散淡。

主席需要的替罪羊明顯會落到老叔頭上。防疫運動是老叔負責，罷免官員是他主管的特派局提名。這些天對防疫指揮部形成前所未有的攻擊狂潮，以前主席還做出擺平姿態，這次卻沒有表示。既然肯定了防疫運動取得偉大勝利，正常程序應是由防疫指揮部主辦慶功表彰，由老叔負責運動結束和善後，然而主席卻繞開老叔，讓中央辦公廳搞，嘉獎對象中一個防疫指揮部的人都沒有。官僚對這背後的含義怎能不一目了然。老叔雖是主席的心腹，但政治就是政治，關鍵時刻從無情義，甚至還要被用來表現大義滅親。老叔已近退休，沒用的人在廢棄前再發揮一次作用，不正是替罪羊的最佳人選嗎？

趙歸拋開委婉，對老叔直言不諱——樹欲靜而風不停，因為一個烏龍撤了那麼多官員，本是源頭的主席既不做挽回也不去擔當，官僚不敢對主席發洩的不滿只能加倍報復到老叔頭上。被撤官員雖不能翻天，合在一起搞報復卻會十分可怕，那不是老叔一個人下台就完事的，一定會讓他全家陷入滅頂之災。老叔妻子是中國珠寶玉石協會的會長，看似低調偏門的職務，卻站在每年上千億元流水的河邊，怎能不濕鞋？女兒女婿合開的投資公司更不用多想，在中國能入金融行業怎麼可能沒有枱面下的交易？一抓一個準。老叔在美國留學的外孫那時怎麼辦？

「君要臣死，臣不得不死，有什麼辦法呢？」老叔很少顯出無助之態，看得出他早就絞盡腦汁，卻想不出解脫之道，只能聽天由命。

「OK，OK……沒辦法的事情咱們就先不費心。只求下台前站好最後一班崗吧。」趙歸明顯誇張地轉換話題，其實是進入話題的下一階段。「回到我前面說的那個技術難題，差一步就完成了。只是我能掌握的技術資源已經窮盡。您的技術資源多，能不能幫我想想解決路徑？要是能解決，下台前您多留一份技術儲備給後任，我這段忙乎也不白費！」

趙歸在其他事上對老叔直言，是因為知道老叔願意聽直言。而這件事猜得出老叔怕聽直言，只能以隔著窗紙看到影的方式說。趙歸看得出老叔已經明白他在前面說的話，卻一定不會立刻表態，也不知道會是怎樣的表態，也許根本就不表態。那樣，自己所想的一切就只有當小說了。

4

趙歸愛看政治小說，有時還會把琢磨的政治博弈寫成小說片段，不為發表，只是愛好。這次他接觸到鞋聯網，第一時間就感覺其中有故事，直到劉剛談起電子蜂與謀殺，隱約靈感突然化做劃破黑暗的閃電，小說和現實瞬間融為一體，或者說離現實只差一步。在那一步補齊前還只能是小說，但此時卻是可以把小說變成現實的時候了！

照理說趙歸完全可以無需蹚渾水，知道電子蜂與鞋聯網配合調試的人很少，他與老叔的單線關係更是祕密，因此老叔的下場不會影響他。只要不把大訂單的瞬間失去當回事，無非是白折騰個把月，再回到以前狀態就是了。

然而趙歸絕不甘心，人生別的他都有了，錢、女人、豪宅、外國護照，也都變得乏味，他從小所渴望的權力卻一直沒到手。在他心目中，榮耀僅屬權力。從孩提他就羨慕那些能騎在他人頭上的官員，哪怕是個村官都可以把普通人踩在腳下。他一上大學便當了為校方監視其他學生的線人，後來被安全部發展為間諜派往海外。他自己主動從科技間諜轉為破壞海外民運的政治間諜，也是出於對政治和權力的嚮往。從KGB上位俄國總統的普京是他的偶像，他之所以不惜拿出十億美元向官方表忠心，保住國安部的體制身分，就是為了繼續保持與權力的聯繫和走向權力的機會。

這次防疫運動本是絕好機會，老叔許諾趙歸，只要電子蜂能對防疫成功和保證大典有功，國安委便會先成立一個無人機應用組，由趙歸當組長，再圍繞高科技應用，逐步擴充為與特派局平行的技術局。趙歸已有副局級編制，到時當技術局的局長順理成章。雖說只是管技術，但這個時代技術與權力的關係已如強力與權力那樣不可分，占的比重越來越大。趙歸遠比大訂單更看重這個權力前景，多年耕耘似乎終於可以收穫，沒想到還未開始便中斷，他卻已經無法再回到以前狀態。設想過的無數計劃如同餵養心中餓狼的鮮肉，狼已長成，再不能縮回到幻影，必須衝進權力的獵場！

趙歸要幫老叔，不是為老叔，而是老叔一垮台，通向權場的門便會永遠對自己關閉，再不會有任何機會，因此無論如何要幫老叔再做一搏。而他手裡已經有如此絕妙的好局呼之欲出，差的只是一個技術細節。他向老叔詢問，既是試探老叔的態度，也是自己實在找不到解決那細節的辦法。老叔啊，就差這麼一點點，過去讓你上天，過不去就下地獄，全看你是什麼命了！

第二天一早，趙歸便接到老叔祕書的召見電話。他連喝兩大杯冰水壓抑內心波動。雖然不知老叔會說什麼，至少不是什麼都不說。在主任辦公室裡，見他的老叔就是一副主任的模樣，一點沒有昨天在樓頂工作間裡顯露的震驚和猶疑，態度明確，說話乾脆。

「……對你昨天說的把項目繼續搞完，我個人贊成考慮國家安全不著眼一時一事，項目既然離完成只差一步，繼續做完對國家有利。但是防疫運動已經停止，單位參與會被認為是對中央精神的牴牾，因此只能作為你的個人項目，由你自願進行。我不會給你正式授權，剛說的也只是私下表態，不會拿上正式場合。」老叔走到窗前。一直下的雨剛停，落地玻璃掛滿點點雨珠。雨霧中的城市風景好像被暈染的水彩畫，線條扭曲，輪廓不清。「你昨天提出的技術問題，我只能從技術角度提供思路，只限於技術。」老叔把一句話中的三個「技術」都加上了重音，轉頭看趙歸。

趙歸聽出老叔這話傳遞的信息，一是默許，至少不反對；二是只能說到這一步，只能用這種模糊的方式；三也就意味趙歸無論做什麼都跟老叔沒關係。趙歸此時如在真空中聽自己心跳，真實的操作與幻想小說的感覺不一樣，他抬眼接住老叔厚鏡片後注視的目光。「我明白，只限於技術。」加了重音在「只」上。

老叔沉默地向窗外凝視片刻，浮現一個明顯做作的表情，像是突然想起了好笑之事，從辦公桌的電腦上調出個動畫視頻，把屏幕轉向趙歸。那畫面是用球、圓柱、圓錐等組成的兩個人體形狀，看上去是一男一女，區分是女的胸前有兩個圓球，男的兩腿間多個圓柱，其他部分都一樣。男女人體正在做交媾動作。老叔先調侃地說不是他為老不尊收藏黃片，那是根據鞋聯網的分支技術——性鞋距，由電腦自動生成的模擬動畫。這是趙歸第一次聽到性鞋距。他已經知道鞋聯網，不用多解釋就能明白性鞋距的基礎在於能精確測定鞋的空間位置，而人體姿態和腳的位置密切相關，既然人的兩隻鞋都有SID，知道人的兩腳位置關係和變化，根據法醫學模型就能確定人的形體姿態和變化。這個動畫視頻是根據實際所測一對男女的動態鞋距，由性鞋距程序自動生成的。

動畫片上的女體動作相對僵硬，男體雖未流暢到行雲流水，卻足夠栩栩如生。老叔解釋是因為女人坐在辦公桌上，腳未著地，對形體影響不夠直接。男體雙腳站在地上，鞋距確定的人體位置便很準確，若再加入對象的體重、身高、頭長和腿長四個參數，精確算出人的頸後動態位置，在技術上應該沒有問題。老叔又一次強調了「技術」二字。

趙歸一度有些恍惚，他窮盡了努力所差的唯一一步，把老叔這個小黃片填充進去，便立刻成了畫龍點睛，可以騰空飛起！屏蔽罩對外能切斷信號，電子蜂卻可以飛進屏蔽罩，在裡面接收對象的鞋距參數，算出頸後位置，再「一擊中的」，看上去就如大自然一隻偶然飛過的昆蟲。這個小黃片讓趙歸的局立刻天衣無縫，讓他的小說成為現實！趙歸感到巨大的命運突然實實在在地握在了手中，那一刻他不是喜悅，是被大棒猛擊的震痛，以及突然空降在孤峰絕頂上的寒冷和孤獨。老叔表達得很清楚，不會和他一起承擔，寧願耍滑頭到底，也不多一點絕地反擊的勇氣。不過趙歸也感到了鼓舞，老叔是擅長判斷輸贏的高手，在明白了趙歸暗示的懸崖一躍後沒有反對，還提供了最後的關鍵，說明已經看到了勝算，否則就不是僅僅裝做不知道幹什麼，而是一定會兩手捂耳，斷然否定！

現在不是感慨之時，趙歸迅速壓下了情感的波動，排除雜念，集中到操作步驟上。電子蜂需要進行程序整合，才能按性鞋距提供的坐標瞄準發射，這要有性鞋距的技術人員參與；然後還得實驗……

趙歸提起話頭被老叔打斷。「性鞋距是李博負責的項目，能做程序整合的只有他。前一段做鞋聯網測溫，劉剛是他的上級，現在也沒有明確中止這種關係。後面你要李博做什麼，不能通過信息中心給他下任務，還得讓他嚴格保密，看看劉剛有沒有辦法，得你們自己解決。我已經說過這是你的個人項目，你們三人參與就夠了，不能再擴大。我提供支持也是非正式的。」

老叔又好像突然想起，叮囑剛才給趙歸演示的動畫不能對外講——那不是模擬，是根據某個政治局委員的真實性鞋距生成的。「具體是誰就不說了。鞋聯網上也查不出來。政治局委員以上的SID都不會進入鞋聯網數據庫，只在這裡有。」老叔指了一下他辦公桌上那台不聯網的電腦。

叮囑明顯多餘，幹這行的基本紀律就是什麼都不能往外講，跟是不是政治局委員無關。老叔這樣叮囑，顯然是提示趙歸最終需要的SID在哪裡。這可是關鍵的關鍵。趙歸原以為所有SID都在鞋聯網數據庫，沒有老叔提示，到時候也不知道瞄準哪裡。趙歸心裡更有底了，老叔一定會給他所需要的一切。

趙歸從不用膽小膽大判斷人，如果能有百分之百成功的把握，就根本不會有膽小之人。關鍵在於有沒有把握。趙歸設想的局原本差的只是一小步，卻是百分之九十五的失敗率，別說他人不敢沾，自己也只能當小說。而老叔正好知道那一小步是什麼，因此看到的就是百分之百的成功。

成功的最大得益者是老叔。老叔卻不想分擔風險，還做出那麼可笑的迴避。不過趙歸不在乎，老叔得益多，自己得的也會多。他要蹚這於己無關的渾水，不就是為了那種前景。哪怕防疫運動未遭變局，自己按部就班當上了局長，兩年後老叔一退休，也只能跟成千上萬的同級官僚搶梯子，往上走的指望還能有多大？從這個角度來看，眼下的變局是化腐朽為神奇。老叔若能一步登天，自己就跟著登上山頂，老叔飛等於自己也有翅膀。好好經營，假以時日，最終何愁不是自己接盤。想到這一點，趙歸便覺得豪氣滿腔義無反顧，圖安全不敢孤注一擲，機遇永不再來，從風險投資的角度是徹底失敗，何況對於百分之百的把握，風險是零，豁出來就一定會到手！

趙歸告辭退出前，老叔又叫住他，指著辦公桌上開放的盆栽蘭花：「這是蘭花的名貴品種，我想你以前沒看過。雲南省長昨天剛送來，今天就開花。你看這花心圖案像不像個跳舞女郎？難得開一次，除了我，你是第一個看到，也算有緣分，你拍張照片吧。記著別給別人看，免得沖了好運氣。」

趙歸不知是什麼意思，以往老叔從不這麼囉唆多事兒，因此一定有意思。趙歸拿出手機對那蘭花拍了一張。「再拍一張。」老叔好像是為他照張好照片清理辦公桌背景，把蘭花旁的電腦屏幕轉了個角度。趙歸立刻明白老叔用意，再拍的一張蘭花只在邊上，焦點對準的是電腦屏幕上展開的文件。

5

辦事的時候趙歸喜歡人少。多一個人多一個變量，多一份麻煩和風險。尤其是辦大事，人要盡可能少，就像阿基米德撬動地球只需要一個支點，支點多了一定不行。如果李博能一切按他的指令執行，他倆就夠了，然而李博不是機器人，趙歸沒有可以指揮他的身分，要他做的事又那麼複雜，因此對他既得有誘惑，又得有要挾，還得時刻控制，劉剛參與的主要作用就是搞定李博。當其他要素都齊備時，李博成了最後要攻克的關鍵。

趙歸不會讓劉剛和李博知道最終要做的是什麼。但無論以什麼名義，編怎樣的說法，都掩蓋不了要做的事見不了陽光，必須對所有人包括對上級保密。國安委的樓頂平台讓他們繼續做實驗，鞋聯網專線卻繼續與樓頂保持暢通，從樓內通往樓頂的所有門卻被封死，只有趙歸的一張專用卡在指紋加刷臉檢驗後可以操縱掛在樓外的保潔升降梯。這些都顯得奇怪，趙歸的權限肯定來自非常高的級別，卻又好像鬼鬼祟祟。

趙歸對劉剛不隱瞞這是老叔的安排。他知道劉剛正面臨沒頂的焦慮，急需抓住任何免於沉底的東西。劉剛上報的特情引發了防疫運動，那原本是他青雲直上的資本，現在變成了眾矢之的。特派局內的辦公室閒話會在劉剛進門時停止，人們臉上掛著了然於胸的笑意，卻擺出就是不說的神祕。狗群已在包圍環伺，等劉剛腳下稍有踉蹌，就會嗥叫著群起撲到他身上。北京特派組組長指控劉剛出於個人野心炮製特情，導致後來一系列失誤，據說查到了劉剛發特情前兩次深夜進入伊好值班室的攝像，建議雙規劉剛，審訊伊好，查出是否有串通作假。這將是致命的，一旦查出劉剛使用了夢造儀，便是瀆職罪造假的證據，足以入獄。

更讓劉剛心慌的是老叔辦公室原本對他敞開，隨時可以求見，現在祕書擋駕，電話也不轉接。難道老叔也要拋棄他？趙歸向他保證，「只要老叔在位，想整你首先得過他那關，絕對不會出問題。」然而這對劉剛遠不足夠，人們都在傳言老叔這回難以過關，哪怕只是提前退休，往下誰還能再保劉剛？現在沒波及老叔，只是因為主席不想在七一大典前多生事端，形成干擾，只要大典結束，老叔的日子便會屈指可數。

趙歸認同劉剛的擔心。「沒錯，你的命運是跟老叔綁在一起的，老叔在你就生，老叔不在你就死，老叔倒楣一分你倒楣十分，所以為了保自己，你也得全力保老叔。」

劉剛在多種場合發過誓，入少先隊、共青團、共產黨，當警察，當國保，還有在領導委以重任時，但是都不如這次發自肺腑：「趙哥請相信，也代我轉告老叔，只要是對老叔有用的事，儘管吩咐，劉剛萬死不辭！」

趙歸的回應卻比較費琢磨。「人生關口要做大決定，不糾結小節。此刻你要抓的根本就是跟定老叔，讓幹什麼幹什麼，不多想不多問，少知道少操心也少負責。老叔經歷那麼多風浪都會安然無事，這次有我們鼎力相助，相信也會平安。那時你的前途不是上台階，而且上層樓！」

劉剛聽得出話裡有話，必有不尋常之舉才會這樣講，趙歸轉達老叔這一段時間將不再直接見劉剛，一切通過趙歸上傳下達，也就是說劉剛此後對老叔的效忠就是服從趙歸。這正是劉剛期待的，沒有不尋常之舉不可能扭轉目前的局勢，通過中間人指揮往往意味著要有祕密行動。然而趙歸接下來布置給他的任務卻是落差太大——要他做的只是搞定李博，讓李博能按趙歸提出的要求編製程序，完成下一步的技術整合與調試。

「就這？……」劉剛語氣有些遲疑，前面一直在做的不就是這些嗎？有何不尋常？

「沒錯，做到這些就成了百分之九十九。」趙歸倒是乾脆。他當即交給劉剛兩捆萬元現鈔，讓他準備三個人半個月的食品、日用品、蚊帳和寢具等，提前在樓頂安排好。只待一搞定李博，三人上去就不再下來，不聯繫外界，直到完成任務。劉剛這才意識到的確不尋常，看似平淡無奇的任務也的確不好完成——怎麼能讓李博同意上樓頂待半個月，不對外聯絡，對所有人保密，包括對單位和上司也不說呢？又不能用綁架，單純綁個人上去鳥用也沒有，因為要的是解決技術難題。不自願的頭腦不會出東西，只說能力不夠，其他人便啥招都沒有。怎麼能讓李博自願這樣做呢？可真成了劉剛的難題。

6

劉剛一向自覺善與人打交道，卻搞不清李博為何總跟他彆扭。以前無所謂，需要的事通過單位也能辦。這次只能靠自己。好在李博曾為伊好的事主動找過他，算是遞過梯子。他做出取得了成果的樣子找李博，表示一直為釋放伊好的事與北京市公安局溝通，經過他努力，加上沒造成實質損失，處理可以從輕，只要伊好再做一個比較深刻的檢討就可以銷案回家。

現在的問題是伊好一直不認錯，而世界衛生組織特別表揚了她，調查團從疾控中心病毒庫取得的樣本與隨機取樣吻合，成為驗證了中國政府透明誠信的關鍵。從這個角度伊好不但無錯，而且有功。劉剛對這個說法不以為然。「後果到底怎麼樣不是主要的，關鍵是有些原則不能碰。舉例說，一個人為外國當了間諜，給外國的情報是錯的，對國家沒造成損害，國家照樣不會因此寬恕他。」

「我知道伊好人清高，有點固執，」劉剛拿出了一份打印好的檢討書。「不讓她為難，我已經按她的口氣起草了檢討書。你得去勸她一下，只要簽個名就行，保證很快就讓她回家。」

「簽名?……」一直只看顯示屏不看劉剛的李博轉過頭來。

「檢討往深刻寫，有些說法和表態是免不了，如果她怕看了有糾結，就不必看具體寫了什麼，簽名就行。」

「還要簽名?!……」李博臉色脹紅，嘴角抖動，似乎要說什麼卻說不出來，突然啪一掌拍在桌上，桌上的茶杯蓋跳了起來，隨後便大步成風地奪門而去，扔下劉剛自己發愣。

當國保的經歷讓劉剛練出了該兇的時候兇，該忍的時候忍，為了搞定工作對象，對方破口大罵都可以心平氣和。但他對李博陷入束手無策。從大數據系統調出與李博有關的所有信息，翻來覆去篩檢搜索，反覆研究，都找不到可下手處。他不貪財，不好色，無惡習，沒有可抓的把柄，賄賂和色誘都不會成功，唯一女兒是軟肋，眼下卻在捷克，解不了近渴。直到在醫療檔案裡發現李博曾去看過心理醫生。

看到劉剛的國安委特派員證件，姓吳的心理醫生沒多問便調出了李博的病歷。醫生還能依稀記起。「……這人對他妻子的性無能既不是器質性也不是功能性的，是純粹心理問題。一開始我懷疑他可能是自我無意識的同性戀，貌似過『正常人』生活，能結婚也能生子，但是不會在兩性關係中得到快樂，很快便失去兩性生活能力，卻以為是自己有病。我的檢測方法是讓他在一個單獨房間裸體看色情片，監控看到他對同性行為沒反應，而看兩性色情行為時能勃起，反應正常。所以確定他不是同性戀，性無能的根源是他妻子對他構成的心理壓力。這種情況不是沒有，類似男人一般會以婚外戀方式解決，不在意和妻子之間不再有性關係。這個人卻是強烈渴望和妻子實現性結合，同時又高度恐懼性無能，結果陷入惡性循環，越恐懼越無能，越無能越恐懼，最後連和妻子的性接觸都不敢嘗試了，生活狀態和人格狀態受到嚴重影響……嗯，這段病歷記錄了我當時想到的一種治療，如果他用迷藥迷倒妻子，或者是把妻子灌醉，沒知覺的妻子不再對他構成心理壓力，性無能也許就解除。那時他能與妻子實現成功結合，性障礙可能就此打破，進入良性循環而最終消除。但是醫生身分不能提供這種可能觸碰法律問題的建議，畢竟有些國家都有婚內強姦罪了。我只能以玩笑方式對他暗示，他這種書呆子不一定真能明白，或是明白了也不一定敢試……」

聽到這，劉剛已經知道該怎麼做了。

李博看到手機顯示吳醫生的電話時非常意外，本以為再不會有聯繫，只是忘記了把這個號碼從手機通訊簿刪掉。吳醫生告訴李博，一直記得他的病情，現在正好有一種新型設備，可以解決他的問題，成功率百分之百。

是天意安排嗎？李博正陷入焦慮中。劉剛半小時前打來電話，說他出面給警方寫了保證，因此不再需要伊好檢討，已經辦好解除監視居住的手續，警方馬上會送伊好回家。這消息當然讓李博放心和高興，同時一種熟悉的恐懼又悄然爬上心頭。他從鞋聯網上看著伊好的一路軌跡，直到進了家門。他本應以最快速度趕回家，擁抱她，給她親吻和撫慰，做好吃的飯，伺候她睡覺，然而他卻拖延著沒動身，就是因為這恐懼——睡覺時怎麼辦？今天的情景，從哪兒論都不該再跟伊好分房，但是他能不能行？比以往更糟的，是他會在過程中時刻想到伊好心裡會把他與劉剛對比，那只能讓他更加不堪。

要是平時他會認為吳醫生在推銷產品，現在卻像抓住了救命稻草：「能馬上有效？」對方回答是非常肯定的四個字：「立竿見影」，而且允諾免費試用。「不好用我給你交罰款。」吳醫生像是開玩笑，足以表達自信。李博要求立刻拿到。「我馬上就要檢驗，真能有效的話，多少錢都行！」

約好在李博家附近的星巴克見面。吳醫生帶了個助手，鬈髮落腮鬍，深墨鏡，不說話，只是默契地從斜挎小包中拿出設備。吳醫生確實有點像推銷產品，說話都如事先背好的廣告詞。

「這個設備叫夢造儀，奇效！可以讓人擺脫束縛回歸本能，讓不舉的男人雄起，讓冷淡的女人火熱，讓形同陌路的夫妻變得如膠似漆。只要把夢造儀放在一旁，看到這個射頻頭嗎？方向對準你們，五分鐘內保證成功，而且會讓你成為偉丈夫！」

吳醫生看一眼助手。助手已經開機，輸入密碼，對準李博。於是吳醫生的廣告詞繼續：「體驗為實，你開始感到衝動了嗎？欲望壓過理智了嗎？是不是已經勃起？……這就對了。你不是想盡丈夫義務，讓夫妻雙雙上天嗎？有了這夢造儀，你能讓她從此再也離不開你！……」

吳醫生的廣告並不虛假，的確能感受夢造儀的作用！李博開始感到欲火從小到大燃燒起來，恐懼像秋風中的枯葉被一層層掃光，性的渴望逐漸澎湃。李博雙眼緊盯在夢造儀上。

7

是不是夢？李博事後反覆問自己。眼角晶瑩，摸得到淚珠。睜開眼，食指尖上沾的淚水反光，放進嘴有絲絲鹹味。是真的淚，因此現在不是夢，剛剛的經歷也不是夢。

然而那太像夢──伊好在他的身下扭動，赤裸手臂的緊抱，舌頭伸進嘴中熱吻，欲仙欲死的叫床和下流話……那以往對他連在夢中都不敢想，只在手淫的性幻想中偶爾冒出。他本已不想此生還能和伊好有這種可能，不要說用他的男人武器使她忘情讚美與下賤迎合，把她幹到徹底癱軟，就連能否再有一次成功進入都不敢想。但是這次他做到了，不是夢，不僅進入，而且達到性的極致！

這一切都出於夢造儀。

在星巴克被吳醫生助手開啟的夢造儀激發，讓李博壯起膽子回家，渴望與恐懼交織在一起，難解難分。打開家門第一眼就看到伊好睡在客廳長沙發上，讓李博有些意外，不知該怎麼往下進行。吳醫生的助理在身後把李博推進家門，也跟著進入，像是在自己家那樣把夢造儀擺在角櫃上，調好參數，讓輻射頭對準沙發上的伊好，然後按住李博雙肩，把他推進夢造儀的輻射範圍，再關門出去。

沒用幾分鐘，伊好便開始出現反應，身體扭動，喘息加快，間雜細微呻吟，似在升起逐漸加強的期待。她從側躺姿勢翻身平躺，兩腿從裙下伸出，引導遐想通向隱祕的區域。李博的緊張和膽怯也被夢造儀融化，捆綁的無形繩索逐一崩斷，身心進入無比自由的境界。激情在全身無阻地奔騰，荷爾蒙肆意洶湧，形成無比強大的能量。他大膽掀起伊好的裙子，黑色底褲襯得大腿耀眼。脫那底褲時他已忘記膽怯，不再輕手輕腳，而是帶著衝動，卻沒讓伊好醒來。兩腿無羞地分開，第一次展示在李博面前。過去他從未有勇氣要求她展示，更無勇氣強行打開，現在一覽無遺，讓他感受從未有的欲狂。他從未見過自己的老二有那樣蠻橫的形象，似乎能橫掃天下，讓他信心倍增，讓他第一次體會到能如此強硬地侵入伊好，把那裡當做蹂躪和銷魂之處，得到不可言喻的征服滿足……不，那可不僅僅是征服，因為被侵入的伊好不再矜持，不再冷漠，而是忘情地接納，侵入和被侵入融為一體，雙雙比翼，共上九天……

在性方面談不上有技巧和能力的李博，能與伊好久戰一小時，保持在死去活來的境地而不洩，完全是因為劉剛設置了夢造儀的繼電器模式。但這次劉剛的目的不是折磨李博，而是延長李博的快感，感受夢造儀的魔力。直到預設的一小時到點，繼電器模式自動關閉，久在懸崖邊緣掙扎搏鬥的二人同時躍下深淵。若不正是剛進入夜生活的城市充滿噪音，兩人靈魂出竅的喊叫肯定會驚擾四鄰。

當李博開門出去，沒有看到吳醫生和助手，而是劉剛站在電梯廳的窗邊抽煙。他的衣服和吳醫生助手一模一樣，只是沒有鬈髮和落腮鬍。李博這才明白為什麼他從一開始就覺得吳醫生的助手似曾相識，原來是劉剛戴上了假髮和鬍子。劉剛笑起來。

「李工包涵，想為你解決問題，總被你排斥，用這辦法也是不得已。」

此時的李博內心五味雜陳。但是卻一下明白了，以前以為伊好跟劉剛做愛是清醒的選擇，現在才知道是中了夢造儀。當明白這一點時，他該怎麼對待劉剛呢？不錯，劉剛卑鄙地利用了伊好，可正是劉剛又讓他得到了伊好。以前伊好跟他在一個屋頂下睡覺，卻從未讓他真正得到。現在他們如此銷魂的結合，成就了真正夫妻，他是該恨劉剛還是該謝劉剛呢？此時另一個問題更迫切地擺到了面前，如果沒有了夢造儀，會不會又回到無能為力的狀態？以後再想實現這種結合，難道都得靠劉剛嗎？

劉剛像是能夠讀心，立刻回答了李博內心的問題。「現在我得把夢造儀拿走，但是只要你跟我去把項目做完，夢造儀就是你的。」

伊好在沙發上繼續深眠。李博只當是性滿足後的疲倦，加上這些日子的精神壓力得到放鬆。李博不知道那是把伊好送回家之前，劉剛讓警察在伊好喝的水中下了藥。那藥可以讓人身體亢奮頭腦卻在睡眠狀態，哪怕進行劇烈活動也不會真正清醒。劉剛做這種安排，是從吳醫生說的迷藥得到了啟發。伊好若是清醒，會讓狀況複雜，她猜得到劉剛當初對她也用的這招，局面甚至可能失控。而一個頭腦不清醒的伊好有利於過程保持在預設軌道。

劉剛始終帶著掌控局面的自信。他大模大樣地進入李博家收起夢造儀，斜挎肩上。那是國保人員通用的挎包方式，像黑幫成員的共用標記。他拿出事先起草好的字條，以李博的口氣說要去做一個機密項目，直到做完不能回家，不能聯絡，讓李博照抄一遍。

「需要多長時間？」

「肯定不會久，不過不用寫時間，靈活些。」

李博看著劉剛腰間的夢造儀。他本想留在家裡照顧伊好，不能讓她醒來還要自己做飯。但是又不清楚伊好是否知道他和她的鸞顛鳳倒？不知道的話，當做一場春夢對他們的關係無助；知道的話，又該如何解釋？他何以一改以往的逃避，一回家就對她做這種事，而且如此振作雄起？在這種斬不斷理還亂的糾結中，他機械地抄下劉剛起草的字條，只是在最後加上兩個字——「愛你」。這是打兩人相識以來，無論是口頭上還是文字上，他第一次這樣向伊好表達。

變

1

從那天深夜乘保潔電梯上了國安委樓頂，三人就再沒下去過，吃喝拉撒睡全在樓頂。裝滿食物和飲料的幾個充氣電冷櫃只要不空，就可以一直待下去。開頭幾天容易過，從早到晚忙於實驗。李博負責鞋聯網部分，趙歸負責電子蜂部分，劉剛當實驗靶。在樓頂的中央位置用幾個便攜生成器組合生成一個五米半徑的屏蔽罩。趙歸放出的電子蜂先以屏蔽罩為導航，進入屏蔽罩便能追蹤在裡面活動的劉剛鞋距變化，以李博編製的程序算出目標點，發射針彈。劉剛頸後位置的感應墊把針彈的射中點、力度、深度及藥劑注入數據記錄下來，根據數據做調整，再實驗，再調整，逐漸精確。

要李博做的事別人做不了，對李博卻不算什麼。性鞋距是他搞出的，細節爛熟於胸，只需將法醫學模型中的公式和人體參數引入，做好匹配，便能給電子蜂提供人的頸後位置動態坐標。趙歸要的就是這個。李博對趙歸的目的不多問。趙歸知道性鞋距，說明上面已經有授權。他和李博說到與性鞋距的話題會主動避開劉剛，也讓李博認為是按授權行事。趙歸僅籠統地暗示做的是中央絕密項目，李博不深究，寧願糊塗點，安心些。

幾天忙下來，該解決的問題都得到解決，實驗基本完美，李博認為只需做一個介面，使用時把對象的SID和身體參數輸入，程序便會自動生成。他可以把那介面做得盡量傻瓜，趙歸甚至劉剛都可操作，那麼有他沒他都一樣，他就可以撤了。但是趙歸不同意做傻瓜介面。那會在鞋聯網系統留下過多痕跡，能被回溯追蹤。趙歸要求用痕跡少、隱藏深的源代碼操作，且要求源代碼的痕跡也要邊操作邊消除，這只能靠李博。

「請李工再忍耐一下，應該快了。」趙歸不厭其煩地重複同樣的話。

如果真有上面授權，為何還要擔心留下痕跡？趙歸主動向他解釋：「別把事情都想成走程序那麼簡單，治理國家是複雜的，有時需要特殊方式，這由上級考慮，我們只做事。」李博沒有反駁，也不想較真。如果較真的話，連正式職務都沒有的趙歸憑什麼跟他說這話都成問題。然而有正式職務的劉剛對趙歸卻如下級般服從，又說明的確沒那麼簡單。包括這樓頂平台能被繼續用於實驗，沒有高層批准也不可能。

在無風的晴天，沒有空氣對流，大太陽整天曝曬頭頂的梯形體，樓頂平台異常炎熱。人只能整天躲在開著冷氣的工作間裡。而在風大時樓頂的風會加倍，睡在帳篷裡會有荒原上狂風呼嘯的感覺。李博不習慣這種非室內又非室外的環境，最糟的是除了一條鞋聯網專線，沒有任何與外界連通的管道，沒有網絡，沒有手機信號；通往樓內的金屬門死死閉合，用消防斧也砸不開。李博在這裡表面上是上賓待遇，事實上等於是囚徒，閒時完全不知該幹什麼。

趙歸倒是有做不完的事。他像個上了年紀卻仍強幹的技術員，事事動手，從早到晚不歇著。劉剛除了當靶子，就是從早到晚跟著李博，晚上睡覺都不進自己帳篷，說是圖涼快，睡在李博帳篷外面，如同看守。

讓李博一忍再忍的絕非什麼「中央絕密項目」，而是夢造儀。若沒有劉剛保證一完事夢造儀就歸李博，他才不會答應被關在這裡。空閒時，劉剛就讓李博擺弄夢造儀，開機、預熱、模式調節等一一指點給李博。「遲早是你的，提前學學，免得以後用得不好出事故。尤其是遺忘功能，十分危險。我可不放心，你這樣的人才一旦被洗掉記憶，可是國家的大損失。」

對李博的好奇，劉剛指給他看夢造儀底部一個艙蓋，打開後有保險滑片，滑開露出按鈕，按住十秒要求輸入密碼，再確認，遺忘功能便被開啟。「怕的是一旦錯誤開啟，不能掌握遺忘時間。這是夢造儀的弱項，忘的不是一件事，而是一段時間，那時間內的所有事都忘掉。忘掉多長時間取決於遺忘功能開啟後的輻射時間。一旦在不知道的情況下開啟了遺忘功能，輻射時間達到十分鐘，便會把人的記憶抹到連爹媽都認不得的程度。人就廢了。」

重溫功能也是劉剛主動推薦給李博的——夢造儀能儲存最後一個當事人使用過程的腦電

波，若是用夢造儀對那當事人重放所存的腦電波，無需有做愛對方，當事人在幻覺中就能經歷完全相同的過程和體驗。那體驗讓李博震驚，沒想到會那樣真實，與伊好上次的做愛從頭到尾任何一個細節都不缺，聲音、氣味，甚至觸覺……如同重返現場，時間上也與真實過程一秒不差，只是清醒後發現只有自己，伊好消失在黑暗中，汗水和遺精濕透床單。李博只體驗了一次便拒絕再用。不是不想，而是覺得在這環境中與伊好做愛是褻瀆。他不喜歡劉剛那種暗含調笑的眼神，不想讓人聽到他在重溫過程中的聲音。但是經過了那次重溫，他對夢造儀更是志在必得。他最珍貴的經歷存在裡面，怎能留於他人之手！

劉剛看上去有西北人的豪爽勁，對李博有問必答，包括說了遺忘功能的密碼和夢造儀開機密碼是同一個，然而就是不說夢造儀的開機密碼。沒有密碼，夢造儀在李博手裡也沒用，他只能牢牢拴在這裡，讓做什麼做什麼。

如果劉剛事先知道李博能在他的鞋上做出鞋麥，聽到他和趙歸背著李博說的話，一定會後悔為了獲得李博信任而把夢造儀的遺忘功能講得過細，否則李博即使聽到他們說的，也不容易理解是什麼意思。李博給劉剛設置鞋麥本只想聽到自己何時能離開的信息。趙歸和劉剛說話常是躲在樓頂平台另一端的電子蜂工作間，有時透過玻璃向李博這邊瞟一眼，感覺說的跟李博有關。李博從鞋麥再次聽到「遺忘功能」時感到了巨大的恐懼。他其實早就該想到，不可能讓他完事後拿著夢造儀就離開。連在鞋聯網系統趙歸都要求不能留痕跡，怎麼能讓他的頭腦留下痕跡？他聽到的一段對話正是關於讓他忘掉多長的時間。

對趙歸反覆盤問遺忘功能的效果，劉剛說有些對象會留下殘存記憶，不排除在一定條件下恢復記憶，雖然不是很確切的記憶。

「那就讓他多忘些吧。」趙歸說。

「多忘有可能造成意外。一旦造成遺忘太多，會引起人們奇怪。碰上一些想抓奇特病例的醫生，也會追究根源，就比較討厭了。」

「先不想那麼多，只要任務完成了，這些都不在話下，隨便可以擺平。寧可讓他忘的時間長些，絕對不能留後患。」

「ＯＫ，那就設置輻射兩分鐘吧，至少可以保證遺忘一年以上。他到現在介入不到一個月，那時他連咱們都不認識了……」

聽到這一段可是嚇著了李博。隨著層層深想，恐懼彌漫全身滲透心底。失去一年記憶，認不認得劉剛不是事，但是他將不會知道有夢造儀，不會記得曾和伊好一塊上過天。如果失去的記憶再長點，連綠妹都不會記得。一切回到以前日復一日的無趣日子……不，他才不想回去。儘管那是平靜的，伊好和他都沒有出軌……哦，不，他們各自出軌已是事實，只是在他的記憶中消失了。他仍然會認定自己是性無能，如以往一樣迴避性。伊好的記憶卻沒消失，她已經體驗過性的快感，醒來人無法再裝睡，她不會像以前那樣滿足於無性生活。而他會忘記這一點，仍像以往只迴避，不做改變，最終結果必定會失去伊好，失去家和女兒。既然他已經知道夢造儀是改變命運的希望，而失去記憶就沒有夢造儀，他絕不能失去記憶，也一定要得到夢造儀！

2

每天夜晚，國安委樓頂的梯形體內部會亮起數百盞燈，外表呈現為城市夜景中的凸起的藍光樓頂。梯形體與樓頂平台圍牆間的空隙是那藍頂下的一圈亮線。樓頂平台裡面則亮如白晝，直到半夜十二點熄燈後才有夜的感覺。地面傳來的城市夜生活喧囂逐漸歸於平靜，間或被只許夜間通行的施工車打破。趙歸在對流的樓頂風中等待放飛電子蜂的恰當時機。放飛要盡可能晚，但又需要夜色掩護，因此最佳時機是黎明。

天亮將舉行的大典彩排是千載難逢的機會。電子蜂別想飛進中南海，那裡布滿電子掃描，無人機全天候巡弋。而對象在中南海外的路線和時間從不事先透露，無法提前部署。大典彩排卻是確定的時間，地點只能是天安門，無需任何情報便可知道；同時又不是真正大典，不會全面戒備，也不會啟用防範飛行物的措施。唯一的變數只在對象會不會到場？

趙歸相信會。作為慶典中心，如果不看彩排，到正式大典便只能是既成事實，那是不能被接受的。雖然看彩排需要微服私訪，無法進行全面安保，中央辦公廳和警衛局會反對，但是強勢領導人不會被束縛。如果對象真不來，就只能認為天不給機會了。趙歸一度想到緣分概念，卻不能得到安慰。緣分取決於做！一切都做到，緣分就有了！

等到高樓之頂看見東天微微泛白，已是城市最靜的時分，連施工車都停止行駛。拉開大幕吧！趙歸挺直腰板端坐，屏息靜氣，看似閉目養神，實則在內心全力地召喚，甚至猶如乞求——要來啊！一定一定要來啊！

趙歸讓劉剛叫醒帳篷裡的李博。自己對電子蜂做最後檢查。電子蜂分兩組，一組四個，在用數據線與電腦連接的基座上。按照設定的程序，電子蜂先降落於天安門城樓頂部的琉璃瓦上，間距十三米一字排列；九點——即彩排開始時——自動開啟對電子屏蔽罩的感應；在發現電子屏蔽罩進入五十米距離時，全部功能激活；待屏蔽罩停止移動超過兩分鐘，說明其中的人已穩定下來，最吻合性鞋距算出的人體狀態，第一組四個電子蜂便依次起飛，進入屏蔽罩；在屏蔽罩內接收到的信號若與事先輸入的SID相符，便會按照鞋距運算結果，對目標的頸後位置發射針彈；發射完畢立刻飛離；若未在屏蔽罩內發現目標SID，則不做其他動作，立刻飛離。這幾步程序說起來有點長，實際不超過三秒鐘，基本是一掠而過。飛離的電子蜂將返回國安委樓頂平台，自行進入蜂巢。

第二組四個電子蜂是預備隊，其他程序與第一組電子蜂一樣，只是多做一步判斷——萬一同時出現兩個半徑五米的屏蔽罩（可能性極小，但趙歸總是為意外準備預案），因為第一組電子蜂進入一個屏蔽罩後未發現相符SID會立刻返航，避免盤桓引起注意，此時第二組電子蜂便會以另一個屏蔽罩為目標，執行同樣程序。而只有一個屏蔽罩時，第二組電子蜂保持不動，在第一組電子蜂返航三十五秒後亦返航。

睡眼惺忪的李博洗臉後沒用毛巾擦，讓晨風吹乾有助清醒。這個時間叫他起來，明擺著到了等待的一刻。趙歸在筆記型電腦上打開一張照片，讓李博把上面的數據輸入對象參數中。照片雖剪裁掉了周邊環境，放大的數字明顯看到電腦顯示器點陣，可斷定是對另一個電腦上打開文件所拍的照片。那文件無頭無尾，只是一堆依次排列的數字，每組數字皆為十三位數，共七十九組。下面另有四組標有單位的數字。不用說李博也知道，鞋聯網的SID正是十三位數，後四組數字雖未具體標明，從kg、cm的單位和大小即能猜出分別是人的體重、身高、頭長和腿長，是電子蜂定位頸後位置所需的參數。

鞋聯網在輸入SID時會自動在數據庫裡匹配相應的鞋，同時調出鞋主人的檔案。但是李博輸入的SID數據庫找不到匹配。李博壓住這個意識，不往下想，怕會細思恐極。七十九個SID都如此，如果屬同一個人，意味著那人無論換上哪雙鞋，都是電子蜂的目標。

如果李博知道今天舉行大典彩排，一定更加恐懼，說不定會拒絕趙歸。然而他腳下雖是集中了全中國信息的心臟，他唯一的信息源只是從梯形體下的空隙遠眺城市街道和天空。劉剛也是每天悶得要死，要麼光著脊梁在樓頂跑圈，要麼對著空氣打拳，發出煩人的連連怪叫。唯一能和外面保持聯絡的是趙歸，卻從來什麼都不說。激勵劉剛堅守且服從的，是趙歸許諾的公安部部長助理職位。「部長助理聽上去低調，離副部長只差一步，最適合年輕人過渡。」趙歸像庇護者那樣對劉剛語重心長。「一旦邁過副部的檻，以後你就有自己的天地了……」能許這種諾，趙歸自己至少得當到公安部部長。劉剛始終不知道全盤計劃到底是什麼，但清楚一點，老叔當上老大，趙歸就能當老二，自己就會當老三。這就夠了！

輸入數據對李博簡單，但是趙歸死盯著李博的屏幕也看不出數據應該放在源代碼的哪個位置，不知道李博令人眼花撩亂的鍵盤操作哪些是有效的，哪些是故意玩的花活。趙歸對電腦編程只能算中級水平，卻能使他明白這個道理，照葫蘆畫瓢哪怕差一點，結果都可能相差十萬八千里，而現在要做的事兒絕無試錯機會，只能靠李博。

當所有數據輸入到位，只差與性鞋距系統做最後匹配時，李博停下，轉向劉剛。「把夢造儀給我吧。」

劉剛怔住，似乎一時沒明白。「咱……咱們先辦事兒，辦完再說……」

「先給。」李博的語氣聽得出緊張，但大體保持平靜。

劉剛臉色馬上一轉，做出江湖大包攬狀。「李工你放心，夢造儀在趙哥工作間。咱們一做完我就去拿！先幹完事，別讓趙哥等著咱啊！」

「現在就給我。」李博盡量客氣，做出的微笑不太成功。「拿過來用不了兩分鐘，不耽誤事兒。」

電腦台上的工作燈光反射到劉剛臉上，李博看到那雙眼裡閃過一道兇光。但是李博心裡有底，最後的操作對他是小菜，外行卻連門兒都不知道往哪摸。此刻是唯一能談的時候，他們沒有選擇。李博乾脆靠到了轉椅背上，雙手捧在後腦，做出可以等下去的姿勢。反正在乎時間的不是他。

趙歸責備劉剛：「既然答應了遲早給李工，早點給就是了，又不是簽了法律合同，何必那麼較真！李工你等著，我去拿！」

「好的，好的……」劉剛眼裡的兇光已經消逝，又變成笑臉。「那就聽李工的。」

趙歸拿來了夢造儀，沒經劉剛之手直接交給李博。

「謝謝。」李博打開夢造儀電源，把事先準備的紙筆推到劉剛面前，指了指夢造儀顯示屏上的密碼輸入框。

劉剛的笑容僵在臉上，抬眼看趙歸，趙歸垂了一下眼皮，示意照辦。劉剛沒再多說，寫下密碼。

密碼沒錯，系統完成啟動。李博在設置菜單選中「修改密碼」，鑽進自己帳篷，用睡袋套住上身和夢造儀，設定新密碼，重新開機，確定密碼修改成功，再關機。到了這一步，即使劉剛搶回夢造儀，也無法用於抹掉李博的記憶了。在李博做這些的過程中，趙歸和劉剛就像兩個木樁呆立，不知道該幹什麼，或者說知道什麼都幹不了。

李博把改好密碼的夢造儀放進自己背包，動手完成僅剩的步驟。那只是輸入一條指令，然後敲個輸入鍵，新參數與程序即刻就完成匹配，通過數據線傳給八個電子蜂，隨後抹掉留在系統裡的痕跡。

李博轉向趙歸。「我的事兒做完了，請給我升降梯。」說話時李博沒起身，他不認為一句話就能離得開，但是他的表情顯示決心。夢造儀已經到手，不再有繼續容忍限制自由的理由。

「任務就快完成，結束再走不好嗎？」劉剛說。

「不！我只是為了交換夢造儀，沒有任務，不想參與也不想知道你們有什麼任務。現在交換完了，咱們到此為止，兩不相干。你們也不用擔心，我保證不對外說一個字。」

「好吧。讓李工回家。」趙歸止住想繼續勸說的劉剛，在保潔升降梯的操作器上刷卡，接受指紋和刷臉檢驗，保潔升降梯從大樓的中間位置升到樓頂。原本試圖擋住李博的劉剛讓開了路。李博放鬆下來，甚至感到對趙歸有些歉疚。趙歸倒不介意，幫李博托起雙肩背包，讓他套進雙臂，再幫他整理肩上背帶。在李博剛說出「謝謝」時，覺得後頸一下刺痛，像被蟲叮到，本能地揮手拍打，卻打在了另一人手上。回頭，看到的是趙歸諷刺的表情，隨即便一陣暈眩，李博癱軟下去，先是彎腰，然後跪下，再蜷縮地躺倒，知覺飄忽遠去。劉剛的笑語像是從另一個世界傳來。「趙哥，我服你……」

那是趙歸利用去給李博拿夢造儀的機會，給一枚空針彈注進了濃度減半的神經阻斷劑。不需要通過電子蜂發射，用手從背後直接扎進李博頸後，絕對比電子蜂的發射更準。劉剛試了試李博鼻息，問該怎麼處理，知道肯定是他的活。趙歸回答目前不致命，要看後面是不是還需要用李博。「先想想用什麼方式最乾淨吧。」趙歸感慨了一句：「本來給他抹掉點記憶就算了，非自己找死！」

剛剛耽誤了時間，趙歸加快操作，再一次檢查程序，只是為了謹慎再謹慎。青白的天邊開始有了顏色，如同淡水彩一點點暈染開。趙歸環顧光線朦朧的四周，感覺有點像舞台布景。腦裡劃過那句「開弓沒有回頭箭」，但是未增加任何遲疑，隨著鼠標按下螢屏上的發射鈕，發射架上的第一組電子蜂依次振動翅膀，先是騰起半米高度，然後倏地飛離。四個電子蜂依次相隔一秒時間和八米距離，姿態和軌跡全都一致。

三十五秒後，第二組的四個電子蜂以同樣姿態和順序起飛。

3

趙歸到達首都機場的希爾頓酒店時，初夏熱辣的太陽剛升起。他提前幾百米下了計程車，裝做早起鍛鍊的客人，不引人注意地進了位於十一層的房間。房間是在他的女助理名下長包的，大部分時間空著。他提前準備的旅行箱已在房間，裡面有三本不同國家的護照，名字不同，照片都是他，分別買了隨時優先簽轉立刻能走的機票，飛往不同的目的地。那是在上國安委樓頂平台前就準備好的。想到大典彩排會造成城區交通堵塞，配合飛行表演的空中管制也會導致航班延誤，這個酒店出門就是機場，一旦有需要可以選擇最快出境的航班。

少有的無雲大藍天。陽光從東面落地窗決堤般瀉入，鋪滿地面和牆上，須拉上窗簾才能看清楚電腦屏幕。他有進入警用監控網絡的密鑰，可以調看北京數萬監控攝像頭中的任何一個。不過他此刻只看天安門上的那幾個。幾千警察和武警半夜進場實行管制；參與遊行和表演的隊伍正在陸續到達；分發袋裝早餐的組織者用手持擴音器警告不得隨地丟垃圾；人們在溫度漸升的太陽下保持秩序井然。

天安門內側是空的，故宮博物院關閉。門洞雖敞開，金水橋卻用防撞鋼柵封死。長安街靠天安門一側是首尾相接的上百輛警車。彩排群眾在街對面的廣場。天安門城台是正式大典的領導人與國賓席位，此刻像是劇場後台，散布大大小小的設備；線纜橫七豎八通向十多處攝像錄音點；數個導演助理來回奔跑，用對講機大呼小叫。一個攝像頭可以看到天安門城樓頂，一片耀眼的黃琉璃瓦，再怎麼放大也看不見電子蜂。這就對了，電子蜂會選擇落在便於隱藏的琉璃瓦隴隙中。

趙歸用吧台咖啡機做了杯摩卡。眼睛始終盯著屏幕。他盡量平息內心激盪，但是隨彩排開始的時間臨近越來越難以壓制。人根本坐不住，得把筆記型電腦放在吧台架上站著操作。他輪換不同攝像頭查看各個方向。彩排參與人員已經整隊，只等開始號令。終於，天安門內側方向的鏡頭畫面裡出現從端門駛來的車隊。中南海與故宮之間的地道出口正在那邊。但到底是不是？是!?還是不是!?

前導車和押後車都是持槍衛士。中間兩輛中巴車，開到天安門下並排停車，車頭對著電梯口。右車開左門，左車開右門，人同時下到兩車中間。數一下，三十人。他們移動或停下都聚在一起，步調相同。趙歸把攝像頭推倒最近畫面，想看出等待的對象在不在其中。但是那場面簡直稱得上詭異。三十人的高矮胖瘦如同一個模子出來，一律穿白襯衣，黑褲子，紅色遮陽帽和黑皮鞋。雖然今日天氣清朗，空氣優質，三十人卻都戴著黑色口罩，加上黑墨鏡，要想從中分出誰是誰，連他們的媽都做不到。

趙歸看到一台步行機器人跟隨那群人左右，心裡便有了底。三條機械腿承載的半球體，伸出四根指向斜上方的天線，便是五米半徑屏蔽罩的發生器。機器人自行跟隨主子，雖不知道三十人中的哪個是主子，但肯定在其中。這是中央警衛局的保衛措施，堪稱妙招。從警衛部隊挑出與主人身材一樣的二十九人，把主子混在中間，穿著一致，再用帽子、墨鏡和口罩遮擋臉。即使刺殺者能通過層層關卡進入現場，也無法在三十個一模一樣的人中找出正確目標。何況主子還被重重軀體圍在中間。

天安門的電梯承載上限是三十人。紅帽子人數應該正是據此定的，否則說不定更多。當紅帽子下了電梯，一起走上城台，除了小姨子心裡有數，其他人都會以為是個穿戴一致的土老帽旅遊團。驚訝何等背景的旅遊團能牛逼到被安排這種觀光，且占據天安門中間的位置？原本嚴格命令一秒不能耽誤的彩排，已經推遲了五分十七秒。而在紅帽子出現的一刻，廣場各角落的高音喇叭立刻從等待時的背景音樂換上大典進行曲，進入正題，明顯就是等著給那旅遊團看的。

趙歸一遍又一遍告誡自己要冷靜放鬆，但是僅靠深呼吸效果甚微。他從吧台製冰機接了半桶冰塊，臉貼到不鏽鋼桶面上。他似乎看得到伏在琉璃瓦隴隙間的電子蜂開始激活，在屏蔽罩進入設定距離時翅膀振動，等待著屏蔽罩停止移動兩分鐘後便會起飛。此刻趙歸只看天安門城樓頂簷下的那個攝像頭，能俯瞰全景，又可以看到紅帽子圍繞的核心。雖然核心跟其他人穿的一樣，卻能鮮明地區分出那才是主子。主子總是大咧咧地昂首挺胸，而奴才的身體姿態那麼明顯，既要擋在主子前面做盾牌，又要給主子讓開視線，還不能讓主子覺得擁擠不適。在確定對象來了的那一刻，趙歸的心跳便與一個頂天立地的粗大秒針合在一起。秒針每一動都如同電閃雷鳴，產生共振。那時他身如凍結，血液失重般湧到頭頂。大典司儀的女高音退隱成蚊蟲般的遙遠嗡鳴……兩分鐘步步趨近，又似永不到頭。他從未體驗過如此漫長的兩分鐘……

突然，如同炒鍋裡熱油中心掉進一滴涼水，紅帽子猛地炸了鍋，瞬間亂作一團，中間的撲在一起，掩護中心，外圍的拔出手槍，槍口對外緊緊收縮，如同一個多腳圓殼蟲，以最快速度爬進天安門城樓內。

中沒中？中沒中!?剛剛的全景畫面不能確定，趙歸重新回放。回放的畫面可以按幀走，可以放大局部。在幀幀慢放中尋找。終於看到了電子蜂的飛影！那飛影在步進畫面中顯得虛幻。推到最大特寫，畫質粗到顯露馬賽克，看到了第一枚針彈射出時的軌跡。那軌跡的終點正是主子的頸後。針尖扎進肥厚頸項，針尾膠囊被慣性力壓縮，百分之百濃度的神經阻斷劑從中擠出，看不到外洩，說明都注入皮下。電子蜂的飛影隨即離開。趙歸大力揮動手臂，如同猛摔酒杯。主子如感覺叮咬手摸頸後，把針彈碰掉落地。此時第二隻電子蜂飛臨，針彈射到了主子手上，隨著他甩手，甩掉的針彈膠囊已空；第三隻電子蜂飛臨時主子已站立不穩，身體姿態偏離了性鞋距，射偏的針彈擦過衣服。窒息感讓主子一把拉下口罩，扭動著上身倒下，使得第四隻電子蜂針彈偏差最大，沒射到頸後，而是射進他大張的嘴中。

回放還在繼續，趙歸已經不看。淚水模糊了他的眼睛，淚珠落在眼鏡片上。現在無需任何擔心和懷疑了！一枚針彈已足夠奪命，三枚命中，還有什麼能回天？趙歸癱坐進沙發，雙手抱頭，頭埋雙膝，長久地喜極而泣……這世界改變了！新天地打開了！擁有無數嶄新可能的未來向他大張雙臂，等著擁抱他……

趙歸克制自己逐漸平息，進衛生間洗了臉和眼鏡，再將畫面調回現場，武裝軍人正在衝上天安門，控制每個人。中南海隧道方向駛來的軍車載著中央警衛局部隊。長安街上等待彩排遊行的隊伍還渾然不知發生了什麼，只是因為指令消失開始出現混亂。一架急救直升機在武裝直升機保護下落進天安門內側。紅帽子們把跟他們一樣打扮的主子用擔架上抬進機艙，即刻倉皇飛離。

不能耽擱，必須馬上行動！趙歸恢復了清醒。在這個歷史大局的節骨眼上，一秒鐘的延遲也可能導致不同結局！他首先想到的是老叔會做什麼？該做什麼？怎麼做？最初一步將決定後面整個棋局，邁出去就收不回來，甚至連調整都沒有餘地，絕對不能出任何差錯。然而前面老叔一直裝傻迴避，從未對此有過討論。那時成功遠在天邊，現在卻是眼前現實，那時沒考慮或不敢想的問題，此刻如洪水洶湧氾濫，鋪天蓋地。

趙歸衝出酒店時，一對西方老夫妻招手要的計程車剛停到路邊。趙歸一步搶先，拉開車門跳進去。「緊急情況，加你三倍錢！」原本正要張口罵的司機立刻踩下油門加速而去，趙歸都沒來得及給那對目瞪口呆的老夫妻道歉。此時，原本為失敗安排的方便逃跑成了離摘取勝利果實的過遠距離。計程車風馳電掣，司機邊按喇叭邊跟趙歸算，這樣開車造成的違章罰款加扣分，三倍車錢頂不了……「安靜！給你十倍！」趙歸打斷司機。

出門太急，屏蔽罩發射器和一次性手機都沒帶，只有常用手機在身上。趙歸猶豫片刻，又一次告誡自己關鍵時刻不能拘泥小節，要掌控局面就得搶先。而掌控了局面什麼都能擺平！他毅然撥通老叔的一次性電話。響鈴，說明聯網了，但是無人接，直到出現廠家設置的標準錄音——「嗶聲過後請留言」。

「我正在過來。你等我！一切都別做！」他相信老叔能聽見。最關鍵的是開頭，既然這局面是他開創的，沒有人比他更知道往下該怎麼走，一切都得等他到場後再開始。

4

當老叔看到一次性手機上顯示的是趙歸常用手機，剛對趙歸的激賞立刻減了一半。做成再大的事也不能忘形，只應越發小心。按規則線人與老闆通話必須使用一次性手機。老叔今早猶豫了一下，還是把他與趙歸聯繫的一次性電話接入天線。他希望沒有電話，那意味著最順利，卻看到趙歸用常用手機打進來。老叔不接以為趙歸能明白，沒想到他竟然留下錄音。從監控系統看，趙歸是在從機場進城的路上，看來他前面是準備隨時開溜，現在則是趕回來發號施令。

老叔回到剛剛正看的監控畫面，那是連警方也無權接入的北京醫院國家領導人醫療區，只有中南海和國安委有權限。搶救台上的裸體人是主席，剛在天安門上倒下，被直升機送來醫院時，連身邊保鏢都不知道是刺殺。人被圍在中間，沒有刺客，不見刀槍，連聲音都沒有，怎麼可能是刺殺？都以為是心臟病或腦溢血突發。

醫生檢查先是發現了主席頸後的針孔，接著在手背上發現第二個針孔。然後匪夷所思地在嘴裡發現一枚完整射針，扎在喉上，膠囊已癟。說一不二的主席被名副其實地一針封喉，其實送到醫院已不是活人，檢查和急救只是醫院方面表現盡力。

趙歸手機又打進來。老叔感覺到他簡直是過度亢奮，甚至有些失去理智。老叔仍然未接。等到自動轉為錄音時，趙歸盡顯焦躁：「……媽的怎麼這麼堵車，快派直升機接我！……」老叔不回答。趙歸稍微緩和口氣，像是解釋：「時間緊急！千萬不能讓土佐先跟其他人說！千萬！……」

剛剛查看趙歸位置時把手機接上監控系統，使老叔及時看到了電話受到追蹤的閃紅報警。老叔立刻拔掉與外接天線的連接，把手機扔進辦公桌旁的銷毀口。那是牆內一條滑道，扔進的物品會落入地下絞碎機瞬間銷毀，不留任何痕跡。老叔將剛剛的報警轉發給分析室，分析室馬上發回對追蹤信號的定位，顯示在電子地圖上。熟知中南海的老叔一眼就看出那是九組所在地。趙歸這電話惹來了大麻煩，一定不會被輕易放過。目前還不知道九組會怎麼往下查，但是在技術和權勢方面可能讓國安委居下風的，全國只有一個九組。

好在除了他和趙歸沒人知道「土佐」，那是趙歸對中央警衛局局長的蔑稱。「土佐」是一種日本護衛犬，平時無聲無息，除了對主人忠心不二，對其他任何人都殘暴危險。趙歸說的沒錯，首先要穩住土佐，其他的都可以後面處理。但那不需要趙歸提醒，難道別人都是傻瓜？老叔一直盯著在北京醫院搶救室外的土佐，就是在等待恰當時機——一定要在醫院正式宣布主席死亡後，不能晚，也不能早。醫院方面要表現做了足夠努力後才會放棄，而土佐只有在醫院確定無力回天後才會進行下一步，此前絕對不會跟任何人說。

畫面裡圍著搶救台的人默默讓開，主持搶救的醫生走出去，而土佐失魂地進入搶救室，默視護士用白單從頭到腳蓋住主席的軀體。土佐讓其他人退出，他要獨自守一會兒。這可以被當做情感表達，其實主要是琢磨下一步該怎麼辦。天安門現場勘察發回消息，發現三枚射針的遺骸，初步檢驗殘留物是神經阻斷劑，因此可以斷定是刺殺。都是死，突發急病是一回事，刺殺是另一回事，兩種死法的處理方式是完全不同的，帶來的後果也差別巨大。首先作為中央警衛局局長的責任就不一樣，最高領袖被刺身亡，沒有比這更大的失職。在如此嚴密的貼身包圍中被刺，如果沒有合理解釋，最先懷疑的就是內部人所為，否則怎麼可能外圍保鏢都沒事，處於核心的人卻中了三枚毒針？那樣土佐的責任就更大，甚至懷疑到他有沒有參與。土佐此時的緊張和壓力可想而知，首先要決定如何通知其他政治局常委，然而他被這突發變故震驚得不知所措。

老叔拿起國安委直通土佐的保密電話。按規定這種電話必須立刻接聽，任何情況不得有誤。儘管土佐心亂如麻還是接了。老叔首先告訴土佐已經知道發生了什麼，卻沒要土佐回答和證實——這使土佐無需承擔在未向常委彙報前先跟其他人說的責任。老叔的一句「國安委系統有自己的管道」便足夠說明。其他人都不會懷疑國安委掌握信息的準確和快捷。

老叔的出現讓土佐有了一個分擔壓力、更主要是分擔責任的人。老叔在工作上和土佐沒有多少交集，但經常主動對土佐示好，禮節周到，加上老叔一直是主席的心腹，因此只知效忠主席的土佐把老叔視為同一陣營，可以信任。處理重大危機正是國安委的職責，老叔介入從哪方面講都名正言順，所以老叔說馬上趕往北京醫院跟他見面，土佐沒有拒絕。

「我建議把知道這事的人暫時全部隔離，一點消息不能走漏。其他動作暫時不要做，等我到了先向您介紹一些情況，您再定奪。這是歷史關頭，任何動作都需要最周密的考慮和謹慎，一步出紕漏，就可能影響黨和國家的命運。我已經針對這個情況開啟國安委的危機分析系統，出結果還需要一些時間，等我到醫院後咱們一塊看……」土佐對老叔的建議只能同意，他的腦子還是懵的。

老叔去北京醫院前，在終端機上做了一張有趙歸照片的門卡，按鈴叫來外勤祕書。「去院門外迎這位趙先生。一路用這個卡帶他進來。從F區乘下行電梯到B500，刷這個卡開門，讓趙先生自己進去，你從外面再刷一次卡就行了。」

外勤祕書平時是隱身人，不露面，趙歸沒見過，也不知道存在這樣一個角色。所謂的外勤祕書是工資單上寫的職稱，平常大部分時間無事，唯一任務是等待老叔召喚，隨叫隨到。所謂養兵千日用兵一時。交給外勤祕書做的事都是不上枱面的，因此他不愛講話一點都不奇怪。趙歸想從他嘴裡問出老叔在哪兒，在做什麼，卻任何有用信息都沒得到。外勤祕書領的路不是去老叔辦公室，而是繞過安檢廳，乘下行電梯到地下室，趙歸沒多問。這種敏感時刻，採用任何避人耳目的措施都可以理解。

B500在地下五層的走廊盡頭。外表看是跟其他門一樣的普通木門。刷卡後的運行卻有金屬之聲。由液壓移動臂打開的門相當厚重。外勤祕書禮貌地側身讓開，做出手勢。「請在裡面稍等。」

門在趙歸身後關上。裡面能看到門是金屬的，關上後與同是金屬的牆壁合成一體。房間讓趙歸感到奇怪，沒有家具，四壁光光，金屬的天花板四角各有一盞防水射燈。地面也是光亮的金屬，兩條對角線交叉，形成四個三角形，感覺像是某種工業設備的組成部分。不，不只是感覺，趙歸真聽到機器運作，感覺腳下地面動起來。對角線在開裂！四個三角形開始向下摺疊，對角線交點變成了正在張開的嘴，四個尖角如同鋼牙！那張嘴裡面漆黑，傳出齒輪齧合聲響。趙歸驚懼後退，背頂在牆上。下摺三角形的傾斜角度越來越大，他已無法站住。牆壁光滑無抓手，只能靠身體在牆面的摩擦支撐。當傾斜超過四十五度，重力使趙歸再也堅持不住，如坐滑梯般溜下，竭力嘶喊著掉進那張開的嘴裡。趙歸看到的最後圖像，是螺旋絞輪在轉動中折射的幽光……

5

趕到北京醫院的老叔別的都沒做，先是對著主席的遺體哭了五分鐘。五分鐘放在平時不算什麼，在放著一具屍體的搶救室裡就顯得相當漫長，陪在老叔身邊的土佐開始扭動換腳，暗暗希望老叔早說正題。淚流滿面的老叔似乎有感應，擦掉眼鏡下的淚水，抽噎著拿出終端平板，在主席遺體旁打開展示給土佐。

那是對天安門城樓各機位監控影像做完篩選和分析的畫面，關鍵部分是捕捉到有蜂狀微型飛行器從上空接近主席，經過局部放大和分幀播放，清楚地看到飛行器射出針彈命中主席頸後。這能證明行刺的不是主席身邊的衛士，讓土佐頓時鬆下一口氣。雖然他不會因此沒有責任，性質卻不同。老叔給他帶來的如釋重負，加上老叔給主席流的那些淚，使土佐對老叔的親近感倍增。作為主席的左右手，二人在主席活著時忌諱往來，在主席遇難後則必須傾力合作才能互保。

中央警衛局士兵已經戒嚴了國家領導人醫療區，老叔仍不放心，左看右看，拉著土佐到司機休息室外面的天井。那裡只是為採光通風，平時無人，因此沒裝監控。老叔在給土佐介紹危機分析系統得出的結果時，仍然把聲音壓得近似耳語。

危機分析系統是國安委建立的。基本功能是將已知信息與大數據匹配，加以篩選後按相關度排序。如果信息足夠多，數據庫足夠大，運算時間足夠長，便能從大海撈出針來。老叔告訴土佐，對監控攝像捕捉到的飛行器圖像排查，已經確定是一個為公安部提供警用無人機的公司生產的。該公司老闆叫趙歸，正在進行搜捕。考慮刺殺不可能是單獨行為，目前發現針彈裡的神經阻斷劑與公安部研發的是同一品種，令人擔心有更複雜的背景，找出幕後主使甚至政變集團更重要。趙歸與公安部的關係非同一般，大數據篩查顯示僅在最近一年他就有三十七次與公安部局級以上官員進餐，囊括了部長、副部長，都是他買單。從這一點考慮，老叔認為案子不能交給警方，免得公安部插手，最好是由中央警衛局主辦，國安委提供技術支持。

「……警衛局辦案經驗不足啊……」土佐有些遲疑，不是不想抓這個權，而是警衛局何止是經驗不足，根本毫無經驗。對這點老叔當然清楚，只是這個權力不能落入他人之手，一再鼓勵土佐勇於承擔。

斟酌半晌，土佐斷定無論如何承擔不了，他打斷老叔苦口婆心的勸說：「這樣吧，由國安委主辦，警衛局支持，這樣的安排最順，各方面都合適。」並且表示不需要繼續討論。

到了這一步，老叔不好再多說，似乎深感壓力地接受了這個註定十分棘手的案子。他向土佐表態，破案是一方面，更重要的是抓到幕後黑手和集團，所以必須掌握節奏而非簡單求快。土佐同意這一點。

國安委的危機分析系統在運行過程中，會把在篩選、匹配中的主要結果隨時傳到老叔的終端上。剛才一會兒工夫沒看，已經積攢了數十條。老叔對其中一條顯出震驚表情，卻猶豫一下又閉上嘴。看到土佐在一旁明察秋毫的眼神，老叔做出決斷。

「不是我要隱瞞，涉及到最高層，紀律習慣下意識地起作用。以前這種情況只能彙報給主席，現在主席不在了，國家危急，不容再守教條。此刻您是中流砥柱，必須對您毫無保留。」

土佐也被那條信息震驚。危機分析系統在做關聯性排查中，發現趙歸公司的股東之一是總理的兒子。總理是政府首腦，是政治局常委中排名的二號，但是主席經常越界用權，逐步架空總理。總理與主席之間的長期明爭暗鬥官場皆知。結局是總理步步敗退，目前只剩下頭銜，明年的黨大會一定下台。現在，總理與主席的被刺突然產生了某種關聯，雖然繞了圈，考慮背景，卻不能不讓人懷疑。

如果能抓獲趙歸，總理是否有關聯自然可以水落石出。對監控畫面的回溯搜索，在機場希爾頓酒店發現了趙歸的圖像，從放在房間的行李箱中找到不同的護照和機票，懷疑是故意進行迷惑，本人已經出境。然而對出境錄像搜索畫面卻沒有看到他。目前已通過國際刑警組織請全球各航空港查驗和攔截。

此刻該怎麼辦？兩人視線看著不同方向，似乎聽得見彼此心跳。在主席與總理的鬥爭中，土佐一直充當主席的打手，主席不便出面的都由他做，毫不留情，甚至變本加厲。現在若按黨章規定讓總理順位上台掌握實權，無疑就是土佐的末日，因此不讓總理上位一定是土佐心之所求。

老叔其實早知道總理的兒子是趙歸公司的股東，那不過是趙歸為了拉大旗做虎皮送的股。總理兒子是有白撈的好處不拒絕，根本記不住，如同記不住以這種方式當了多少個公司的股東那樣。分析系統卻不管這些，查出是股東就是板上釘釘。老叔讓土佐看時，自己也裝做剛剛知道，如同剛挖出一個驚天祕密。土佐在震驚的同時，心裡卻如獲至寶。

老叔知道土佐希望自己先說想法，做出反覆思考後，字斟句酌地開口：「兒子是股東雖不能證明什麼，但一定需要先證明不是什麼。否則接掌了權力，再證明便不易被人相信。掌權者不被信任，會釀成國家之患。無論從對父親和兒子負責的角度，還是對國家負責的角度，都應該先證明兒子與主席遇刺無關後，再考慮父親接掌權力。」

土佐表示贊成。老叔的說法有理有節，深明大義，卻擔心政治局常委會不接受，甚至這說法根本不會被提出。常委中多數對主席的強勢早不滿意，只是不得不屈從，現在讓相對溫和與弱勢的總理按程序接班，從獨裁恢復到集體領導，比節外生枝對穩定局勢有利，對每個常委自身也有利。

「這麼大的事兒無論如何不應姑息啊！」老叔感慨。

「話是這麼說，但是我們都沒資格在常委會上表達意見。即使能提建議，人家不聽也沒用。」

「國家存亡，匹夫有責，何況我們還不是匹夫。」老叔再次感慨。

「你說怎麼辦好？」土佐從老叔話中感到老叔有想法。

沉默片刻後，老叔字字如山。

「我們黨有過解決四人幫的前例。」

土佐如雷貫耳，半晌才反應過來。「可……那時是有黨的一把手支持……」

這讓老叔放心了，土佐只是覺得他倆的地位不夠採取那種行動。

「躺在搶救室的主席就是一把手啊！你認為如果他活著，會不會支持？」老叔不自覺地把原本稱土佐的「您」改成了「你」。「現在的局勢比四人幫時更嚴峻，黨的一把手竟會在天安門上遭暗殺！兇手就在黨內，而且不知道是哪個人或集團，難道不是危險到了極點？這是千鈞一髮的歷史時刻，採取果斷行動一定能獲得全黨支持！不行動反而會成為歷史罪人！」

土佐肥胖的身軀似乎被狹小天井憋得難受，用力吹氣減輕壓力。連續的長出氣吹得天井裡死氣沉沉的空氣都流動起來。

「……可是得有程序才能服眾啊……」

「程序有。」老叔拍拍土佐扶在欄杆上的胖手，安撫他的激動。「國安委處突組被賦予了這種職責──在國家面臨危機時可以採用任何手段，包括超越憲法。國安委的職責條例則有規定，在處突組組長無法履行職責時，由副組長代理組長──我是處突組副組長。因此我可以負起這個責任。」

危機關頭為了挽救黨和政權，法律和制度都不能成為貽誤時機的障礙，這一點從來是共產黨權力集團共同認可的。主席搞出個處突組承擔這種角色，是要由自己控制這種危險的權力，避免他人染指。處突組是國安委的下一級機構，副組長的級別無需很高，選一個老叔做雜務，同樣也是防範他人染指這權力。然而主席立規矩時想到了一切，唯一沒想到自己會死。正是他的死讓老叔突然有了誰也沒想到的權力合法性。

老叔從最初就明白這一點，那時別說沒有任何人看到這種可能，連他自己在腦海最深處也不敢多想。然而現在這就是白紙黑字的程序，無可辯駁！土佐立刻從中看到可利用處──既然規定了處突組在危機期間有權採取一切措施，此刻接受老叔的指揮便符合程序，無論老叔要他做什麼，也不管後果如何，責任都不在他而在老叔。

土佐調整了呼吸，變得平靜，換成下級對上級的神態轉向老叔。「黨和國家值此危機時刻，中央警衛局必須服從中央處突組的指揮。」說罷右手在眉前舉了一下，可理解為含蓄的敬禮。

6

中國憲法確定中共領導中國，中共黨章確定政治局常委會領導全黨，因此中國的最高權力在有七名常委的常委會。此刻主席身亡，其餘幾位常委，兩位正在中南海內辦公，一位陪同剛果總統去八達嶺長城，一位在中央電視台檢查工作，還有一位在全國政協主持會議，只有任全國人大委員長的三號常委在上海視察。每個常委皆有受中央警衛局局長直接指揮的衛隊。各衛隊長同時接到了警衛局長的緊急命令——執行最高級別反恐襲預案。

在京的五位常委馬上被各自衛隊帶進就近地下掩體。常委們不知道發生了什麼，衛隊長也解釋不清。不過在聽說面臨危險時，人即使不知道危險是什麼也會聽從安排，哪怕是被限制自由。常委們的通訊聯絡被切斷，理由是恐怖分子具有高科技能力，防範其利用通訊信號實施定位襲擊。當常委們發現原本熟悉的衛隊由陌生軍人接替，直到入夜也不讓回家，而通訊一直被中斷，才感覺出了問題。反恐襲預案對三號常委也執行，因在外地，衛隊沒有換人。幾小時後在三號堅持下恢復了通訊，卻一直無法與其他常委聯繫上。原準備當晚返回北京的三號決定繼續留在上海。

總理從一開始就覺得不對。他本人、家人、辦公室和祕書班子的所有聯絡同時中斷。警衛不由分說把他簇擁上防彈車，開進中南海的地下迷宮。那裡幾十年挖了無數通道，構成密集網絡。車輛行駛按照哪條通道亮燈往哪開，數噸重的隔離門才會一路開啟。最終到達一個密閉空間，裡面設施齊全，生活條件不錯，但是不能對外聯絡。除了在控制中心操縱路線指引和隔離門開合的士佐，連開車的司機，與總理同車的衛隊，包括老叔，都不知道那是地下迷宮的什麼位置。一旦隔離門關閉，坦克大炮都無法攻入。總理想到了政變，卻沒想到主席已死，因此不明白主席對已經被繳械的自己何必要這樣做。

中南海全面管制。士兵控制所有區域，人員禁止進出，只許待在所屬辦公室等候指令。預防恐襲的說法逐漸被發現可疑，人們意識到一定出了大事。消息靈通者風聞主席遇刺，竊竊私語充斥中南海各個角落。唯一由外來者接管的是九組。國安委信息中心主任率領團隊切斷了九組的所有對外聯繫。中央警衛局能掌控中南海其他機構的通訊管道，唯有太子的九組有特權不受管控，其尖端科技也讓警衛局無力企及，需要更專業的團隊才能處理。九組人員都被帶離辦公地，收繳所有電子設備。老叔安慰士佐，這樣做十分必要，不存在對主席的不仁，而是保證穩定的必要措施。主席遇刺的消息只能在適當時機以適當方式發布，此前任何洩漏都可能成為造成動亂的源頭。國安委信息中心的團隊明著是封存設備，暗中把九組的所有程序、信息和數據拷貝，或者連存儲設備一塊拿走，再進行專業刪除。所謂專業刪除不同於非專業的，在於用任何技術也無法恢復。

國安委信息中心的專家隨後檢查從九組拿到的信息，發現主席遇刺時九組並未發現，直到太子接到他的小姨——大典總導演的電話後才開始注意。小姨不敢確定天安門上倒下的是什麼人，也無法確定是因病還是其他，叮嚀太子搞清情況前別告訴母親，免得她受驚嚇。九組很快得知了主席遇刺。太子的幾乎崩潰沒有影響九組啟動調查機制。所有那個時段在北京使用過的一次性手機首先被篩選。其中一個一次性手機的電話是趙歸手機打進的，只是剛被追蹤到那手機便消失，速度快得出奇，只查出了手機的位置在國安委。隨後趙歸手機也進入國安委的屏蔽罩，再未出現。通過黑客手段潛入國安委安檢系統，卻沒看到趙歸進出的記錄。國安委信息中心團隊進駐接管時，九組的大數據系統正在排查趙歸的關聯材料……當老叔從終端平板上看到信息中心主任的上述報告，指令立刻封存九組的材料，不許任何人查看，全部交給他。

從太子到九組的普通技術人員皆被實行保護性隔離。小姨子不讓太子告訴主席夫人是幫了大忙，否則一定會搞得人人皆知，常委們一風聞便會立即控制局面，那時再做什麼就難了，老叔也不會有機會跟土佐結為同盟。土佐同意老叔要求的暫時不讓太子回家。看守太子的士兵不知道他是什麼人，任他在閉窗鎖門的房間裡叫喊，把送進去的飯菜扔出來。與太子相隔六百米的主席宅院，主席夫人也在發脾氣。她不知道主席遇刺，只是發現警衛和服務人員換了人，電話不通，網絡中斷，出門也不允許。她要見土佐，往常土佐一分鐘也不會耽誤，現在則始終不回話。與她接觸的是普通士兵，頂多是下級軍官，任何問題皆是一問三不知。他們只奉命執行，對責難和辱罵全當沒聽見，也不為所動。

面對著這樣一群只知道執行命令的軍人，中國的最高掌權者們等於都被收繳了權力。只有土佐辦公室密集發出的一道又一道命令指揮著一切。最高層的所有權力加在一起，這時抵不過僅有一個師兵力的中央警衛局。而此時指揮著中央警衛局局長的，是一個素被視為平庸且將退休的禿頂官僚。當土佐在北京醫院的天井平台表示接受老叔的指揮，兩人便同車趕回中南海，立刻在土佐辦公室開始一系列遙控行動，一環接一環地實施進行。當天的中國像往常一樣該怎麼喧囂怎麼喧囂，該怎麼混亂怎麼混亂，懵懵懂懂，無知無覺，沒人知道整個中國的命運被中南海裡兩個不眠老男人在算盤上撥來弄去。那兩人一秒也不分離，餓了讓內部食堂送便餐，睏了在沙發上打個盹。這種不分不離並非因為他們有同舟共濟的親密，而是讓對方放心也讓自己放心的一種默契——互相都沒機會背著對方搞動作。具體細節二人無需相互明說，但是連上廁所都會開著衛生間的門，寧可讓屎尿聲外傳，氣味四溢，為的就是讓對方放心自己沒有躲在裡面打電話密謀。直到一切決定都做完和落實，所有的生米煮成了熟飯，兩人命運牢牢綁在了一起，沒有誰再能單獨脫身，可以說互相已經把命交到了對方手裡，唯有共榮共損，二人才放心地分手，各自去執行共同計劃。

7

老叔離開中南海時，土佐派了一隊中南海警衛保護他，豪爽地說以後那就是他的專屬衛隊。衛隊長是一位軍服筆挺皮鞋鋥亮的少校。衛隊分乘三輛車，一輛在前，兩輛在後。少校與老叔同車，坐在前排副座。此車是總理的防彈車，土佐給了老叔。「人在一切在！」土佐叮嚀老叔以後出門一定要乘這輛防彈車。如果是泛泛表示關心，可聽可不聽，但是土佐同時這樣向少校交代，就成了命令——老叔以後出行只能用這輛車。

一路是政治局常委享用的一級安保，全線綠燈，其他車輛限行，路口武警攔停行人。老叔知道主席一定給總理的車安裝了竊聽設備。中南海車輛都歸土佐管，竊聽也由土佐負責。現在土佐把車給老叔，什麼事都不用費就可以竊聽老叔。老叔痛快地放了一個響屁。衛隊是保護他的，也是監視他的，需要時可以抓捕他。這是主席給每個政治局常委和委員的待遇。靠這種方式，所有人都被主席捏在手心。現在主席死了，那隻手還在，就是土佐。

不過老叔並不在乎土佐，他只是主席的家奴，沒了主子便不知道自己該幹什麼，往下該怎麼走。土佐現在的所為不過是按照主席給他注入的慣性。雖然土佐竭力掩飾，可是一夜相處讓老叔清晰地感受到他的惶惑。他原來的目標非常明確，死心塌地忠於主子，保衛主子，也把自己一生託付給主子。當主子突然消失了，他的立足點也隨之坍塌，如同在虛空墜落，抓住什麼算什麼。而第一個伸出手來讓他抓住的正好是老叔。

土佐表示服從老叔指揮，只是為一旦失敗可以推託責任。人的野心一旦有可能釋放便會膨脹。原來正是因為主席絕對信任他，他只能當土佐，不會再幹別的，現在卻成了核心。老叔鼓勵土佐的膨脹。沒有野心的人不會敢參與政變，而此刻政變成功的關鍵正是土佐。主席在世時把中央警衛局從原本只保衛中央首長，到後來凡是在京的正部級以上現職官員及高級將領全由中央警衛局保衛。看似是一種榮耀，卻相當於把刀時刻架到了那些官員脖子上，他們的行蹤也隨時收入主席的耳目。

主席給警衛局所有士兵授予中南海衛士稱號，軍餉和待遇遠超其他部隊，惠及每人的家庭，加上無條件服從的洗腦，把中南海警衛部隊訓練為只聽命於他一個人的御林軍。對這支部隊，其他常委說話都沒用，憲法也沒用，只有土佐代理他發令。主席布下了一個天衣無縫的鐵網，收網的繩頭平時由土佐替他拉著，而一旦主席死了，整個鐵網就屬土佐了。老叔現在也在土佐的網裡。

車到國安委，中南海衛隊被安排在一樓休息室，老叔不會給他們進入國安委的權限。回到自己的辦公室，感覺贏了開局的老叔一夜沒睡卻心情振奮。專制社會一旦獨裁者身亡，就是重新洗牌的權力真空，勝負往往取決於誰能搶先一步，不用多，一步就好。當其他人還懵然不知或處於震驚時，誰在事先謀劃了全盤，有布局和步驟，走出第一步，其他人就不得不充當被動的反應者，被那先行一步引入路徑依賴，一步先而步步先，最終由自己填補真空。

這次只有老叔事先知道會發生什麼，因此是唯一有佈局和步驟的。然而在發生前更像是幻想，就像幻想幹一個高高在上的女人，即使把整個過程包括細微末節都想到，也只是供手淫時過癮，不是真幹，甚至能真幹時也會嚇得逃避。哪怕在昨天早上起床時，老叔都不會想到真能走出這一步，更不敢想走到目前這程度，直到親眼看見主席死亡的一刻，才真正意識到幻想和現實沒有了界線。

對老叔這種一生在統治機器中摸爬滾打的實操者，即使是幻想也離不開操作的按部就班。是幻想的意淫還是現實的步驟，只取決於主席是死還是活。幻想時形成的布局和步驟，主席一死便不再是幻想，立刻成為最佳的操作方案。至此的開局順利，都來自那方案掌握了對局勢的主導。

看似冷靜堅定的老叔，其實心裡一直惶惶，並不確定是否該如此，走下去會是什麼結果。

按他的真心與性格是不想搞到這一步的。從得知主席搞防疫慶功繞開他，就意識到自己將被當做替罪羊，他想到了後面會發生的所有危險，遠比趙歸自以為給他指明的充分，卻想不出解脫的辦法。專制社會就是這樣，只要是獨裁者的決定，便會鎖住所有環節，任何試圖改變都繞不過獨裁者，因此便沒有希望。在老叔已經準備引頸待宰時。趙歸把他唯一沒考慮的選項端了出來——去掉鎖住所有環節的那一環，不就能得到根本解決？保自己，這是唯一的選擇。並非只能等死，只是老叔要活，主席就得死。為了救自己，沒有什麼不可做，反正已經活不成，還有什麼不敢做？當老叔看清這一點，剩下的便只是怎麼實現的具體操作。

看上去整個過程都是趙歸在推，老叔在趙歸面前顯得被動、膽小和裝傻，其實那是因為老叔知道無需自己介入，該做的趙歸都能做。他瞭解趙歸，就像瞭解養了多年的獵犬，完全熟悉其品性，以及如何引導其按自己的意志行事。那不必非得明說。何時見過主人會跟獵犬討論行動計劃？主人要做的只是指給獵犬看獵物，並在合適時機解開繩索把獵犬放出籠。

趙歸完成了，完成得很精彩。老叔此刻升起一絲對趙歸的惋惜。從櫃裡取出一瓶茅台，打開包裝，自己喝一口，剩下的整瓶扔進銷毀口。那是趙歸最愛喝的酒。他聰明的話就不該回來，立刻出國，保持低調再不露頭。他搞到的錢足夠全家後半輩子享受。當然他不可能那樣做，否則他就不會做這事。他那麼快地往回趕，是要來拿權力的。單槍匹馬的成功讓他瞬間膨脹，電話裡的口氣已經太明顯，以後只能膨脹得更多。不過這還不是不可包容的，九組的追蹤才是分水嶺。趙歸一定會被追查，最終一定會引向老叔，消弭隱患於未然是不得已。扔進銷毀口的茅台會和趙歸會合。樓內各個辦公室的銷毀口都到那裡，只是B500用於處理大件，不管是紙張、塑料，還是金屬或血肉，不管是文件、電腦，還是槍枝或活人，進去都先絞碎成末，被高壓蒸汽衝進能化掉金屬的分解液，變成液體進入汽化室，再無形無色無味地排入空氣，就此蒸發。

現在趙歸不再是問題，只剩劉剛和李博，以及樓頂與電子蜂有關的各種證據。趙歸一天沒出現，劉剛會不會恐慌？沒有趙歸操縱升降梯，二人下不了樓，現在是什麼狀態？大事搞定後，老叔的思慮便轉移到這裡。自從把樓頂給趙歸做試驗，那兒的監控就被老叔限制為只有自己能看。第一眼就感到不妙，全景鏡頭中沒有人。搖鏡頭，發現一個天線柱後面露出一隻腳。鏡頭推近，黑色休閒皮鞋，沒穿襪子，失去支撐力而一側著地。換到另一側的攝像頭，看到躺在地上的軀體——不，已經是屍體——背朝鏡頭，臉向柱子。光從背影無法判斷是劉剛還是李博，另一個顯然已經離開。

老叔查看樓門信息，未曾開過，也未遭損壞。讓監控錄像跳到前面，以快進方式回看。看到了李博跟劉剛要夢造儀；看到了李博要離開時被趙歸撂倒；看到了趙歸釋放電子蜂後自己乘升降梯下樓，走前交代劉剛等他如何處置李博的通知。李博一直昏迷。劉剛脫掉T恤吹風乘涼。大典彩排開始後，劉剛伏在平台圍牆看天安門方向，數天上參加彩排的飛機。直到第一組電子蜂返回，劉剛消遣地觀察電子蜂如何回巢。四個電子蜂間隔相同距離，一個接一個飛進蜂巢的喇叭狀入口，沒有異常。三十五秒後，第二組電子蜂歸來，飛過正在觀看的劉剛時，領頭蜂有個空中停頓的動作，像收到值得警覺的信號，突然換了方向，從巡航飛行變成向劉剛的俯衝。曾跟電子蜂演練過多次的劉剛意識到危險，迅速晃動身體，揮手打飛了第一枚針彈，但是被擦傷右手。如果他沒有脫掉T恤，第二隻電子蜂從他背後發射的針彈會被衣服彈掉，現在卻毫無阻擋地扎到他脊背上。刺痛使劉剛知道不妙，一邊伸手摸背後一邊大叫「操你祖宗啊」。這使他耽誤了躲閃，第三個電子蜂的針彈扎進他右耳孔，第四枚針彈射中他的後頸。劉剛晃了幾晃重重倒地，撞倒了飲水機，流水汩汩……

老叔不明白電子蜂為何把劉剛當成目標，但實際效果卻如天助又去掉一個隱患，值得慶幸。錄像快進到李博清醒過來，劉剛的屍體先使他震驚，很快又鎮靜。從李博的形態能感覺他知道是怎麼回事。他的下一步動作看得出對離開樓頂早有琢磨。確認雙肩背包裡夢造儀還在，取出一雙手工布鞋換上。從一個消防設備櫃裡取出高樓逃生緩降器，老叔這才想起曾經組織員工演習過如何使用。李博用得笨拙，鋼絲繩一端掛鉤掛進平台預埋的金屬環，另一端的安全帶套在身上綁好。貼著樓的外立面平穩下降是逃生器自動控制，兩分鐘多一點便從樓頂下到地面。李博走到街上後很快就失去蹤跡，顯然事先已經掌握哪裡是監控盲區。此人不像平時表現的那麼呆瓜。

對於老叔，李博的威脅小一些，基本沒有直接聯繫，趙歸也不會讓他知道內情，不過他掌握的鞋聯網、性鞋距，以及SID與電子蜂匹配的實驗，也足夠讓人順藤摸瓜到老叔。反覆考慮，老叔決定不搞搜捕，尤其不能搞通緝，那反而使李博被人注意，增加其他勢力的介入，容易失控。反正國安委人員沒有護照，不擔心他出境。他換上手工鞋也可以看出是要躲藏。那就好。只要不落到他人手中，暫時抓不到他也沒關係……

祕書在內線通話器報告：「蛛網組到齊了。」

眼下要緊的是先抓住權力，後面無論發生什麼，有權就好說。最終當然要解決李博，徹底消除隱患。眼下先讓外勤祕書查清李博的所有社會聯繫，全部監控起來，守株待兔，人總有割不斷的親情，也需要獲得幫助，那時就會發現他的蹤跡……

8

國安委大樓留給主席的三十一層平時鎖著，主席從未正式在這裡辦過公。此刻門打開，蛛網組開啟設備，支起攝像機，布設燈光。老叔坐到主席的座位。桌上有國徽，身後有國旗。明知這會被官場視為僭越，老叔也要坐到這個座位上，因為這個座位代表「處突組」在國家危機時的統領地位。

化妝師在老叔臉上做最後修飾。三個機位的攝像機都已準備好。此前在官場之外沒有多少人知道老叔，這是他第一次作為主角在全國亮相，必須注意每個細節。他反覆斟酌念通告的語氣和語速。通告是他自己起草的，每個字都經過仔細推敲。拍攝反覆好幾次，姿態要端正，表情分寸恰到好處，畫面盡可能完美。雖然最終也未完全滿意，迫於時間只能差強人意。蛛網組的翻譯把最後完成版配上中英文字幕。至此所做的其他部門都能做，蛛網組的與眾不同在於播發。

主席在應對危機方面總是居安思危，不遺餘力，萬一有突發事件或不測變化，尤其是發生政變，其他傳播管道無法使用（如被占領）時，如何仍能向全國發聲，搶回對輿論的主導？蛛網組便是為此建立，由老叔按照主席的意圖一手培育起來。以前雖曾多次演練，現在是第一次實際應用。當播發系統的設置和調試全部到位後，老叔示意其他人退出。這套系統專為主席量身打造，最終播發必須識別主席的指紋，別人的指紋不但無效，還會觸發警報，令系統自動關閉。老叔從保險櫃取出寫著「母親紀念」鋼筆字的戒指盒。托著戒指的絨墊下有個不注意便看不見的輕薄膠套，是當初設置指紋識別時從主席手上取下的。老叔在銷毀模子前做了這個膠套，如同是從主席右手食指尖剝下的皮膚。老叔冒這個險，當時沒有明確目的，只是考慮萬一有用。他一輩子為「萬一」做了無數無用功，也許九千九百九十九都是白做，只要用上一次就超得過所有的白做。

老叔將膠套套到右手食指的頂端，放進左手掌心捂了一會兒，得與體溫一致指紋掃描儀才能通過。系統確認指紋後全面啟動。當時鐘顯示到差十秒九點，主屏幕出現倒數計時數字，連續兩次詢問是否播發，老叔皆平靜地點下「是」，如同只是同意播放一首歌。

當倒數計時結束，整個中國的主要電視頻道，包括衛星頻道、閉路頻道、國際頻道；主要的廣播電台，包括中央電台、地方電台、網絡電台；主要的互聯網媒體，都在同一刻被強行插入男女聲輪流宣讀的一句話：「請注意，即將播放重大通告，請全國人民觀看收聽。」反覆宣讀這句話三十秒後，播出老叔剛拍攝的視頻。語音版、文字版也同時發出。各媒體正在值班的技術人員皆被震驚，且不說播出的內容讓人欲罷不能，想看個究竟，就是當做黑客入侵而試圖制止，也是窮盡手段都無效。能強行插入這個節目的權限超過所有級別管理者，劫持了所有功能，任何操作都沒反應，連想關機都關不了。那些一向自負的ＩＴ人都傻了，從沒見過這麼高的權限，這時才知道自己的見識多不夠格。

視頻中的老叔只是從頭到尾念了一份國安委處突組的通告——主席被刺身亡。通告長度二分十五秒，被連續滾動播出十次。播出之間仍是三十秒的「請注意，即將播放重大通告，請全國人民觀看收聽」。那對男女聲毫無感情，卻能讓聽到的人放下正在做的事，或聚攏到電視機前，或打開智能手機，或召喚沒聽到的人。估計全國至少有五億人在那十遍播出過程收看或收聽。然後便像出現那樣來無影去無蹤，強行的插入倏忽消失，各個媒體恢復原本正在播放的節目。而在滾動播出過程中被人們留下的眾多拷貝，以更大勢頭繼續傳播。

老叔在通告中沒有說明主席遇刺的具體情況，因為案件正在偵訊中，細節暫不公布。他保證局面完全受控，最終一定會給全黨全民清楚的交代。通告要求各級政府和官員盡職守責，軍警進入戒備，人民保持穩定，社會維護正常。通告呼籲全體國民相信黨和政府一定經得起這次考驗，最後告誡「現在是需要每一個人保衛國家的時刻，國家也一定會給每一個人應有的功過獎懲」。

國際媒體在被中共主席遇刺身亡的消息震驚的同時，對一個名不見經傳的官僚以如此方式公布消息感到不同尋常。這完全不符合中共行事風格。老叔在通告中給出的解釋是，按政治局常委會分工，這類突發重大且可能有危機後果的事件，由主席為組長的國安委「處理緊急突發狀況領導小組」負責處理。同時國安委的相應章程規定，當組長無法履行職責時，由副組長代為履行——目前正是這種狀況。

如果咬文嚼字，章程確有老叔說的條文。然而目前不是一般情況。在國家最高領導人遇刺時仍套用這種表面文章，由一個黨內地位遠在其他常委之下的副組長處理，怎麼也讓人感覺不對。起碼應該先由政治局常委開會，確定新的黨主席，再逐層向下通報，有步驟地釋放震動能量，統一認識和做好準備，最終才向全國民眾公布，無論如何不應該用強行插入媒體的方式，突然襲擊地扔出一顆原子彈。這路數更像是發生了宮廷政變。

老叔完全清楚他會成為流言對象和挨打的出頭鳥。但這孤注一擲是必需的。如果遵循通常程序，比他職位高的有幾十號人，個個都是人精，而博弈只要被納入程序的框架，職位低者就必然無法掌控全局，被職位高者拿走主導權。那時的走向就將脫離自己的控制，矛頭也可能很快指向自己。想要保自己，就得自己當主角，也就必須打破程序，另闢蹊徑。而誰能搶先發布主席身亡的通告，話語權就落到誰手裡，以後再說什麼世界都會側耳傾聽。這個消息的爆炸性和蛛網組播出的覆蓋面，讓老叔立刻成為國民矚目的中心，也成為國際報導的焦點。他的照片傳遍世界，上了幾乎所有媒體網站的頭條，他的名字成為最熱的網絡關鍵詞；不瞭解官場內幕和規則的中國民眾則會想當然地認為，誰發布這個通告，誰就應該是國家權力的接掌者。

9

與土佐分開剛剛六小時，從視頻上看得出土佐態度有進一步的轉變，從最初自認為在老叔之上，到分手時的平等夥伴，現在已是不自覺地在老叔之下。蛛網組的傳播讓土佐對老叔刮目相看，老叔的形象被那傳播放大了一百倍，雖然他倆關係的實質沒有變，但就像一個癟氣球在被吹起一百倍的氣球面前會自覺渺小那樣，土佐已經無條件地接受老叔指揮，哪怕是奇怪的要求。

比如這次老叔要的是，在他過一會兒跟軍委孫副主席通話時，土佐要按老叔的信號讓孫副主席的衛士就地做俯臥撐。

「俯臥撐？」土佐以為聽錯了。「什麼俯臥撐？鍛鍊肌肉的那種嗎？」

「是啊。有問題嗎？」

問題不會有。土佐讓他的兵殺人都沒問題，別說做俯臥撐。軍委孫副主席的衛隊屬中央警衛局，土佐能與衛隊長隨時通話，衛隊長又與執勤衛士保持聯絡，因此土佐下的命令能立即執行。土佐對俯臥撐沒再多問，只是約定老叔與孫副主席通話時開著土佐的視頻，看到老叔把手中鉛筆直立起來，土佐就下令。

「俯臥撐做幾個？十個？二十個？」

老叔在想像中估摸多長時間對需要的氛圍比較合適。「二十個吧……如果我再立鉛筆，就再做二十個。」

後面加的是擔心孫副主席沒反應過來，或是不買帳，需要進一步施加壓力。對於老叔，搞定軍隊是排在第一位的。主席在世時職權過多，無法管具體事，軍隊日常由孫副主席領導，因此孫副主席視自己為一人之下萬人之上。現在主席不在了，就沒人能指揮他。

果然，對老叔要求軍隊服從處突組，孫副主席不屑一聽，反過來質疑老叔的資格，表示只要主席遇刺沒有水落石出，軍隊就會自行擔負保衛國家的職責，不會被陰謀勢力利用。孫副主席滿嘴大道理滔滔不絕，老叔幾乎插不上嘴，好像挨訓的小學生。終於等到孫副主席稍做停頓，老叔對著視頻上那個咄咄逼人的面孔無可奈何地歎了口氣。

「孫副主席，您以為主席對這種狀況沒有安排防範嗎？黨指揮槍是我們黨的生命保證，黨也一定有辦法讓槍聽指揮。您如果不信這一點，我先指揮一下您身邊的槍。現在請看您身後的衛士，還有門口站崗的衛士，方便的話同時看院子裡的衛士。」老叔這樣說時立起手中鉛筆。

眼光從孫副主席臉上越過，像是對他身後的衛士直接下令：「衛士，就地做二十個俯臥撐。」

孫副主席對老叔搞的這一齣顯出一臉惶惑，回頭看時，他身後的衛士，還有門口站崗的衛士，都把槍放在一旁開始做俯臥撐，邊做邊口中報數。孫副主席恐慌地呵斥：「幹什麼！停下！」卻沒作用。直到二十個俯臥撐報數完畢，衛士又恢復持槍執勤的原狀，如同沒發生。在開著冷氣的房間裡，孫副主席的額頭滲出汗滴，流下眉間。他是二百萬軍隊和一百五十萬武警的控制者，卻被眼前這幾個受老叔控制的衛士嚇住了。那三百五十萬現在只是數字，這幾個卻是一年三百六十五天乘以二十四小時在他和家人的身邊。

看到孫副主席緊張了，老叔也就放鬆了，甚至產生開玩笑的心情。「中央警衛局已經決定再給您增加保衛力量，都是做俯臥撐很厲害的戰士。」孫副主席沒回答，原本的凌人盛氣已消失。對老叔以國安委名義下達的命令也不再抗拒。老叔並不擔心孫副主席背後再做另一套，因為做俯臥撐的衛士一分一秒都不會離開他身邊。

老叔首先要軍委做的，不是軍管，不是戒嚴，不介入政權運作，只是讓各地軍隊接管全國縣以上黨政機關和領導人的警衛，進行監視，隨時向軍委彙報，並按軍委指令採取行動。縣以上的通訊、機場、廣播電視、互聯網等機構，也由軍隊替換與地方關係密切的武警擔任警衛。國安委將派一個特派組進駐軍委，與軍委聯合辦公，一起指揮這次部署和隨後的行動。軍委對特派組必須無條件開放，有意見分歧時雙方各自向國安委申訴，服從國安委的決定。老叔最後強調，在國家危機時刻，全國都需服從國安委的領導，不能有意氣相爭，更不容許野心膨脹。

老叔第二個通話對象是在地下掩體中的六號常委。當全世界都已喧囂熱議主席遇刺的新聞，主管政法的六號剛從老叔口中聽到消息。不過比起其他仍然在「保護」中的常委還是早了些，老叔告知他的情況也比公開通報的多。「……主席能在衛士重重圍護下被刺，一定是有內鬼，首先擔心與主席關係最密的您成為下一個刺殺對象，才把您送進安全掩體，切斷所有聯絡，防止被內鬼發現……」

六號是主席在政治局常委中的主要同盟，一直協助主席通過反腐肅清對手，為確立主席的獨裁地位起到不可或缺的作用。六號對老叔所說表示理解和感謝，聽得出並不真誠，更多的是緊張思考和重重疑慮。但老叔有把握，六號在反腐中得罪的人比自己在防疫中得罪的人還多得多，沒有主席，如何避免被報復的浪潮淹沒便成為首要目標。在這一點上，六號和老叔應是同病相憐，利益一致。老叔因此要讓六號做自己在常委會的代理人，相信六號會配合。

老叔接著介紹了電子蜂、趙歸，以及總理兒子的股份，說明為何要控制總理。老叔表示走出這困難也是必要的一步，是他作為處突組代理組長決定的。對總理的進一步審查應交給主管政法的六號常委。如果六號的審查結果是總理沒有問題，老叔願意承擔一切後果和處分。

老叔這番話讓六號輕鬆了一些。控制總理的決定與他無關，審查總理的權力卻交給他，是可進可退的位置。這當然跟陣營有關。老叔作為主席的心腹，常委中唯有與主席結盟的六號能信任。除此還有一點，老叔知道六號不會讓總理輕易過關。總理對主席的不滿經常針對六號發洩，兩人關係搞到勢同水火，讓總理沒事豈不等於是給自己挖坑？

在運轉政權方面，老叔主要依靠主席的「小組」。那是主席為了集中權力，繞過正式機構的麻煩法規和程序搞出的另一套指揮系統，名義上是黨中央在各領域成立的領導或協調小組，實際上是被主席直接用於指揮下級政權。「小組治國」的模式廣受詬病，被認為是違反法治的「黨大於法」。已經形成固定權力和既得利益的那些小組，對主席遇刺的第一反應便是擔心自身前途。他們願意接受老叔掌控大局，除了因為老叔是主席的心腹，能讓他們放心，還因為老叔沒有足夠的合法性指揮政權機構，會更多依靠小組，會使小組的地位不降反升。因此當老叔與各小組負責人通話時，他們皆表示聽從國安委——也就是聽從老叔的指揮。

老叔發布通告的頭兩天，似乎一切如故，沒看出有什麼大問題。然而那是人們陷入最初的震驚尚未反應過來，仍在按慣性行事。實際上很多變數已被這個通告觸發，只是不知何時生成難以預知的意外和越演越烈的麻煩。眼下最讓老叔擔心的是三號常委。他是唯一未被控制的常委。他的衛隊雖然也執行了土佐的保護令，卻不能像在北京的常委那樣被藏得無人知道下落。

上海方面始終有人陪同，衛隊無論把三號帶到哪兒都躲不開上海的眼睛。上海市委書記是政治局委員，在聽到老叔宣布主席遇刺後，意識到情況複雜，親自帶領大批公安和武警要求對三號加強保護。上海警備區同時出動軍隊配合。當上海方面突破中南海衛隊見到三號後，三號當場要求更換警衛。面對數十倍於己方的上海軍警，加上三號聲色俱厲的命令，中南海衛隊只好讓位。隨即三號便失去行蹤。在六號常委應老叔請求試圖聯繫三號時，各種方式都聯繫不上。

民主

1

三號切斷了聯絡，卻逃不出老叔的視線。他的身邊人做了所有想得到的防範，包括訪客的任何電子設備都不能進入他的空間，卻沒人想得到還有鞋聯網。老叔在鞋聯網上看到三號連續兩天與上海市委書記在一起，浙江和福建的省委書記也專程到上海拜見。他們的鞋軌跡顯示匯集，只是無法得知談的是什麼。唯一拿到的料是從性鞋距看到晚上有女人進入三號臥室，從SID查出是個三十七歲的按摩師，做完按摩後在三號的臥室過夜。

第三天，三號常委發出一封致全體中央委員和候補委員的信，對北京目前的局面發出強烈質疑，表示無論通過正常管道還是特殊管道，都無法與在京的幾位常委聯絡上，不清楚目前誰在主持中央工作，甚至不知道幾位常委是否安全，這極不正常。因此，他作為政治局常委，將在上海召開中央全會，瞭解主席遇刺的真實情況，做出決策並選舉新主席。他要求所有中央委員和候補委員到上海參加會議。

這封信通過中央辦公廳的專用系統群發，自動加上絕密標籤。老叔事先沒想到三號會用這個途徑，封鎖已經來不及，反而會顯得有鬼。權衡後老叔認定保留這個途徑利大於弊，畢竟在內部，如果都封死，會逼得對方使用公開方式，那會導致權力集團劃分陣營，造成分裂對抗，迫使人人站隊，也許更不利。

隨後三號不再刻意隱身，高頻度地與中央委員直接聯絡，明知所有內容都被監聽，但就要顯出不在乎，以顯示他說的一切都符合黨的規矩和組織程序，沒有陰謀，光明正大，反倒襯出北京方面吞吞吐吐，詭祕欺瞞。三號態度鮮明地表示，如果排位二號的總理出來主持局面，他立刻充當協助者。如果總理不出來，便只能由排位三號的他代表中央。

這種方式應是頭兩天密謀取得的共識。上海市委書記、浙江和福建的省委書記分頭遊說其他省市領導人，也用同樣明話明說的方式，皆是滿口黨的規矩和組織程序，質疑北京並支持三號。老叔原指望通過中央警衛局控制軍委，再通過軍隊保證統治機器馴服，控制社會穩定，給自己創造時間對地方權力重新安排和換人，直到完成權力過渡。各地軍隊積極執行軍委命令，接管了政府機構和領導人的保衛，只是因為看出那是控制權力的方式，卻是為自己而做，進一步是否服從軍委指揮，全看對自己有無利益。所謂「黨指揮槍」在專制體制運行的結果，會在實際上變成「黨主席指揮槍」。主席的位子一旦空了，不光黨指揮不了槍，連代表黨的軍委也指揮不了槍。軍委只是一個機構，真正的槍在將軍手裡。地方政權也是一樣，主席不在，各級書記就成了本地獨裁者。將軍們與當地書記更容易搞到一起，那些懂行政有野心的地方官告訴將軍們，自治不但有利於本地人民，更會讓將軍和當地駐軍得到更多好處。

老叔請六號利用同一途徑給中央委員和候補委員群發信件反駁三號，出示了通過各種方式聯絡三號而無回應的證據，要求三號到京參加常委會的集體領導，不要造成黨的分裂，並告誡外地中央委員不得參與另立中央的行為，否則會受黨紀國法的嚴厲處置。

三號召集的中央全會肯定開不起來，因為一半以上的委員和候補委員在北京，被中央警衛局控制，不會讓他們去上海。即便三號能把北京之外的委員都弄去上海，也湊不夠可以做決議的人數。不過三號的表態卻讓各地變得膽大起來，附和質疑北京隱瞞情況和有違程序，並作為獨立行事的理由。北京的委員是京官，外地的委員則是割據一方的諸侯。京官權力的前提是地方服從，如果地方不服從，京官就什麼都不是。從這個意義來說，地方大員掌握的才是實權。

老叔目前只能控制北京城區。中央警衛局的兵力無力控制更大地盤，郊區都得交給軍隊和武警。參加大典閱兵的部隊來自中部、北部和西部三個戰區，現在按中央軍委命令執行衛戍任務。三個戰區部隊被交錯部署，不許相互溝通，形成彼此牽制。加之土佐給三支部隊首長都派了中南海衛士，一時可以保證北京的安全。另一個有利因素是多數政治局常委在北京，各屆退位元老也多在北京，有保持中央名分挾天子令諸侯的優勢。在各地和各部隊之間彼此有忌憚和猜疑，尚未出現壓倒實力時，名分就是最重要的。

首要問題是統治機器，控制不住機器就控制不住社會。一旦社會發生混亂，統治機器又不能及時制止，失控便會擴大到不可收拾。然而專制機器的所有螺釘擰來擰去，最後都要擰到獨裁者的節點上，獨裁者一旦身亡，螺釘就會散開，機器失靈。只是一個普通中央委員的老叔要讓那些螺釘擰到自己的節點上，談何容易。憑什麼？——對這個問題，他自己都沒信心回答。發布決策時他總是讓六號出面，自己扮演執行角色。六號也保持配合。但無法解釋的是，排位比六號高的幾位常委在哪裡？在做什麼？總理全無消息；四號五號只在文字媒體上出名字；而官場皆知主席要拿掉的七號，銷聲數月後重新在電視上談笑風生，卻同樣無法直接聯絡。即便是六號常委，試圖與他聯絡的人——包括他的親信——也都得通過老叔傳話，怎能不令人懷疑？人們開始懷疑老叔已經成為實際控制者。

三號常委針對六號常委的反駁提出新提議——讓其他幾位政治局常委離京分頭到各地巡視，穩定黨心民心，人們就會相信常委會在正常行使職能，並接受領導，那時他立刻回京。這一提議得到各地大員擁護。

這種時候，老叔不得不拋出總理，才能扭轉面對三號常委節節進攻的被動防守。如果不能盡快平息質疑，一旦讓對方陣營不再顧忌而公開，過關就難了。他以個人名義給中央委員和候補委員發信，抬頭分別寫每個人的名字，像是私信。老叔解釋用私信方式通報，是因為總理在主席刺殺案中的角色尚未確定。總理在權力鬥爭的失利使其有刺殺動機；他兒子被指證在不同場合說過幹掉主席的話，雖是酒醉，也是酒後吐真言；重要的是總理兒子入股的無人機公司正是謀殺主席的基地。公司老闆趙歸在反腐運動中被迫上交了十億美元，有實施刺殺的動機，已確定為主犯，現在正通過國際刑警組織全球通緝；從犯劉剛是導致防疫運動擴大化的誤導信息提供者，被發現死在住所，死因亦是遭電子蜂攻擊，到底是操作失誤還是被趙歸滅口，需繼續查證……照理說案情尚未做出結論前不應拿出，但若不回應三號常委的質疑，可能導致黨出現危機，為了大局，只好違背規矩，私下先向中央委員通報。

上述鏈條完整自洽，稍有麻煩的是把劉剛屍體轉移到他的住所，製造出符合案情的現場環境和痕跡。那肯定經不起認真的刑事勘察，但是勘察在掌控下，不會揪住不放，而會按照劇本走。國安委樓頂平台已徹底清理，物品全進了銷毀室；趙歸和劉剛的所有出入記錄都從安保系統銷掉，就像他們從未出現過……老叔對這些都有把握，唯一缺的環節是總理承認自己幕後指使。不過那不是最重要，只要總理不能證明自己清白，隔離審查就可以一直拖下去，總理就等於被廢了。老叔在信中向中央委員們保證：「一定盡早將趙歸逮捕歸案，讓真相大白天下！」這個保證什麼時候能實現，只有他自己心裡清楚。

總理刺殺主席——這個消息的爆炸性使其他質疑立刻變得微不足道，老叔前面做的所有事也都變得合情合理。北京官員沒人敢有異議；周邊省市的官員多在北京安家，考慮成為人質的家人也只能附和；西部和東北各省財政靠北京，會跟著指揮棒轉。東南各省則不一樣，財政上是北京靠他們，沒有總理的親口供認，他們不會同意把罪名加給他，紛紛要求聽總理自己如何說。

三號常委又發了一封致中央委員的信，提出對待黨的領導首先應該用無罪推定，不能憑猜想羅織，無限上綱，建議案件由中央全會集體審理，給總理親自到場申辯的權力。如果多數委員相信總理與刺殺有關，應移交司法機關，而非由黨內機關審理。如果多數認為無關，便應恢復總理的職權。眼下當務之急是選舉新的黨主席，實現黨和國家管理與運行的正常化，刻不容緩。三號常委高姿態地表示不再要求中央全會在上海開，而在中立的重慶開，由西部戰區進行保衛。屆時他一定親自赴會。這個提議受到各省大員普遍贊同，老叔則陷入被動。不同意，不管用什麼理由都站不住腳，失去信任，自己本來就脆弱的地位會更加脆弱。而同意，在京的委員也要去重慶，脫離控制，相當一部分便會站到三號一邊。那時不管誰當選主席，反正不會是自己，自己離末日也就不遠了。三號的這個提議十分精明，相當於一招將軍，讓老叔陷入無解，連續幾天夜裡都被噩夢驚醒。

前幾天的噩夢沒有清晰內容，只是一種恐懼不斷膨脹，越來越大，直到把他嚇醒。今天不同的是，清晰地夢到了一個狗身長著土佐的頭，對著牆角翹腿撒尿，好像是剛被放出門外那樣撒歡。那本來只讓他覺得怪異，但是土佐低頭聞狗尿時，後腦上睜開了一隻獨眼，眼角伸出蝸牛觸角般的小手撥開擋在前面的白髮，對他陰冷地窺探。在和那目光相遇的一刻，嚇醒的老叔聽到黑暗中的咚咚心跳。

做這樣的夢，應該跟信息中心轉來的視頻有關。那是土佐帶著九組副組長進了九組辦公室。中南海是國安委唯一無法監控之地，那裡的一切由中央警衛局負責。但是利用主席遇刺時查封九組設備的機會，國安委信息中心的人偷裝了幾隻音控微電眼，這是第一次傳回視頻。前面九組辦公室一直沒人進入，土佐這次去不是偶然。老叔監聽到三號常委前一天給土佐的電話，土佐向三號表示全會召開後會服從新當選的黨主席。一般認為全會若能開得起來，一定是三號當選。對於土佐，只要不是總理上位，跟其他人合作或交易都可行。目前大局雖然未變，不利老叔的轉折卻在悄悄發生。三號常委的緊逼，地方大員的質疑，以及局勢出現逆轉的傾向都會讓土佐考慮後路。一旦土佐和另外的力量結盟，老叔就成了孤家寡人。

視頻中看到九組副組長提出要給土佐看截獲的趙歸蹤跡，副組長言之鑿鑿說趙歸最後的電話打進了國安委，趙歸本人的最後蹤跡也消失在國安委。當貼了封條的設備重新開啟，副組長叫起來，發現所有數據都已清空。土佐在現場鐵青著臉一言不發，如果他是因懷疑而來，離開時只能更加懷疑。老叔對此倒不怕，因為已經無法證明，不過趙歸和劉剛與國安委的關係遲早會被發現，即使死人不會說話，怎麼解釋都行，卻無法不讓矛頭指向他。從主席遇刺中得到最多權力的是處突組，也就是老叔本人，這難道是偶然？

老叔感覺此刻如陷在暗流湧動的漩渦，看得清和看不清的各種危險步步逼近，有的在光天化日下磨刀霍霍，有的躡手躡腳匍匐潛行，或直接或迂迴地包圍接近，甚至近到鼻息吹在頸後。他在這台統治機器中摸爬滾打幾十年，原以為已經十分熟悉，直到試圖主宰它時才發現掌控之難，力不從心。

那天老叔沒再睡，也沒工作，沉浸在長久的思考中。他終於想明白了一個原本沒意識到的要害——這種盤根錯節的龐大體制，只有最高層發動的政變可能成功，二流人物是做不到的。因為二流人物太多了，不會服從一個不按台階往上爬的僭越者。二流的僭越者會使階梯體制無法延續，註定受到體制的處處羈絆。體制的力量連毛澤東都無法駕馭，需要用文革方式將其砸爛另起爐灶，他這個二流人物如何能利用體制降服體制？

第二天，老叔給全體中央委員發信，表示距離黨慶大典只剩幾天，無論有什麼分歧都請暫時擱置，全黨在這一時刻要充分體現團結，全力以赴辦好大典。待大典結束，處突組同意三號常委的提議，在重慶召開中央全會，屆時處突組將把處理危機的權力交給通過了中央委員會信任投票的常委會和新當選的主席。老叔的這一表態，包括三號常委在內的所有中央委員表示同意。

2

七月一日，黨慶大典在風雨飄搖中如期舉行。連續兩天的降雨在典禮舉行前終於停下。原本板結的陰雲顯出裂隙，透出亮邊。風有些涼，把濕漉漉的彩旗吹得逐漸舒展。風雨掃除了霧霾，空氣十分清新。因為中共主席遇刺的戲劇性還未消退，這次大典吸引了全球目光，前來採訪的媒體記者上千。出乎意料的是中國方面前所未有地開放，來者不拒，一概批准。包括以前被定為「反華」拒簽的媒體和記者這次也未受刁難。天安門下面為媒體搭建的拍攝台比以往歷次慶典都大，上下六排，每排有幾十台攝像機，排得滿滿。

二十萬集會參加者按單位被分配到天安門廣場的不同區域。除了旗幟和標語牌，每人手持一本顏色翻頁冊，慶典時跟隨指令翻到不同顏色頂在頭頂，從天安門上便會看到各種歌頌共產黨的巨幅畫面。遊行隊伍和彩車在天安門東側長安街排好隊形，延伸到建國門。原本當做重頭戲的閱兵隊伍卻沒出現，武器、車輛、飛機都不見蹤影。按照軍委指令，他們在北京外圍護衛，不得進城。

中國就像一艘巨輪，即使發動機突然爆掉，仍在慣性中沿著原本航道滑行。表面看，人們該幹什麼幹什麼。大典也是這樣，排練了大半年，既然上面沒人說停，組委會就照常上班，按照原來的日程運轉，直到今天正式舉行。不過差別還是有的，廣場上集結的隊伍明顯鬆怠，沒有了最初排練時強調的紀律和緊張。工作人員甚至指揮者也顯得茫然。人們不是排列成行，而是三五成群聚堆聊天。旗幟和標語東倒西歪。統一發的服裝被穿在外面的各色雨衣搞得場面雜亂。過去了快一個月，主席被刺仍是中心話題，到底會怎麼發展卻沒人看得清。不過也就是當做一個夠刺激的話題說說，本質上與人們無關。太陽照常升起，生活依舊進行。

為了防範再發生刺殺危險，除了眾多軍警守衛，還有中南海調來的六架無人機在天安門上方往復拉網式巡弋。整個天安門和觀禮台被一個特大的電子屏蔽罩覆蓋在內。那屏蔽罩可以發現任何穿越的物體，哪怕是蚊子。負責大典警衛的土佐保證絕對安全。

天安門上，參加大典的主賓依次登場，被引導到按地位安排的不同位置。在京的中共領導人和政府首腦，在世的前政治局常委和委員，外國共產黨代表團，還有按慣例出場陪襯的各界代表。主席的小姨子對老叔心存感激。是他把她從專案組的隔離審查中放出來，讓她繼續進行大典籌備。大典一度被認為容易激發人們對主席遇刺的聯想，有人主張停辦。沒有老叔堅持，她好幾年的苦心付出就會白白虛擲。雖然主席的死對她的打擊很大，不再有大樹庇蔭，但她不願陷於哀怨命運，既然未來得靠自己，大典能讓她在全世界露臉，後面的機會就會接踵而來，而取消大典她就再無出頭之日。

老叔堅決駁回了取消大典的主張。他說主席是為大典而死，取消大典主席就等於白死。試想主席活著能同意取消大典嗎？那等於是向敵人退縮。必須讓敵人看到，他們的兇殘不會得逞！同時也通過大典向全國人民和國際社會表現黨的團結和國家穩定。沒人能反駁這種鏗鏘言辭，大典因此照樣舉行。不過此刻從天安門上往下看，作為總導演的小姨子對大典隊伍的懈怠很不安。無疑是歷次大典中最水的隊伍。對她的忐忑道歉，老叔表示全不在意。

「這種時候能搞到這樣已經很難得。以後這樣的場面再也看不到了。」老叔拍拍她的手臂走過去。後一句話讓小姨子摸不著頭腦，卻不好多問。她在圓乎乎的老叔面前比在不怒自威的姐夫面前更緊張。從出事到現在她始終跟姐姐和外甥聯繫不上。自己雖自由了，專案組並未放過她，還會隨時找她問話。這使她對後面到底會怎樣充滿不確定的擔憂。

在確定排列位次時，老叔把自己放在邊上，但他卻是全場的靈魂。表面上主角是正國級黨政首腦，占據了天安門中間位置；各屆元老們也備受尊崇，位於前排，他們都不是能在這裡做決定和發指示的人，甚至想不出席都做不到。哪怕可憐兮兮地說身體不好，難以行動，國安委會派來溫柔體貼的照料小組，帶著專用擔架，抬也得抬上天安門。背後那隻無法違抗的手就是老叔。

九點鐘是大典預定的開始時間。廣場上的人們停止聊天議論，伸頭往天安門上看。瞭解中國政治的人都知道，這種場合由誰主持，由誰發言，出場次序和排列位置，都是進行判斷的指標，看得出實權歸屬和陣營劃分，以及在刻意營造的外表之下掩藏著怎樣的實情。媒體上消失多日的總理未出現，雖有傳說他是刺殺主席的幕後黑手，他的未出場應該是外界得到的第一次證實。外國記者立刻對此發出報導。

讓人們驚訝的是完全不像以往慶典，沒有開場儀式，沒有進行曲，沒有禮炮和升旗，也無任何顯示大典的隆重。只見一個矮胖笨拙、身穿灰色中山服的身影從邊緣走到中央的立式麥克風前。記者們用長焦鏡頭推成特寫，認出是將主席遇刺用奇特方式通告世界的老叔。那次他是視頻亮相，這次是真身顯形。此時，現任黨政首腦在他左側，前任黨政首腦在他右側。他取出摺疊的講稿，把近視鏡換成老花鏡，再把發現拿反的講稿顛倒過來，咳嗽一聲，被麥克風送到分布廣場四周的大功率擴音器，聲如巨雷，使廣場上少數還在說話的人住嘴。幾十萬人一起靜聽。

大部分人都以為老叔擔當大典主持人，那已意味著他的地位前所未有地躍升。傳統上大典主持人是二把手，做大典講話的是一把手。當發現老叔並非是主持而是直接開始講話時，人們就更加驚歎。這完全不合程序，主持人和發言人是一個人，或者說乾脆沒有主持人。但是什麼都不如老叔的講話內容讓他們感到震驚。不，那不是講話，那一板一眼平淡念出的講稿是一場字字震動世界的天翻地覆！

「中國共產黨的黨員同志們，中華人民共和國的全國同胞們，二十八天前，就在我站的這個位置，黨的主席、國家元首被刺身亡。現已查明，幕後指使者竟是黨和國家的二號人物。其中的細節和證據將由司法機構公布傳達。現在刻不容緩的是要解決更根本的問題——這種領導人之間的權力之爭在歷史上多次把黨和國家推向險境，這次竟發展到暗殺最高領導人。目前危險正在蔓延，形形色色的野心家渾水摸魚，使黨面臨分裂，造成社會動盪，威脅人民幸福。因此，形勢逼迫我們必須以壯士斷腕的決心力挽狂瀾，才能避免災難降臨。

「造成這種狀況的根源，在於權力不是來自人民，人民不能制約權力，而是在少數人之間相互爭奪，最終一定會置國家和人民的利益於不顧。對此的根本解決只有一個，就是改變權力來源，讓權力變成由人民授予，才能讓當權者真正變成為人民服務，對人民負責。這是血的教訓。不僅人民的利益需要如此，當權者自身也才能得到根本的安全。

「馬克思主義要的是人民掌握統治權，歷史上的人民革命也是以此為目標。中國共產黨本來最講民主。中國共產黨的創始人毛澤東在延安的著名談話早就指出，要跳出統治者興衰的周期律，靠的就是民主。黨的《新華日報》當年發表了那麼多爭民主反獨裁的言論，既是歷史的先聲，也是對人民的莊嚴承諾。民主不是資本主義社會的專利，不是只屬於西方的東西，而是無數革命先烈用鮮血換來的人類文明和進步。毛主席搞的文化大革命是把權力交給人民的一次最大實驗——相信人民，依靠人民，言論自由，結社自由，文革體現了前所未有的大民主，充分展示了毛主席的民主理想。

「在中國共產黨建政初期，面對敵人的包圍和扼殺，需要有一定時期的專政，但那應該是暫時的，不能成為永久，是手段而非目的，一俟政權穩固就應放棄。然而專政時期形成的特權階級卻不再願意交回權力，而是把權力變成了私人占有，導致各種權力鬥爭、路線鬥爭、宮廷鬥爭，直到今天黨的主席被刺殺，到了亡黨亡國的邊緣。深刻反思這種教訓，更讓我們看到毛主席要把權力交給人民的英明偉大。

「文化大革命未能實現毛主席的理想，是因為革命激情主導的大民主缺乏程序性，無法在日常政治生活中持久，當革命回歸常軌時，承擔管理職能的官僚集團便會再度復辟，重新把持權力，更加視人民為敵，徹底剝奪了毛主席授予人民的權力。總結這個經驗讓我們認識到，必須建立制度化和程序化的民主，才能最終實現毛主席的理想。而其中的關鍵，就是要對當權者實行全民普選，讓當權者接受人民的選擇和授權。

「在中國共產黨的建黨大慶之際，我宣布，偉大的中國共產黨已經完成了歷史使命，從此放棄專政，把權力交還給人民——從此讓人民以普選方式選擇國家領導人。在這個意義上，今天的慶典不是為了紀念歷史的儀式，而是向人民交權的儀式。

「我宣布，從今天開始進入向人民交權的過渡期，兩年內完成修憲，舉行對新憲法的全民公決；三年後的今天，依照新憲法舉行全民選舉。屆時，所有權力交給新當選的政府，實行軍隊國家化和徹底的司法獨立。地方各級中共組織全部脫離執政。地方將在新憲法框架下進行地方選舉，組建地方政府。

「全黨全民都要樹立這個認識，民主是最大的國家安全，也是人民安定幸福的根本保證。從把民主提升到國家安全的高度出發，由國家安全委員會負責民主化改革、憲法修訂和過渡轉型，正是國家安全委員會的職責所在。民主轉型必須保證平順，是一個充分的法治進程，絕不允許發生社會動亂和國家分裂。因此，在選舉出新政府之前的三年時間，當前的國家體制繼續運行，由國家安全委員會主持日常行政管理。國家安全委員會要求各級政府、軍隊、社會團體、全國各族人民在過渡期保持穩定，聽從指揮。國家安全委員會嚴正警告，任何力圖破壞和平、製造衝突的野心家和分裂勢力，必將遭到絕不留情的打擊！

「最後，我向世界各國政府呼籲，支持中國的民主轉型，提供你們的幫助。中國將加入國際民主社會的大家庭，為人類共同價值和普遍人權與國際社會進行合作。北京世博會將如期舉行，走向民主的中國將以最大的熱情接待各國參展者和觀眾，把北京世博會辦成全球慶祝中國民主化的嘉年華！」

廣場上幾十萬人瞠目結舌。對代表共產黨的老叔所說要把權力還給人民——也包括他們，既沒有歡欣，也沒有鼓掌，而是呆若木雞，全無反應。他們從未想過共產黨會走這一步。若非眼見耳聞，聽別人這樣說，一定會被認為是開沒邊兒的玩笑，或是妄想症患者的譫語。即使此刻現場親耳聽到，也首先懷疑是不是幻聽，掐一掐自己大腿，或瞟一瞟旁人表情，卻不敢多問。

老叔對出現這種尷尬早有預料，並不期待掌聲或歡呼，還準備好了對應。他的講話結束於按傳統方式喊口號，最後一字剛落，他便按下麥克風旁的按鈕。按小姨子設計的程序，那本是該在慶典結束時才按的。按鈕讓遍布廣場的擴音器響起高亢音樂伴奏的雄渾大合唱，背景是無數群眾海浪般的歡呼聲。若是不在現場，看轉播的人會把那歡呼當成是廣場群眾為老叔講話而發。按鈕同時釋放出成千上萬的氣球升騰而起，在空中五顏六色翻舞。其中有三百個大型氣球懸吊花籃，升到二百米高度後自動打開籃底，花瓣傾瀉下來。一時間廣場上方花瓣沸揚，好似開了蓋的蒸鍋，至少從電視屏幕上看很有普天同慶的樣子。

不要說廣場上的民眾瞠目結舌，連見多識廣的各國記者也不敢相信，一遍又一遍問翻譯有沒有譯錯。會中文的記者則懷疑自己中文水平不夠造成了誤解。讓他們震撼的除了老叔的講話，還有權力集團表現的一致。分列兩側的黨國要員在聽老叔講話時神態沒有任何異常，如同過去聽慣千百遍的老生常談，似乎其講話是權力集團深思熟慮的共識，在老叔講話結束時還一致地鼓掌！雖然照舊是那種官僚式鼓掌，畢竟也是鼓掌。奇怪的是這明明是非同尋常的歷史性時刻，他們卻為何顯得這般稀鬆平常？

人們不知道，權力集團的表現不是因為與老叔一致，而是因為老叔的一個伎倆。他讓蛛網組通過網絡侵入慶典的音響系統，把天安門上的擴音器與廣場的擴音器分成兩部分，分別傳送不同聲源。同時開啟了電子屏蔽罩的聲波隔絕功能，至少能把內外聲音隔絕掉百分之七十五。加上兩區之間的距離和各自聲音掩蓋，天安門上便只能聽到本區擴音器放出的老叔講話，那是事前的錄音，通過電腦控制，與老叔現場講話節奏同步，至少不會看出明顯錯位。錄音講話中的內容全是老套，絲毫沒有出格處，幾乎是照抄以前類似場合的領導人講話，即使用官場標準衡量也屬教條死板，符合以往對老叔的印象。因此雖然老叔發表大典講話是僭越，但既然是他在主事，發言內容中規中矩，聽到老叔最後喊口號「偉大光榮正確的中國共產黨萬歲萬歲萬萬歲」時，僅出於政治正確，他們也不能不為此鼓掌。然而，廣場民眾、媒體區的記者和對外轉播系統中所聽到的老叔真實聲音，那口號卻是「勤勞勇敢智慧的中國人民萬歲萬歲萬萬歲」！

天安門城樓上只有小姨子聽到了老叔真實的講話。她作為大典儀式的總導演要同時監聽中央電視台轉播。她把耳機摘下又戴上，最後乾脆一個耳朵聽耳機，另一個耳朵聽天安門上的擴音器，才確定兩個講話不一樣。但是以她的身分，她敢說什麼呢？看著那些被賣了還在鼓掌的共產黨高官們，尤其是老叔在結束講話的一刻按下按鈕，造成漫天沸騰的色彩和爆發的歡慶感，她覺得外表平庸無趣的老叔簡直就是製造奇幻的魔法師，若是改行當導演，絕對完勝她。

老叔講完即離開，沒有回到自己的位置，而是進了通往城樓的側門。他的講話打亂了一切，小姨子不知道該怎麼進行下一步，是否還能進行下一步？作為主持人的老叔沒發話，難道要她自行指揮遊行開始？老叔剛講完那番話，難道還能讓歌頌黨的偉光正、堅持黨領導的標語登場？還能讓以往歷屆核心的巨幅畫像露面？小姨子這才理解了老叔那句莫名其妙的「以後這樣的場面再也看不到了」。

擴音器播放的人聲鼎沸讓廣場上的人們回過神來，開始相互試探求證。雖是小心翼翼壓低聲音，但幾十萬人同時如此，整個廣場就成了轟轟作響的共鳴箱。人們不自覺地提高嗓門，加上被證實後的刺激，聲音越來越大。等待遊行的隊伍也散了隊形，七零八落地聚堆兒議論。旗幟和標語牌乾脆扔在地上。小姨子徹底明白，不要說以後再也看不到大典，連這次大典也不可能繼續進行了。

3

老叔好像是去洗手間，卻是事先就讓車等在電梯口，直接上車離開了會場。雖然還是總理的車，有土佐派的衛隊。但是土佐在天安門上，聽到的講話是錄音，一時不會有別的反應。如果土佐聽的是老叔的真實講話，會不會立刻命令衛隊逮捕他？老叔不敢確定。車剛駛出罩住天安門的屏蔽罩，老叔立刻用隨身終端發出約好的信號，國安委那邊等待的ＩＴ人員便切斷了土佐與衛隊長的聯絡，同時鎖住這輛車上的監控設備。前面一直沒這樣做，是因為老叔不想讓土佐起疑。現在土佐既不能知道老叔在車裡做什麼，也無法看到車的位置。而衛隊是按機器人培養的，不管發生什麼，在收不到土佐命令的情況下，除了保衛老叔的安全別的都不會做。

老叔升起與前排之間的隔音玻璃，調成不透明的冷色調，把腿伸直仰靠在汽車後座上。終於可以放鬆一下了，他把被汗水沾花的眼鏡片擦乾淨，想到天安門上那群黨國政要，浮出一絲微笑。他的講話除了在現場的媒體轉播，同樣用了蛛網組對全國的強行插播，此時應該已傳遍世界，只剩那些在天安門上的人還不知道。直到他們出了天安門的屏蔽罩才能知道發生了什麼。那反應想必會很有趣。如果他還在場，會不會遭到那群老拳頭的群毆？

老叔絕對不是一個隱藏在中共內部的顛覆者。他一輩子都對民主嗤之以鼻，以往在政法系統的任職都是把民主當做要消滅的對象。要是能自己說一不二，不會有人要民主。老叔的要求更低，只是要保自己平安。而正是從保平安開始，走出第一步便只能繼續往前走，要保持搶先一步的優勢就得步步搶先，否則一旦被他人反超便會面臨更大危險。然而每一步搶先都會引出新問題，看似先行的一步引導他人，實則自己也如同騎上虎背，往下都是為了不從虎背上摔下，至於老虎奔到哪只能聽之任之。現在這結果不是他想要，卻是老虎僅剩的一條路。既然體制不容二流人物上位，不上位又保不了平安，除了變更體制還有什麼選擇呢？體制變了就不再有原來的一流二流，都是新開始，誰是開創者誰就是新的一流老大！

當初為主席擬定如何實現連任的方案時，有一個方案認為主席任滿兩屆後換人在黨內已是定規，突破引起的體制反彈會很大，難以克服，不如乾脆改變體制，實行普選總統制。主席有把握高票當選，不要說主席民望高，僅在限制競選等方面做點手腳，也能保證老百姓除了主席沒有他人可選。而主席成為普選產生的總統就能擺脫原有體制的束縛，獲得他人無法挑戰的合法性。總統的任期將會從頭算起，至少可以再幹十年，甚至更長。那方案沒被採納，是因為多數幕僚都認為劍走偏鋒過於極端，相信不改變體制，主席也搞得定連任。

老叔當時也否定那個方案，卻留下了深刻印象，這次苦想出路時又在腦海裡跳出。方案有存檔，做得很細，但老叔差的還是二流人物的不足。主席在頂尖，啟動那個方案有權力支撐，能調配各種資源，可以長期部署，循序漸進，等待水到渠成。二流人物則無這種可能，時間不是朋友，而是夜長夢多，必須出奇才能制勝。推演了所有棋局後，利用大典發表講話是唯一有勝算可能的，除此沒有其他選擇。

說起來啟發還是來自主席。一次老叔陪主席乘專列去南方的路上，曾聽主席聊起文革時作為紅衛兵被毛澤東接見的經歷，主席最後有一段概括。「說毛主席讓紅衛兵大串聯、接見紅衛兵是瘋狂舉動，那些豬腦子怎麼能明白毛主席的韜略？文革本質是領袖戰勝官僚集團的方式。自古以來領袖擺脫不了官僚集團的制約，無法實現自己的意志；民眾則沒有挑戰官僚集團的合法性，只能受統治。文革的關鍵是突破這種體制。毛主席接見紅衛兵，讓他們免費乘車，到北京給吃給住，官僚就擋不住各地學生來北京。毛主席從天安門上向紅衛兵揮軍帽，相當於跨過擋在他和民眾之間的官僚集團，讓年輕學生給他戴紅衛兵袖章，等於直接授予民眾對體制造反的合法性。一撥撥被接見的紅衛兵再回到各地造反，民眾就被動員起來。官僚集團便如摧枯拉朽，完全喪失抵擋之力，那是天才頭腦才能想出的高招啊！」

要說當時聽這番議論的老叔只是一個遙遠渺小的聽眾，除了對毛，也對主席感到高山仰止，只有帝王血脈的聯繫才能如此感應吧！此刻臨到自己，想來想去，走出困局的路徑最終都指向這份毛的遺產，否則只能在束手無策中無法自拔。老叔當然知道自己沒有毛的地位，但是可以借助毛的思想，打起人民旗號，重新點燃文革理想，喚起群眾共鳴。在天安門上宣布改革路線圖和普選時間表，一方面能讓老叔成為中國民主化的代表人物，獲得威望，奠定獲得權力的基礎；一方面也賦予民眾合法性——誰不遵守所宣布的路線圖就不服從誰。而過渡期保持原體制運行，讓老叔有三年時間掌握專制權力，共產黨則會被民主化拋棄，它的中央全會也好，政治局常委也好，說什麼做什麼或質疑什麼都沒了意義。老叔這一步足夠出奇，目前還不知道能否制勝。要麼大贏，要麼全輸，不光輸掉自己，中共天下也就此輸光。不過若是自己贏，中共輸又有什麼關係？如果自己輸，天下輸又能怎樣？我死就讓洪水滔天！那時不但與我無關，而且我才高興！

老叔通過終端平板把事先準備的致全體軍官信群發出去。幾秒鐘後，軍隊和武警所有少尉以上軍官的個人郵箱、手機、私信、工作信息管道都會收到。信中解釋了軍隊國家化前景——首先民主化對軍隊沒有影響，軍隊保持體制不變；其二國家化對軍官個人安全有利，上面沒有黨，只服從憲法和國家，在國家事務中扮演仲裁角色，不再隨政治變化沉浮。老叔要求軍官們順從軍隊國家化的天下大勢。軍隊高層若藉黨的名義指揮反叛，不要跟隨。中國之大，不可能由軍隊掌控，歷史上沒這個傳統，軍隊也沒這個力量。軍隊必須與政治切割，職能只限於維護國家統一和社會穩定，等待修憲和大選結果後，效忠民選政府。

老叔不指望得到軍隊支持，只要不介入，他就能立於不敗。天安門講話的內容於普世價值、於共產黨的自我標榜都挑不出毛病，因此會得到普通黨員和民眾支持，也會得到知識界和工商界認可，即使在公務員內部也不見得反對。現在要趁對方組織起反擊的時間差，盡快形成以多制少的局面。

車到國安委時，衛隊長發現與土佐聯絡不上，向老叔要求使用國安委的保密電話。老叔表示幾分鐘後會有人帶他去打電話。回到辦公室，老叔又做了一張B500的門卡，讓外勤祕書把衛隊長送進去，如同前面送趙歸那樣。衛隊裡只有衛隊長能和土佐直接聯絡，衛隊長若不再出現，衛隊就會癱瘓。下一步要防範土佐派部隊占領國安委。老叔發出執行B安保方案的指令。B方案與最高級別的A方案強度同等，區別只在不讓外界看出。外表跟平時一樣，進門大廳和安檢口不變，但是整棟建築封閉；裝甲門窗關死；所有安全設備開啟，防衛措施激活；保衛人員荷槍實彈，進入抵抗進攻的戰備狀態；內部人員也要求堅守崗位，吃住在辦公室，不得出入，不得跨區活動。這時整棟建築相當於一座堡壘，儲備的生活資料可堅持一個月，同時能保持對外的信息暢通和有效指揮。

老叔連上特派局專用網絡，各省特派組在同一時間收到他發出的三個字：紅太陽。

4

最先趕到國安委大樓前聲援老叔的是「訪民」。訪民一般是那些在當地解決不了冤屈、反受地方政府迫害的底層百姓，到北京來找中央上訴伸冤。他們在各政府部門間被敷衍、踢皮球、遭驅趕，逐漸形成了互相抱團的群體，專門用搞事方式吸引社會關注，期待迫使官方滿足他們的訴求。底層地位使這些訪民沒有什麼好怕失去的，因此成為最有行動力的角色。他們的搞事往往打著毛澤東的旗號和說法。那既是策略需要——毛作為中共創立者，用毛當年的矛攻今日中共的盾，可以避免被抓把柄；同時他們也是真心把毛當成神。尤其是毛發動「文化大革命」的說法，針對今日的「資本主義復辟」，越發顯得如當年林彪頌揚的那樣「句句是真理，一句頂一萬句」。正是官方信息封鎖和宣傳洗腦造成了中國底層民眾缺乏思想資源，只能從毛澤東那裡獲得與現實對抗的思想武器，與他們對現實的不滿相輔相成，轉變成對毛的崇拜，在中國社會形成廣泛思潮。這種人被精英人士蔑稱為「毛粉」或「毛左」，他們自稱「毛派」，在底層群眾中的市場比精英大得多。

老叔的大典講話選擇了以毛派為主要對象。他把民主的合法性源頭歸於毛，而非精英認為的來源歐美。講話提出把文革的大民主變成日常的程序民主；把對「走資本主義道路當權派」的造反變成用選舉約束執政者。這種主張能得到毛派的認同，是因為社會現實使人們看到，哪怕文革那樣轟轟烈烈的運動，一結束又會讓當權派復辟，從而相信只有制度性的憲政和普選才能長久持續。毛派熱烈回應了老叔講話。他們的支持不限於在社交媒體發帖，很快在全國各地走上街頭。到處有人發表演說，有人把講話印成傳單散發，有人領著群眾呼喊口號，人們湧向當地政府門前，越聚越多，要求官員們對中央的精神表態。越在基層越是沒有人把老叔的講話當做個人行為，而是冠之以中央決定和中央領導講話。

不過，就算毛派的行動力強，這麼快的反應和聚集速度也實在不可思議。老叔講話後不到一小時，前來國安委門前聲援的訪民就從幾十人增加到幾百人。當幾十輛不知何人派遣的警車開來試圖進入國安委大院時，訪民們手挽手築起阻擋的人牆。有的訪民躺到警車前面。現場照片立刻在網絡上瘋轉，被解讀為保守勢力反撲，紛紛呼籲支持民主化，保衛國安委。大批北京的毛派人士趕來，人數很快增加到數千。擔心局面失控的警察不得不停止增援，在群眾掌聲和噓聲中撤離。外地毛派人士則乘各種交通工具趕往北京，看似各自分散的行動，卻讓人感到有統一部署，就是為了在最短時間以密集人群圍住國安委，充當人肉盾牌。

國外媒體記者在國安委外安營紮寨，向全世界播發即時報導。東部戰區派到北京參加大典閱兵的部隊長在收到三號常委要求占領國安委的命令後，仔細觀看了便衣偵查員拍回的現場錄影，報告說除非決心在國際媒體的鏡頭環繞前向訪民開槍清場，否則不可能從地面接近國安委。另一方案是用直升機從空中進攻，但因為國安委的樓頂有防護罩，需要發射穿甲彈打出缺口，空降兵才能進入。這會使方圓數公里的北京居民、外來遊客和外國機構都看到。三號常委對此無言，沒人敢下這種決心。

這就是老叔發出「紅太陽」三個字啟動的祕密方案。國安委多年持續對毛派進行瞭解和研究，各地特派組都與毛派骨幹保持聯繫，培育可以快速調動的管道和機制，當作一種儲備力量。以往下的工夫此時發揮作用，被老叔當做自己得到民眾支持的體現。北京的毛派並非是聽了老叔講話後才聚集，而是在大典開始前，就有毛派首領串聯訪民聚到國安委附近的公園，他們用特派員提供的投影機一起收看老叔的天安門講話，一結束便遊行到國安委大樓前。這種安排能使聲援訪民提前一小時到達，特派局內部曾爭論過是否要為提前一小時冒被指責操縱訪民的風險，是老叔拍板的以搶時間為主。

可以說那是一個生死決定。當老叔在辦公室窗前看到樓下警車掉頭撤退時，心裡感歎勝負有時就在絲毫之間。如果不是訪民早一小時趕到，搶在了特警前面，即使國安委的保安力量可以頂住首批特警，但形成與執法部門的直接衝突，會失去迴旋餘地。一旦開槍升級，警方大批增援，晚到的毛派人士頂多在外圍喊口號，而不會有勇氣擋到槍口前，那就真的勝負難卜了。對方若能調動軍隊的哪怕一個團長，像葉爾欽當年對俄國議會那樣打進國安委窗口幾發炮彈，就不得不投降。

訪民和毛派人士陸續趕來。老叔讓工作人員在國安委院裡搭起遮陽棚供聲援者休息，提供水和食物。習慣了風餐露宿的訪民橫七豎八地躺了滿地。這正合老叔之意。民眾的人體是最好的安全屏障。毛派人士看不慣訪民的散漫，成立臨時指揮部，要求現場組織起來，建立秩序，準備長期堅守，以免反民主的勢力趁虛而入。這是紅太陽行動的預案之一，打入毛派的線人正在起作用。

各省特派組收到「紅太陽」信號後，立刻執行已部署的行動。發動的毛派聲援主要集中在省會城市，卻能形成全國聲援的效果，也牽制了各省當權者站隊表態。那些當權者內心當然不會贊同老叔講話，那會讓他們如魚得水的世界倒塌。如果他們都在第一時間表態反對，老叔的天安門講話就會顯得是個人行為，被視為一個突然襲擊的顛覆。但是面對滿大街示威民眾，有些地方政權機構甚至被占領，地方當權者大都縮頭不表態，不敢公開抗拒國安委的指令。這就給老叔爭取了時間。

利用國安委掌控的互聯網最高權限，老叔下令撤掉防火長城，停止敏感詞過濾和社交媒體審查，官方水軍停止活動。自由的網絡使聲援老叔的聲音迅速擴散，加倍放大，帶動了更多中小城市捲入。中國媒體在勝負未定時不敢做聲，國際媒體的報導卻鋪天蓋地。沒有網絡防火長城阻攔，外媒和境外網站成為中國人的主要信息來源。知識界和工商界雖與毛派在理念上對立，但與老叔許諾的民主化前景卻有重疊，因此也加入支持老叔的行列。他們掌握的經濟資源和輿論能力比毛派多，與毛派形成了上下結合的互補。

這正是老叔期望的。局限於官場博弈，自己只是單槍匹馬，不會有成功希望。在大典上發表公開講話，直接面對民眾，把道義和名分拿到自己手裡，得到民眾聲援，力量對比就發生變化。自己會隨時間變得強大，對方則只能步步退後。軍隊到目前為止沒有採取任何行動。只要軍隊不動，民眾就不可能被壓住。

此時該拉班子了。要顯示出不僅有道義，而且有實體。老叔按一份考慮好的名單打電話，言簡意賅地說明要每個接聽者在未來三年的政治轉型中做什麼。他也要像主席那樣成立一系列小組，繞過現有體制貫徹自己的意志。小組不一定有正式官職，卻一定有權力。老叔讓接聽者明白，越早參與進來，將來的分紅越多。雖不是每人都接受邀請，但目前的力量變化已經讓人有壓寶希望。只要一半人願意來，班子就夠分量。

打完一圈電話，老叔目光轉向保密電話，最右邊的紅色話機是直通主席辦公室的。閉目養會兒神，他按下接通鍵。如預料那樣，對方馬上接起，似乎一直在等待。老叔知道任何多餘的話此時都會被對方當成心虛或示弱，乾脆連招呼都不打，直接說正事兒。

「給你提上將，到西部戰區當司令。」

土佐沒想到老叔如此單刀直入，片刻沒說出話，隨後冷笑一聲。

「無數先烈打下的江山就叫你這麼毀了……」

「咱倆就不必說那些套話了。打江山的連一個活的都沒了，跟你我有啥關係？話說回來，他們得到的回報也足夠了，他們的後代拿了多少倍？你還是多考慮自己吧。」

「我在海裡住了三十年了……」土佐說的「海裡」是內部人之間對中南海的暱稱。

「你當然明白，這種變局下，無論哪邊上都不會讓你繼續留在海裡了。西邊對你最安全。」

「我這把年齡，還能幹幾年？」

土佐這話若是一種做交易的討價還價，老叔會更放心。只要做交易，就沒有談不成的。

「按你現在的大軍區副職，明年就到退休年齡。提到西部戰區正職，能延長三年。三年會發生很多變化。這期間坐鎮一方，統帥大軍，前途未可料啊。」

「累了，不想那麼多前途的事了。」

「這我能理解。幹了一輩子，最終是要退休享福的。現在人壽命長，退休生活有二三十年，得好好安排才能過好。你當初為了支持主席反腐把兒子從瑞士召回國，兒子怨你為自己的仕途犧牲他的前途，意見很大。現在讓兒子再去瑞士吧，也可以提前給你安排——瑞士可是養老的好地方。我知道你廉潔，沒有能在國外養老的積蓄。國安委會為你解決一棟湖景房。除了房子，在瑞士過體面生活的費用怎麼也得有一千萬美金，也由國安委出。跟你在國家危機時的功勞比，那點錢不足掛齒。」

老叔一口氣把這些話說出來，與其繞圈子，不如明明白白，讓土佐聽清楚他能得到什麼好處，避免模糊造成猶豫。

「好像你就能定了似的。知不知道這邊炸鍋了，常委和老領導們都在開會，他們不是吃素的，有人馬，會行動。結果是什麼還不知道呢！」

「他們也就是打口炮。我已經把他們的對外通訊切斷了，別說跟下面聯繫不了，連他們自己不見到面都說不上話。」

那些人都在土佐手裡控制著，原來是土佐的資本，包括總理人在哪沒有別人知道。土佐倒不一定想好了怎麼用他們，總之是籌碼，可以相機使用。但老叔一下跳出了原來的體系，那些籌碼頓時都沒用了。在老叔看反而成為累贅。現在就是讓他們去重慶開中央全會，也是一個政黨的內部會議，跟國家和社會沒關係。三號常委到現在沒有公開發言，應該就是看到了這種尷尬。

「也別太自信。不要以為國安委能控制一切。你拿走了九組的數據和兩套備份，你不知道還有一套備份。九組這幾天正在全力以赴查找主席遇害的線索。」土佐這樣說究竟是一種威脅，還是為了增加交易籌碼，老叔不知道，估計土佐自己也沒想清楚。到底會怎麼做，還要看怎麼對他自己更有利。

老叔的不動聲色不是故作鎮靜，而是早已掌握了這個情況。從微電眼傳回的視頻幾天前就看到九組人員重回辦公室，開啟設備。互聯網通道雖被國安委封閉，但可以使用Google衛星聯網。說起來也是諷刺，Google公司發射覆蓋全球的衛星群，提供世界任何角落免費的Wi-Fi熱點，本來宣稱是為了讓專制國家的人民能自由上網，現在卻成了中國專制者的救急手段。太子也現身了，情緒消沉，不像以往什麼事都管，只是每天埋頭在數據中全力查找。他們到底查出了什麼內容，土佐沒有說。這才是值得老叔擔心的。土佐知道趙歸最後進入了國安委，此時能說出來，就是做交易的籌碼，但他始終不說，就仍然是當做準備放冷槍的彈藥。

通過微電眼知道，九組把大數據篩選對象集中到趙歸和劉剛後，發現了李博與劉剛有聯繫，與趙歸也有交集，出事前他們在一起，出事後李博消失，通訊、消費、旅行、銀行……任何記錄都沒有。引起九組懷疑的是，處突組給中央委員們的內部通報案情中有趙歸和劉剛，卻看不到李博的任何痕跡。刻意到這種程度，應該不是無意忽略，而是有意掩藏，一定有問題。於是九組在繼續追蹤趙歸的同時，把李博列為重點對象。劉剛已死，李博或趙歸無論找到哪一個，就是打開黑箱的鑰匙。

老叔用勸導土佐的口氣結束通話：「在歷史關頭重要的是看清時勢。那些人以前有權勢，現在自身難保，不會再給你什麼。不如順勢而為，既是歷史轉折的功臣，又可以現世得到回報。我們一塊做了正確的開頭，希望你善始善終，不要一失足成千古恨。」

放下電話，老叔在辦公室裡踱步。他放心的是趙歸永遠不會被找到，不放心的是還剩下一個李博。當其他威脅都被排除時，這個原本未被看重的技術男便成了主要隱患。在他尚未被人注意時，問題還不大，可以慢慢來，當九組也把他確定為目標，他成了能讓整個劇本被揭穿的關鍵，必須盡早解決。然而迄今的守株待兔一直沒發現李博的任何蹤跡。

幸福

1

轉過山腳，看見前方路口有關卡，司機停車讓卡車貨廂裡的人下車，免得被警察罰。不過馬上看出不是警察，是當地的聯防隊員，手持柴刀梭鏢攔停車和行人，吆喝靠邊讓出大道，他們頭兒的車隊一會要過，路要暢通。聯防隊員學著城裡大官出行時沿路武警和交警的做派，一點不覺得自己可笑。

李博最後一個從貨廂下來。進山後的涼爽讓他在車行期間一直酣睡，精神恢復很多。他坐到路邊斜坡上，盡量不引人注意。「頭兒」的車隊開來。前面是幾輛摩托車開道，穿迷彩服的騎手試圖排成電影裡給國賓開道的V形，卻總是扭扭歪歪。看來清空道路真有必要，至少這摩托車隊就得有盡量寬的路。「頭兒」的車是輛掛著省會福州閩A車牌的賓士。看到路口被攔下的人和車有點多，「頭兒」從車頂打開的天窗探出上身向兩側招手致意，姿態就像台灣選舉時沿街拜票的政客。

李博不認得綠妹哥，也不知道他已成為當地自治運動的幹將。李博緊盯那車是被開車司機吸引。那不是小梁嗎？沒錯，車是鞋老闆的，是小梁一直開的那輛。李博來綠妹家那次也是這輛車。發生了什麼事？小梁為何變成了當地聯防隊頭兒的司機？從汽車前窗看進去，小梁的表情是歡愉的，嚼著口香糖，也時不時向車外民眾招手，好像民眾是在看他。李博低頭怕被小梁認出，轉念間車已過去，後面跟著的車隊，每輛車上都擠滿拿著形形色色刀槍棍棒的聯防隊員。負責路口清道的聯防隊員也擠上汽車呼嘯而去。

卡車準備繼續前行，司機沒讓李博上車。「前面就是你要去的村，外地人最好別走大道，碰上聯防隊盤查會有麻煩。」

李博以前曾多次在Google earth上看綠妹村莊，用三維模式在周圍地形中行走，此刻還能根據記憶判斷出綠妹家方位，便沿小路翻山走去。從北京出來已是第四十三天，為了躲盤查，總是坐車時間少，走路時間多。

他在國安委樓頂醒來時，看到劉剛的屍體，便知道自己陷入了大麻煩。先不說其他事兒，至少劉剛的死是因為他。他要夢造儀時劉剛眼中閃過的殺意，使他在關聯趙歸給的七十二個SID時，沒有先將劉剛SID刪掉。那是劉剛當試驗靶時關聯進程序的，仍然保留在七十二個SID之後。那樣電子蜂程序就等於存儲了兩個目標。第一組電子蜂攻擊了第一個目標後會結束任務，但是作為預備隊的第二組電子蜂卻未結束任務，只要在進入蜂巢前發現有第二個目標便會繼續攻擊。李博並不知道這次用的針彈可以置人死地，還以為仍是防疫期間那種一時抑制身體機能的針彈。他這樣做只是留一手，如果能帶著夢造儀安全離開，會在保潔升降梯開始下行時告訴劉剛，把鞋上的奈米閉環切斷，SID就會失效，或是乾脆不穿鞋，等電子蜂入巢就沒事了。然而趙歸下手早了些，他沒來得及。

李博相信如果劉剛沒死，死的就會是自己，所以他對劉剛的死倒沒有太大負疚，主要擔心的是第一組電子蜂做了什麼？既然劉剛能被第二組電子蜂殺死，第一組電子蜂攻擊的目標也一定活不成。趙歸讓他關聯的七十二個SID屬同一人，那是鞋聯網數據庫沒有的。難道是一個政治局委員以上的角色？而且也像劉剛一樣變成了屍體？這才是最大的事兒！

李博在安全部門這麼多年，耳濡目染也瞭解一個基本規則，在不知道到底發生了什麼、不清楚會對自己有什麼影響之前，什麼都不要做，隱藏起來不暴露痕跡，直到一切明朗後再決定怎麼辦。他在樓頂閒待的時間已經琢磨了可以用高樓逃生緩降器下樓。劉剛把他從家裡直接拉來時就像有什麼預感，他把姥姥做的鞋放進了背包。換了鞋用緩降器下樓後，他戴上口罩墨鏡加太陽帽，不用擔心攝像頭認出。來來回回搭了幾趟公交車，只是繞圈，沒有走遠。在離北京最近的河北廊坊，他在一家二十四小時營業的麥當勞裡坐了一夜，一直考慮的是如何跟案件調查部門說清問題。天亮後在街上遊蕩了幾小時，剛在一個街邊飯館要了麵條，便看到電視強行插入老叔的公告視頻，才知道第一組電子蜂殺死的竟然是主席！

如果以前他還讓自己相信不管做的是什麼都是執行上級任務，是公務員的本職工作，現在再不能這樣說。公務員怎麼可能參加刺殺國家最高領導人？他捲進的是一個驚天大罪！為了得到夢造儀，他一直對讓他做事的目的不聞不問，不深想，只幹活。他如何能想到是如此陰謀啊！然而若說他不知內幕誰會信呢？其實自己也不是沒有懷疑，只是閉眼不看事實罷了。尤其是與七十二個SID一塊輸入的身體參數，無需精確驗證，從電視新聞天天可以看到的那個形象就應該猜得出是誰啊！他可以用夢造儀解釋自己的行為，別人卻不會理解那對他有多重要，只會徒遭恥笑。在廊坊麵館看著電視上老叔那張悲痛的臉時，李博驀然明白，七十二個SID的來源就是這個人，只有這個人才能掌握主席的SID，趙歸和劉剛都是爪牙，自己則是爪牙的爪牙！

若是能進入正式司法審判，李博也認了，至少可以把一切事情說清楚。然而不會有正式審判。李博猜得出老叔是主謀，老叔也一定猜得出李博猜得出這一點，絕不會讓他有和盤托出的機會。當滾動播放的老叔視頻結束後，李博對著桌上那碗已經涼成一坨的麵條沉思良久，卻想不出脫身之道。這事兒本和他無關，誰上台下台他也不關心，現在卻突然跟他難解難分。如果他能跟老叔說上話，他會對天發誓永遠不提那七十二個SID，不對老叔做半點不利的事，只希望遠走高飛，平安過日子。但是別說他再不可能見到老叔，即使見到，那種隨口發誓的政客能相信發誓嗎？隱患就是尚未成真的患，消除隱患就是在成真前消滅他。對於敢刺殺主席的人，殺個李博不就像捏死一隻螞蟻嗎？

李博意識到不能跟伊好聯繫。國安委樓頂被切斷了通訊現在看是好事。伊好什麼都不知，老叔就不會動她，只要他和伊好有通話，伊好就跟他黏在一起了。現在唯一能做的是遠離北京藏身靜觀發展，盼望老叔在爭權中失敗、入獄或身死。李博銷毀了身分證，扔掉電話，不用銀行卡，躲避無所不在的攝像頭，不坐飛機火車，扒貨車搭卡車，不住旅店，風餐露宿；為了節省僅有的現金，他撿過餐館的剩飯吃；姥姥做的鞋破到無法穿，他從垃圾桶找別人扔的鞋。就這樣一直向遠離北京的南方走，走走停停，成了流浪漢模樣。遇到警察盤查時藏起眼鏡，頭髮鬍子亂蓬蓬，一問三不知，一般都會被放過。

當李博發現自己未被通緝，一方面感到輕鬆，不再隨時擔心被查出；一方面更沉重，明擺著老叔是要用黑箱方式解決他。他心裡祈禱自己想多了，也許老叔根本沒把他這個小人物當回事兒。以前從不拜佛的他看到寺廟也進去磕頭，希望這種祈禱能成真，佛菩薩保佑自己和家庭。廟裡和尚看到流浪漢也來拜佛，把信徒供佛的食物裝了滿滿一袋送給他。

李博知道自己的所有關係都會被監控，想來想去，只有綠妹不會被掌握。路過福州時他去了鞋廠，不是找鞋老闆，只是利用對鞋廠環境的熟悉拿走了一台能與衛星聯網的便攜電腦，還趁夜色混在下夜班的臨時工中洗了淋浴。見到綠妹前，他要改變流浪漢的形象。

天陰但不沉，大塊黑色雲朵在風中飄移，雲朵間的陰天高而清澈，山峰竹林翠綠。綠妹家在村邊，好認，容易躲避村民。李博悄悄潛入時，首先對門裡門外貼的「囍」字感到驚詫，明顯是剛辦婚事沒多久。是誰結婚？李博在院裡小聲打招呼，沒人應，大聲打招呼，也沒人應。不過院門沒鎖應該是走得不遠。院裡乾乾淨淨，一點不見農家樂痕跡。每道門都貼著婚禮對聯，每扇窗都貼著囍字。李博沒敢進屋，只從正屋窗外往裡看了一眼，被牆上的結婚照嚇了一跳——新娘是綠妹，新郎竟然是小梁！

雖覺十分詭異，卻也沒讓李博產生情感波動。他這次本就沒打算跟綠妹續舊。從跟伊好有了那次夢造儀做愛後，他心裡便只有伊好，占得滿滿，不再想其他女人，哪怕是綠妹。他來這兒只為藏身。綠妹找到了歸宿對他應該是安慰，只是沒想到另一半是小梁。這對他到底是好是壞還不知道，只能見到後再相機行事了。

然而當綠妹提著從地裡新摘的菜回來，見到李博卻大驚失色，不是僅因為意外，還有一種極大的恐懼讓她慌亂至極。她哀求李博趕快離開：「……我哥看到一定會殺了你！」聲音和身體一樣顫抖。

綠妹哥讓她和媽對刀發誓再不和過去的嫖客有任何聯繫，否則他認得媽和妹，刀不認。

那不是嘴上威脅，他真差點殺了小梁。因為綠妹和媽的手機都被哥砸了，鞋老闆讓小梁開車來看為什麼聯繫不上。防疫運動結束了，封閉也應該解除了。鞋老闆再去北京得帶上綠妹，否則上次對李博有理由，這次還沒帶就說不過去了。小梁的車沒等進村就被聯防隊扣下報告了綠妹哥。綠妹哥要是知道小梁睡過他媽，抵在小梁胸口的刀肯定會捅進去。小梁在江湖上跑得多，堅決不承認自己來嫖過，只說綠妹在北京處了個男朋友，讓他來接去見面。為了證實不是編謊，他把李博的情況說得十分詳細。

綠妹哥的拳頭重重打在小梁臉上。「……他比我妹歲數大一倍，又有老婆孩子，算個什麼男朋友！」

「……大哥，大哥，這年頭老婆孩子算什麼，說離就離了。男人大二十歲也不多啊，人家可是北京大單位的……」

綠妹哥陷入沉思，一拳接一拳打房梁上吊下的練功沙袋。等他再轉向小梁時態度變得和藹。「先不說你這些話我信不信，村裡人看到的是你來找我妹，用你說的那些解釋不了，也沒人聽得懂，我不能讓你就這麼走了，壞了我妹的名聲。你得跟她結婚。」

小梁大驚，連連擺手，一連串說出各種不可的理由，包括綠妹男朋友是李博不是他；他已有女朋友，秋天就結婚；他在福州上班，來往不方便……

「第一，我不能把我妹嫁一個能當爹的人；第二，你剛說這年頭老婆孩子不算什麼，女朋友更算不了啥，不是理由。至於你上班不用去福州了，我正好缺個司機，就在我這上班！明天辦婚事！」

小梁差點昏過去，只好先想怎麼臨時脫身。「那也得讓我回去跟父母說一下吧。還得把老闆的車送回去……」

「寫個地址，我馬上派車去接你父母。你的車就跟你在一起了，給老闆幹那麼多年，結婚也得給彩禮吧！」

鞋老闆的賓士車雖值上百萬，卻不是綠妹哥的目標，他主要是為抹掉妹妹當過妓女的污點。防疫運動結束後，各地返鄉人可以重新進城工作，綠妹哥沒有走。他在防疫期間成了當地民間領袖，周邊百姓遇上不公不義之事寧願不找政府而找他解決。這使當地政府把他視為威脅，要追究他的七兄弟命案，一塊清算他曾領頭搶劫公路鐵路。綠妹哥沒有離開家鄉出去躲，反而留下來積極參與地方自治運動。那是在老叔宣布啟動民主化進程後在中國各地興起的一股風潮。各種力量都想趁變局跑馬圈地，地方自治是最好的說辭。對於綠妹哥，出走外地便失去本地的民眾基礎，地方政府對他立案反而沒了忌諱，不管怎麼藏身，也難躲過警方的聯網通緝和跨省抓捕。在家鄉他卻能一手遮天，當地官員為了自身安全沒人敢出頭立案。而能讓他得到徹底安全的，莫過於實現地方自治。以他現在的民望，當選議員毫無問題，就有了豁免權。他若願意，當選縣長也有可能。不少期待攀附的人開始圍著他出謀劃策，描畫前景。然而要成為有前途的政治人物，妹妹和媽媽做過妓女的歷史絕對得抹掉。他目前沒能力去北京逼一個國安委的老傢伙離婚娶妹妹，這個開車的小夥兒跟妹妹挺般配，先讓他們結了婚，再把媽送到臨縣的偏僻尼姑庵出家，以往的污點就都埋起來，不會再讓人看到。

李博並不知道這些，聽到綠妹的逐客令後，全身的疲憊和軟弱如決堤般一湧而出，讓他幾乎站不穩，扶住拉晾衣繩的立桿。

「……可……可……我實在是沒地方可去了……我什麼都不要，讓我在哪兒藏幾天就行……就幫我一下，告訴我一個地方，我立刻走……」

李博有氣無力的樣子讓綠妹心軟，給他端水喝。儘管李博在見綠妹前盡量收拾了形象，還是看得出落難，外表上完全跟嫖客不沾邊。但是小梁認識李博，他已經喜歡上跟著綠妹哥的水泊梁山式感受，不會再像原來那樣把李博當人物。綠妹哥也知道李博的名字，知道他嫖過綠妹，所以無論如何不能讓他們見到。好在他們剛去縣裡參加自治集會，晚上才回。綠妹決定帶李博去早年打野榛子時躲雨的山洞，

這已是綠妹鼓起的最大勇氣。她不知道李博做過什麼，知道也不會受影響。城裡的事兒跟

她沒關係，她只看到她從小佩服的哥哥原來是勇敢，現在變成殘暴。要是知道以往的嫖客上了門，已經背了七條命的他多殺一個不會有顧忌。說不定為了在他人面前找回丟的臉，綠妹也會被他清理門戶。山洞在十里外的北山深處，綠妹前半程遠遠在前，生怕被人碰上她和李博在一起，進了北山才鬆弛，邊走邊把這段日子發生的諸多事講給李博。她把一切和盤托出，也是在告訴李博，他們從此再不能見面，她能為李博做的到此為止。

李博打心裡深深感激綠妹。當綠妹把他送到，放下背了一路的包。那是她從家裡盡可能找出的食物，還想到給他拿了個電筒和兩個用了一半的打火機。看著她急匆匆往家趕的身影越來越小直到消失，此生這最後的永別一瞥讓李博的眼淚奪眶而出。在這遠近無人的深山老林，他終於可以毫無顧忌地放聲痛哭一場了。

2

新疆國保總隊的楊副總隊長在防疫運動莫名其妙被免職後，發配到政策研究室當副廳級研究員，每天閒得難受。一接到國安委要他到北京的電話，當天就上了列車。以往從烏魯木齊到北京的公務人員從來都乘飛機，列車再提速也得走十幾個小時，實在辛苦。但是近來疆獨恐怖分子用從阿富汗偷運的地對空導彈擊落了好幾架客機，數百人死亡，便沒人再敢乘飛機。而疆獨分子不襲擊出疆列車和進疆的空列車，散布保證出疆列車安全的輿論。成千上萬的漢人紛紛乘列車逃回內地，搞得一票難求。楊副總隊長以辦案名義才能上車，拿警官證擠進了乘務員室，否則就得人擠人地站到北京。

北京宣布啟動民主化進程後，新疆的黨政系統人心惶惶。雖然老叔保證原體制繼續運轉，至少黨的系統在民主化中很難再有前程，原本緊繃的控制系統稍有鬆懈，維吾爾人的自發起義就從南疆開始，日益擴大，一直靠高壓保持穩定的社會頓時陷入混亂。漢人遭屠殺的傳聞形成恐怖氛圍，人們利用各種方式逃離，除了列車人滿為患，通往內地公路也被裝滿行李的汽車擠滿。回不去內地的漢人則相互抱團，與當地政府合作，對維吾爾人不分婦孺大開殺戒。雙方的仇恨與日俱增。維吾爾的海外組織則利用各種媒體，鼓動境內的維吾爾人用鮮血澆灌獨立建國之花。國際極端穆斯林也動員起來，用各種方式支持新疆穆斯林驅逐異教徒的鬥爭。

藏人激進分子認為中國動盪是天賜良機，主張像辛亥革命時那樣趁機實現西藏獨立，但是十四世達賴喇嘛堅持中間道路，使得多數藏人仍然在達賴喇嘛劃定的界限內爭取高度自治。只是在漢藏接合地區，民間衝突廣泛發生，有越演越烈之勢。而多年被漢人壓得喘不過氣來的蒙古族人，也在發出要求漢人歸還草原和土地的呼聲，並與蒙古國和俄羅斯的蒙古人進行串聯。

列車上的所有話題幾乎都跟民族衝突分不開，連列車員也一有空閒就跟楊副總隊長聊民族問題成為中國民眾首要關注的。新疆面積一百六十萬平方公里，占中國領土六分之一，西藏自治區及周邊藏區二百萬平方公里，加上內蒙古自治區蒙族人集中的地區，中國一半以上的領土進入動盪或面臨分裂。在上海另立中共新中央的三號常委攻擊老叔開啟的民主化導致了國家分裂，以此爭取民意。不少受國家主義洗腦的中國人表示寧可不要民主，也絕不允許國家分裂。反對老叔的勢力藉此開始串聯。老叔的對應則是以維護國家統一的名義，指令新疆當局給漢人發放武器，讓不受約束的漢人民兵組織對維吾爾人放手屠殺；同時要求軍隊在國家統一的大是大非面前放棄分歧，聽從國安委調遣。中央警衛局局長臨危受命，出任西部戰區司令，被認為是表達了中央政府捍衛主權統一的決心。西部戰區的大批軍隊開赴新疆與西亞邊境，切斷了國際穆斯林武裝與新疆穆斯林的合流企圖；空軍的重型轟炸機群炸平了南疆數百個村莊。老叔親自批准特種部隊進入阿富汗和哈薩克，摧毀維吾爾人的武裝基地，對兩個國家政府的抗議不予理睬。

楊副總隊長認為老叔做得對。保證國家統一是目前唯一可以利用的政治正確，漢人民族主義是加強中央權力和強人權威的基礎，中央政府最為需要。因而老叔不顧忌國際社會批評，以鎮壓少數民族迎合占百分之九十以上的漢族人，這些動作平息了對老叔的攻擊，使他在民眾中的威望大增。而國際社會出於對中國實現民主轉型的期待，以及對老叔個人的肯定，即使批評北京的血腥鎮壓，也多半停留於象徵層面。加上老叔小心翼翼地避免把民族主義矛頭引向歐美日俄等強國，同時也讓那些國家的政府相信，分裂的中國只能給世界造成災難。

到北京後，楊副總隊長先找個烤鴨店，一人把一整隻烤鴨吃得精光。烏魯木齊的飯館大部分關閉，少量營業餐館也沒多少好吃的。全國經濟下滑導致貨品短缺，加上商家囤積漲價，外地普遍發生搶購和匱乏。北京商品仍然豐富，只是價格漲了很多，烤鴨就比上次來北京時貴了一倍不止。

楊副總隊長喝完最後一道鴨架湯時，看到對面銀行發生騷亂。當局限制網絡支付的數額，同時為了避免民眾擠提貨幣，把每天的現金供應量壓得很低，ATM幾乎總是空的，取到現金非常困難。有人因為取不出錢怒砸ATM。聞訊趕到的士兵不問青紅皂白開槍擊斃一人，聚集的人群頓作鳥獸散。北京目前還好的秩序看來是靠這種「就地擊斃」維持。新疆早實行「就地擊斃」，但只是對維吾爾人，還未針對漢人。北京街頭到處是全副武裝的士兵，裝甲車在街上巡邏，如同新疆鎮壓民族暴亂時的狀況。

在國安委，接見楊副總隊長的是老叔的外勤祕書。讓楊來北京，是因為對李博守株待兔始終沒有發現。明知道有任何發現都會立刻向他彙報，老叔還是主動問過兩次有沒有進展，讓外勤祕書倍感壓力。僅僅被動地守株待兔看來不夠，外勤祕書反覆細看李博與趙歸、劉剛在樓頂平台上的錄像後，把夢造儀當成一個入手點。

外勤祕書向楊副總隊長瞭解的，主要是夢造儀能不能被追蹤？從李博對夢造儀的重視看，他無論在哪兒，夢造儀都不會離身，能追蹤夢造儀就能找到李博。照理說，夢造儀不聯網也不通訊，使用時發出的射頻距離很短，完全無法遠距離捕捉。但是楊副總隊長的回答使不太抱希望的外勤祕書喜出望外，新疆公安廳封存夢造儀後留了幾台做備用手段，為了防範再發生事故，每台都安裝了有源的GPS定位芯片，在夢造儀開機後會發射信號，只要能聯上一顆GPS衛星就可以精確定位，誤差不超過兩米。然而外勤祕書隨之又重歸失望，楊副總隊長的隨身終端機上帶有相應系統，回溯查看，李博出走迄今一次都沒有開機。外勤祕書要求楊副總隊長暫時不回新疆，留在北京只做這件事，盯著GPS，發現李博開機後負責抓捕。

「別把這事當普通抓捕，此人是暗殺主席的主要參與者。能不能抓到這個罪犯，決定你的仕途往後是上還是下。包括你想帶著全家離開新疆。抓到李博就調你和全家進京。」

楊副總隊長只在家裡跟妻子討論過離開新疆的話題，不知道外勤祕書是從新疆漢人的普遍心態推論他有這個想法，還是真能把耳朵伸進他家。仕途和進京都是他看重的，因此會為外勤祕書的許諾盡力做。不過他心裡也明白，外勤祕書一再強調保密，不搞全國通緝，說明這個李博身上肯定有他們不想讓人知道的東西。

對老叔的不利傳言一直都有，主要是針對他與主席之死的關係。趙歸和劉剛都被扒出來與國安委有關係，在網上引起譁然。隨之有人發現老叔重新啟用防火長城，一般人感覺不到，只對攻擊老叔的輿論進行過濾。這種行為立刻受到民主派抨擊。各種爆料和揭密還未提到李博的名字，卻不能說明他不被人掌握。其他調查者對大數據稍做挖掘，便會發現李博與劉剛的關聯，進而串成完整的人物關係圖。而解開這個鏈條的關鍵環節現在只剩李博，哪一方調查者都會對此有數。沒人提李博之名正是詭異之處，顯然是為了避免打草驚蛇，就看誰先發現李博的蹤跡。

只要沒有證據，關於老叔的傳言就上不了枱面。目前老叔勢頭正健，通告主席遇刺後，他一舉成為世界性熱門人物，天安門的大典講話則讓他變成了偉大人物。國際媒體對他的讚譽可以用狂熱形容。也難怪，占人類五分之一人口的大國如此戲劇性地放棄了千年專制實行民主，多偉大的描述都不過分。各國民主政府把老叔視為曼德拉那樣理所當然的民主中國領導人，紛紛表達對他的支持與合作。流亡在外的中國民運人士開展網絡眾籌，請國際大牌藝術家為老叔建紀念雕像。外逃貪官和富商則慷慨捐款，支持老叔三年後競選民主中國的第一任元首。在諾貝爾和平獎的提名表上，老叔已排在最前列。只因今年太倉促，明年一定得獎。

老叔開啟的變局如潘朵拉盒子，雖未提實行多黨制，但允諾了普選，政黨便不可或缺。幾個月時間中國便湧現成百上千個政黨。目前規模最大的是毛派的衛東黨和民族主義的華夏黨，一哄百應卻鬆散龐雜；自由派的民主黨和工商界的共和黨人數雖少能量大，前者掌握話語權，後者金錢可敵國；共產黨當然還是人最多，九千多萬名義上的黨員卻處於分崩離析。三號常委出任主席後力圖重整旗鼓。還有更多政黨在籌備中，往往兩三個人在網上發個消息就宣布建黨，紛紛打著民主旗號搶占山頭。各黨的主張和許諾競相比賽極端，為吸引未來選民的眼球極盡蠱惑和聳人聽聞。政治上的混亂影響到經濟，國有企業受打擊最大，好在民營企業占據市場大半江山，還能自發運轉，支撐著國計民生。社會崩壞主要表現在農村，以往受壓迫的農民紛紛報復村幹部，找鄉鎮政府算老帳，基層幹部大量逃離農村，基層政權紛紛癱瘓。填補權力真空的主要是鄉村惡霸和黑社會，恃強凌弱，暴力橫行。鄉村衝突和解體不斷升級，造成社會賴以立足的基礎塌陷。

原來的體制和機構還在運轉。只是原屬七個中共政治局常委的權力由七個小組取代。每個小組負責一個常委分管的工作，管道和程序都不變。小組成員皆由老叔邀請和決定，七個小組都由老叔擔任組長，但低調地在組長前面加上個「小」字。不好控制的主要是地方權力。老叔借助自身的國際威望，同時利用各國使館在北京而成為中國的天然代表，促使各國政府同意在與中國有關的金融、資本、貿易、通訊、運輸等方面，皆按北京的要求配合。這使老叔有了制裁地方政權的手段，不服從便切斷其國際交往和資金進出、實行禁運等。這種威脅對依賴進出口的東南省份非常大，因此至少在形式上還得臣服北京。

東南省份的民間思潮普遍傾向地方自治，變國體為聯邦制的呼籲此起彼伏。地方政權表面不參與，暗地給予鼓勵，資助各種有關的課題研究和學術會議，同時在本地事務運作中日益自行其是，學習台灣多年的「事實台獨」經驗搞本地的「事實自治」。

誰都不知道中國的前途到底會怎樣，楊副總隊長三十年前看過一本地下流行的政治幻想小說《黃禍》，描寫中國大崩潰的過程和結局。最近《黃禍》電子版又在網上熱傳。很多人認為眼下形勢正在走向那種前景，目前是向深淵墜落的過程中，雖然落底之前仍會保持完整，甚至沒有明顯感覺，然而墜落不會在中間停止，落到底的那一刻便是粉身碎骨。

3

山洞對李博已有如家的感覺，每次在外想到的歸宿就是這裡。沒山洞前總是四處奔波躲藏，夜裡睡車站也得擔心警察盤問，遇到下雨更是只能去找橋洞一類地方。那時他從未睡過完整覺，現在則是要想法別睡太多。他每天花很多時間搞建設。把山洞分出大廳、臥室和廚房，修繕平整，壘桌砌牆；用樹枝和蒿草綁紮的門掩蓋洞口，與周邊灌木荒草混在一起，即使綠妹來到跟前也會以為山洞消失了。他在林中開墾空地，用在山下農田偷採的秧苗種出玉米和蔬菜；他還細緻地研究烹調，實驗如何把野果野菜做得可口，也是一種消磨時間。以前看魯濱遜孤島求生的電視劇，從未想過自己會有親臨其境的一天，但只要老叔還在台上，他就得藏身人世外，盡量自給自足，避免與外界打交道被發現的危險。

唯一看世界的窗口是從鞋廠拿的便攜電腦。政府對衛星聯網的干擾停止後，山裡的信號相當清晰。李博只看新聞。為了避免衛星聯網耗電太多，每次看標題盡快打開一堆網頁，再斷開衛星細看。他看新聞不是出於關心時事，只是評估自己的處境。家人至今不知他的下落。而他的未來已莫名其妙地和國家最高層聯繫在一起。眼下他還想不出如何跳出這個陷阱，一方面盼望老叔失去權力甚至成為階下囚，一方面又害怕刺殺主席的陰謀敗露，自己被牽連成同案犯。懷著這種矛盾心理，他看網上那些真真假假的新聞時總是處於糾結中。

李博同情正在蓬勃興起的地方自治也是這種心理，統一還是分裂的大原則他不關心，只是因為自治會使老叔的手不易往下伸，他的危險會少些。他甚至希望民國初年的割據再現，北京更不容易下來抓捕。然而在綠妹哥的地盤同樣有危險。綠妹哥的勢力日益坐大，已有兩百多個行政村的聯防隊被他收編，聽他調遣，由他任免隊長。表面上他做出協助政府維護治安的樣子，實際手下有上萬聯防隊員，已是地方軍閥的雛形。目前儘管只用砍刀扎槍一類冷兵器，縣境內也絕對是沒人敢惹的勢力。哪個村莊或鄉鎮敢不聽話，一招呼就會有幾百甚至幾千渾身力氣的青壯男過去，再一號令就會夷為平地。連縣長都對綠妹哥笑臉逢迎。福建各派勢力紛紛想把他拉入自己陣營，許諾各種優厚條件。鄰縣村鎮也向他尋求保護，綠妹哥繼續擴大勢力範圍，現在的目標已不是取代縣長，而是瞄準省長之位。進行選舉還有兩年多的時間，誰敢說到時不能拿到省內最多的選票呢？

李博經過了前面的驚心動魄，回歸山林自然，更看清人世間的爭鬥如蒼蠅競血，過眼煙雲，唯一真實的是家庭、妻子和女兒，唯一渴望的就是與家人一起平靜地生活。最讓他快樂的一次莫過於通過視頻看到女兒。國內局勢使得岳父母不斷推遲返回時間。利用對網絡的熟悉，他混在福建的眾多網絡詐騙信息流中打開了岳父母的電腦攝像頭。做出尋找獵物狀進入一下，不會引起監控者注意，畢竟形形色色的網絡狩獵太多了。監控者知道李博是頂尖高手，怎麼可能會用如此菜鳥的手法？那次正好看到女兒在電腦上玩遊戲。一直在捷克的女兒已是滿口捷克語。李博只看了幾秒鐘便退出，心緒卻翻騰了好幾天。

李博從未試圖進入伊好電腦。只是在她周邊觀察。伊好人身是自由的，照常上班，似乎沒受任何影響。但是所有的監控手段都在使用，手機、單位電話、個人電腦、工作電腦……她接觸的可通訊設備、郵箱、網絡社交媒體，無一不被監控。家裡暗中被裝了監聽器和攝像頭，還有全天候二十四小時對她的跟蹤盯守。鄰居出租房被監控者當成據點。伊好對這些全無意識，仍然相信李博是在進行機密項目。她每次詢問國安委信息中心時得到的都是這樣的回答。李博的工資每月一分不少打入他的銀行卡，說明一定是在工作中。對她疑惑李博為何不跟家人聯繫，信息中心主任說祕密的含義就是對家人也是祕密。而主任同樣不知道李博到底在哪裡，在做什麼。老叔曾交代她不要管，那以後的老叔已難見面，他的交代也就照樣延續。

伊好著急聯繫李博，是因為世界衛生組織聘她去就職。她接待調查團時的表現與其他中國工作人員形成對比，給對方留下深刻印象，對調查團做出正確判斷和決定起到關鍵作用。世界衛生組織本來一直在尋覓一位能信任的中國籍高管，一致認為非她莫屬，給她發出了聘書，請她盡早上任。這對伊好當然是大好機會，工資待遇翻番，女兒父母都願意，自己也能逃離國內環境去自由天地另有一番作為。聯繫不上李博，伊好決定自己做主接受聘請。她相信李博會支持，雖然涉密職業不允許他出國，但哪怕只為女兒有個沒霧霾的成長環境，李博也會同意。她會常帶女兒回來看他，他也有理由提出換工作或乾脆離職，等待解除禁令後出國團圓。

為了拼湊出關於伊好的完整圖景，那一次衛星聯網讓李博消耗了電腦電池的百分之二十多。他既為伊好感到高興，又為家庭將遠離自己的可能感到惶惑。不過李博知道這些尚都沒影，伊好只能失去這次機會。只要他還沒被監控者抓到，當局就不會允許伊好出國，繼續留在北京當誘餌。除非老叔垮台，或者能確定李博死了，案子了結，伊好才會有最終的自由。

山裡最大的問題是無法充電。從鞋廠拿的電腦是新的，電池可持續二十小時，與衛星聯網則時間減半。李博限制自己一天使用不超過十分鐘，後來是兩天用一次，再後來是三天五分鐘……他為了解決充電一次又一次翻山去縣城邊的垃圾場，終於用殘破的太陽能板、被更換的汽車電瓶、淘汰的變壓器，以及廢舊電器上拆下的零件、儀錶、電線、卡子等組裝出一套太陽能充電系統。當充電燈終於亮起時，激動讓他全身泛起冷顫，半天無法平息。他無論如何要實現充電，不是為了照明，他可以忍受黑暗，隨太陽作息。給電腦充電當然重要，也不是第一位。

他最先進行充電的，不是別的，而是夢造儀。他一直帶在身邊，無論逃跑路上多不方便，也知道夢造儀容易引起懷疑，但是別的可以扔，也基本都扔了，只有夢造儀始終不離不棄，睡覺時都抱在懷中。

說也奇怪，李博過去想到伊好，是妻子，是女兒的媽，是防疫專家，卻沒有性。概念上她是女人，卻不能讓他產生相應的男性反應。而自從他跟伊好有了那次夢造儀的性結合，一切就扭轉了。她的其他角色退為背景，性走到了最前面。他幾乎每天想她的性，尤其在夜不能寐時，每每出現的就是與伊好的那次夢造儀之合，身體反應隨之難以自制。性的影像一層層浮現，卻又總是縹緲、混雜，難以捕捉，完全不像用夢造儀重溫功能那樣如臨其境。然而在逃跑路上沒有用夢造儀的安全環境，也沒有合適氛圍。他不願倉促去做，重溫對他不是單純的性活動，不是為了淫欲，那用手淫就可平息。重溫須是莊嚴的儀式，是對伊好愛的表達，是對以往錯失幸福的救贖，因此只有在那種伊好也能接受的場合，以如同真實的方式進行。當他終於能在這山洞安定下來，收拾出一個堪稱家的環境時，夢造儀已是不充電便無法開啟。

現在終於可以重溫了。在等著夢造儀充電的過程，李博又一次清掃山洞。他不想在自己平時睡覺的角落重溫，那裡遮雨、暖和、乾燥，但是空間促狹，缺少光線。最好的地方是大廳中間的青石板，平整寬敞，那裡十數米高的洞頂有個敞口，能看到天空和雲朵，還有朝霞和晚霞，在這個季節，正午時射進的陽光會有一刻正好照上石板。那是李博最多待的地方，只是因為不避雨不能當床，但往往在晴朗夜晚，他就在石板上看著星空入睡。李博早就想好，第一次重溫一定在那裡。

李博從周邊林木中摘了各色枝葉擺放在周圍，石板上則鋪滿柔軟乾淨的黃草。被褥是撿來的，但都仔細洗得很乾淨。山洞雖然簡陋，他相信伊好可以接受。它是自然的，純潔的，如同浪漫的桃花源。他用山泉水把自己從頭到腳洗得乾乾淨淨。那一刻，一條羽毛般的火燒雲飄在頭頂，夕陽從側面石縫斜射洞中，有種舞台效果。

在開啟夢造儀前，想到那次與伊好結合的場景，李博已經充分勃起。如果伊好此刻在身邊，他相信可以不開夢造儀。與伊好的上次夢造儀之合使他在心理上突破了禁錮牢籠，此後驚心動魄的經歷也給他注入了自信和力量。但是此刻他需要看到伊好在眼前，需要真實地體會她的肉體，聽到她的聲音，用他的強勁讓她欲仙欲死……他打開夢造儀開關，輸入密碼，選擇重溫模式，讓那一個小時一模一樣地重現……

當一切結束，幻影退隱，筋疲力盡的李博抱著被子，如同抱著伊好。他一直沒有勇氣抱著伊好睡覺，如果他能讓她欲仙欲死地滿足，他一定要抱著她整夜睡，而不是沮喪地回到自己床上。天已全黑，頭頂的敞口外繁星燦爛。看一眼在石板另一端的夢造儀，電源燈還亮著。李博向夢鄉墜落，不想起身去關閉，反正已經能充電，無需再考慮省電……

如果李博的重溫不是在青石板上，而是在平時睡覺處，或是他墜入夢鄉前起身關了夢造儀，後面的故事就不會是下面的情節。大約一小時後，一顆GPS衛星正好移到洞頂的敞口上空，與安裝在夢造儀內的GPS有源芯片相連，持續了二十秒鐘。那一刻讓在北京空等了快一個月的楊副總隊長一下跳起，他原本已心灰意冷，不抱希望，此刻系統赫然跳出了定位的經緯度，精確到兩米範圍。

定位出現二十秒後消失。楊副總隊長不知怎麼回事，但重要的是出現了，有了定位！不管發生的是什麼，要在最短時間趕到那裡抓住李博。現在是黑天，李博應該原地不動或走得不遠，而天一亮就沒準了。人一離開，不搞大規模的封鎖和搜捕就不能發現，而老叔肯定不想聲張，所以只有爭分奪秒！

楊副總隊長迅速調出地圖。定位點在福建屏南縣山區。算一下時間，他有權優先使用國安委的公務機，從開始安排到起飛怎麼也得一個半小時，飛行三小時後還要驅車四五小時，到離定位點最近的位置下車步行，五公里山路也得一個多小時，加起來需要十小時，太長了！那時天已亮，李博很可能會離開定位點。看起來必須讓那邊的人提前下手。楊副總隊長想到從新疆武警調到福建武警當副司令的朋友，打去電話，像公事，又像私情，請對方派屏南縣的武警馬上去抓人。

「……這是國安委的機密任務，別擔心程序，我一到就把手續給你。這事是我直接執行。只是為了搶時間請你協助一下。不能跟任何部門透露，抓到犯人後就地羈押，不允許任何人接觸，我明早七點前一定趕到！」

4

李博從夢中驚醒時，以為使勁叫喊能擺脫噩夢。前面夢到的是與伊好相擁而抱，怎麼變成一群厲鬼壓在身上。清醒過來，噩夢不是夢，伊好蹤影全無。強光手電如利刃揮舞切碎著黑暗。數個武警士兵壓得他全身骨頭發出錯位聲響，如同斷折。數十名持槍武警在洞外擺著誇張的射擊姿勢。一群帶路的當地民警在外圍。武警指揮官命令一半人留下徹底搜查洞裡洞外，再細小的物品——尤其跟電子設備有關的——務必無一遺漏。「這是總隊下的死命令！恨不得跟我說了十八遍！」指揮官強調。夜色中被驚起的群鳥在山林上方盤旋嘈雜，夾雜著森林深處野狐冷冷的哀叫。

李博被關進鎮派出所。看守室是占了審訊室一半的大鐵籠。原來關在裡面的小偷被警察踢屁股一腳放走，騰出籠子只關李博。執行抓捕的縣武警必須在這裡等待北京來人押解李博。既然上面把這個犯人說得那麼重要，指揮官給派出所的每個門窗都派了士兵站崗，自己帶著幾個軍官和派出所的頭兒在辦公室裡喝酒聊天耗時間，一塊看守這個要犯。

外屋傳來值班警察打招呼：「哎呀，老闆老闆娘親自來送菜，這怎麼敢當？」

「服務員都睡了，我看要下雨就開車送一趟。」是小梁的聲音。

「來個電話我們去取就是啦！」

「沒事兒，反正也是待著。今晚怎麼上了這麼多崗？」

「剛從北山山洞抓了個逃犯，是上面點的要犯……」

一筐瓷器掉在地上的碎裂聲。

「哎——老闆娘小心別摔著！」

「咋整的？這麼笨！」小梁大聲責備，不留面子。

「沒關係，沒關係，」警察打圓場。「我們用手抓著都能吃，哈哈哈。」

「她被你說的要犯嚇著了。」小梁也轉而說笑。

「不用怕，不是暴力犯，看上去是搞技術的，帶著誰也搞不明白的電子設備。」

「是不是特務啊？……」小梁有了興趣。

「管他是什麼，我們只做我們的。天一亮北京來人就接走。」

說著話門開了。值班警察送進裝滿餐盒的塑料口袋。武警指揮官沉著臉擋住欲跟進的小梁。但是小梁已透過指揮官肩膀看到了籠子裡的李博。他倆目光碰到了一起，雖然只一下就被關上的門隔斷，但李博能感覺小梁認出了他。他還是被抓時的裸體，坐在籠子中間的笨重鐵椅中，雙手分銬在兩側扶手，兩腳被鐵鍊捆在兩側椅腿上。好在分開的兩腿中間被警察扔了件衣服蓋住。李博沒看到綠妹。她應該是猜到了被抓的是李博，才慌亂地摔了餐具。山雨欲來的風正在刮起，室外搖曳的樹發出響成一片的樹葉碰撞聲。

擺上菜接著喝酒，派出所所長向表示不滿的武警指揮官解釋了餐館老闆夫婦的身分。指揮官是本縣的武警，馬上就明白了警察們為什麼對老闆夫婦那麼客氣，覺得自己剛剛對老闆有點生硬。所長擺了一番老闆夫婦的龍門陣，他倆兩個月前才到鎮上開飯館，現在鎮上的公費吃飯基本都去那裡，除了是向老闆娘的哥哥示好，也因為老闆娘廚藝好，又乾淨。

「老闆娘人不錯，挺實在，不像她老公仗勢欺人……」

小梁剛被綠妹哥扣下時，鞋老闆用了各種手段和關係要車和小梁，還向警方報了案，所以派出所當時也捲入其中。鞋老闆是福建地面上的實力人物，綠妹哥看明白這點後，便同意讓小梁開車回福州，當然得帶著綠妹一塊去。但是小梁卻表示不想回福州了，願意跟著綠妹哥幹，用他的話說「這裡好玩」。聽到小梁在電話裡親口這樣說，鞋老闆也就撤了案，大方地把小梁開的賓士車真當做彩禮過戶給綠妹哥，聲稱他和綠妹哥以後就是親家。兩人都在對未來的展望中看到了對方的作用。

菜可口，酒足夠，邊吃邊聊。門窗有崗，屋內有人，籠子有門鎖，又加了最粗的鎖鏈。籠子裡的鐵椅是焊在地上的，犯人手有銬，腳有鐐，不擔心出任何情況，自然可以開懷暢飲。隨著酒精度提升，從聊天變成大呼小叫地划拳，到最後七倒八歪地睡著。有的坐在椅子上仰頭叉腿，有的趴在桌上打呼嚕，還有的乾脆躺在地上。只剩一個看上去文靜，卻是怎麼也喝不倒的派出所副所長自斟自飲。他臉色刷白，睡意毫無。沒喝酒前因為職位最低不說話，半瓶白酒下肚就變了一個人，不是拉著這個嘮叨，就是纏著那個說話。等其他人都睡了，實在沒人對話，就隔著鐵欄跟李博聊。

「……從小我爸媽叫我『十萬個為什麼』，啥事我都要問為什麼，經常搞得他們要崩潰。上小學同學給我的外號是『好奇貓』，那外號跟了我好多年。現在總算沒人叫了，但我實際上還是總忍不住好奇。他說上面不許我們審你，」好奇貓指指打呼嚕的武警指揮官，「甚至不讓跟你說話，讓我更好奇。現在他們一個個都成爛泥了，沒人聽得到，我不問你十萬個為什麼，就問一個，一個——老兄你到底做了什麼夢？有這麼大的能量？嘿嘿，是中國夢嗎？……他說因為你做夢才定出了你的坐標。要不是有坐標，我們就是擦肩而過也發現不了那個鬼洞啊！藏得那麼嚴實。老兄，就告訴我這一個事兒，你做的是啥夢？……」

李博猜想的被好奇貓證實——看來就是夢造儀被追蹤了。他原本以為夢造儀不聯網，也不會被追蹤，看來是大意了。別人想不到鞋能被聯網，夢造儀當然也可能有他想不到的追蹤方式。他是幹監控的，應該知道這一點，怪不了別人，是他自己的渴望遮蔽了謹慎。不過反過來想，他能因為謹慎再不開夢造儀嗎？山裡的寂寞使他對伊好的渴望一天天增長，他是不可能不打開夢造儀的。這次不開，下次也會開。這次謹慎了，下次還能否謹慎，因此不如說這就是他的命中註定。

外面下起暴雨。打得彩鋼屋頂一片嘩啦啦響。雨的氣息從窗外撲鼻而入。雖是南方，深秋的天氣也很涼，李博冷得有些發抖。好奇貓嘮嘮叨叨，是那種不達目的就死纏不休的人。

「……給我講講吧。天亮就見不著你了。據說是國安委的專機到福州接你。這事兒我明白，不讓把你帶到縣城，就是避免他人接觸你。怕的是啥？這是我想聽的！天亮咱們各走一方，我保證不告訴任何人……」

派出所裝的燈是冷白光，在時緊時疏的雨聲中感覺更冷。李博看著好奇貓，那張臉上的神態有點像求知兒童。李博在國安委幹了這麼多年，基本瞭解是有的。抓他不是為了從他這知道什麼，而是怕別人從他這知道什麼。好奇貓看得沒錯，北京下令不讓當地警察審問，不讓把他帶到縣城，都是為了避免被人知道他所知道的。照理說最徹底的莫過於一顆子彈了。讓他活著還要用專機接他去北京，為的是查出他有沒有把知道的告訴他人，或是留下文字和證據。在中共內部權鬥中，以這種方式保護自己幾乎成了慣例。調查者不能冒幹掉李博導致內幕公布的風險，必須讓他活著，從他嘴裡摳出他離開北京後接觸過的每個人，全部抓捕審問，壓榨出所有信息。

李博沒告訴任何人，也沒留下任何材料。他只希望過平安日子，哪怕後半輩子無聲無息什麼都不做。可是對方怎麼會相信？一定要查個底朝天！對路上偶然碰到的行人，或是賣東西的店主，或是在垃圾場驅趕他的河南垃圾霸，他怎麼說都沒關係，不能說的是綠妹。在調查者看來，她是唯一沒被發現的聯絡人，李博千里迢迢投奔她，說明對她的信任，完全可能把祕密託付給她。她是農家女，她哥卻是地方自治的頭，與福建各派勢力有關係。那些勢力有的串聯東南聯省自治，有的參與三號常委暗中籌備的復辟北伐。李博知道的祕密，哪怕只被他們掌握其中一點——謀殺主席的電子蜂是在國安委樓頂放飛的，便足以一夜之間讓老叔垮台。因此審問者一定會把綠妹層層剝皮，對她使用連鐵打漢子都會被搞垮的手法，要榨出被認定藏在她那裡的祕密。

李博與綠妹雖只是人生中的短促相交，但她是讓他成為真正男人的第一個女人，又在他落難時救了他，他怎麼能成為毀滅她的人？可是他非常清楚自己一定頂不住。他可以逼真地想像出要面對的審問，一步一步摳出他離開信息中心後的每一天的每一個細節，接觸的每一個人談的每一句話。他不可能咬緊牙關不說出綠妹，任何編謊都會被那審問找出破綻，撬開縫隙後窮追猛打，用形形色色的刀子、鑿子、大錘、鎬頭往外挖，直入人的意識和潛意識，挖得內臟血淋淋，腦漿白花花……沒人頂得住能摧毀任何抗拒意志的審問，最終一定會被攻破。

他更怕的是伊好的命運。至今伊好能自由，是因為自己沒被抓。她既被當誘餌，也是避免打草驚蛇。只要自己一落網，就必定抓伊好，哪怕只為脅迫他，或是對證他的口供。雖然伊好對他參與的事不知情，卻知道夢造儀。順著她給劉剛簽名的報告，便會挖出她和劉剛的性行為，包括到不了性高潮而簽名的細節。伊好怎麼受得住？會不會自殺？即使她最終能獲釋，也是一切皆毀，後半生還有什麼指望？而媽媽淪落，爸爸是叛國罪人，女兒又會是怎樣的人生？這一切都是因為他，也取決於他，只有他能改變，他必須改變！

在李博翻來覆去想這些時，綠妹向小梁承認了李博找過她，但保證什麼都沒發生，只是帶他到了山洞後再沒見過。小梁先是狠揍了綠妹一頓。打看出綠妹從不向她哥告狀後，他的動手就越來越頻繁，邊揍邊罵「操你媽」時，想著現已是尼姑裝束的綠妹媽，想到自己真操過綠妹哥的媽而性欲大發，便扒光還在哭泣的綠妹洩了欲，隨後獨自喝酒考慮該怎麼辦。他不關心李博到底幹了什麼，但知道只要牽連了綠妹，就會被審出李博曾是嫖客和自己拉皮條的歷史，弄不好還會把自己操過綠妹媽的事搞出來。鄉下人最喜歡這種黃故事，那時綠妹哥的臉丟得大了，還想當選什麼議員縣長？在那些道貌岸然的政客面前也抬不起頭。綠妹哥一定會殺人，他小梁十有八九活不成。

想來想去，小梁決定主動告訴綠妹哥。趁著危害沒發生還來得及，與其事後殺自家人，不如事先殺李博。李博沒命了，過去的事就沒人知道，也不會再提。只是不知道綠妹哥是否相信綠妹只給李博帶路沒別的，連小梁自己都懷疑。他知道李博對綠妹一片痴心，也知道綠妹對李博心懷感激。到山洞有那麼長獨處時間，他們真會什麼都沒做嗎？不過要保自己就顧不了那麼多了。小梁甚至閃過念頭，綠妹真要是被她哥幹掉，自己就可以名正言順再娶良家女孩了。

在小梁陷入對新妻子的幻想時，楊副總隊長請求幫忙的福建武警副司令也未入眠。他雖未提任何疑問就指令屏南縣武警按楊副總隊長的要求執行抓捕，心裡卻想知道抓的是什麼人。接到完成抓捕的報告時，他讓指揮官拍一張被抓者的照片傳來。因為武警不掌握人臉數據庫，他便請省公安廳副廳長幫忙，只轉去了圖像，別的沒說。照理說只需電腦搜索若干時間，那位常在一塊打牌喝酒的副廳長卻隔了兩個半小時才回話。

「……這是我們正在找的重要犯人，希望移交給我們公安。」

「老哥，不是我不給你面子，這是國安委讓我抓的人，給公安我說不過去啊。」

「不會讓你為難的。你不用辦移交，只需要告訴犯人現在所在的地點，我派人去。這是福建地盤，誰抓人都得先經過我們。」

「對這個案犯，我們內部定的舉報獎金是三十萬元。只要告訴我地點，立刻就轉到你名下。按照舉報人保護規則，不會讓外人知道。」

「這……讓我為難啊……」

其實這三十萬元是副廳長臨時決定從祕密經費中支取。副廳長是福建自治派的核心人物之一。接到武警總隊副司令的電話時，開始還暗暗不滿休息被打攪，當公安廳甄別中心傳回人臉搜索結果時，發現是一直求而不得的李博，立刻睏意全無。撞上了什麼樣的好運氣，竟然送上門來！自治派一直認為李博是揭開主席被刺之謎的關鍵，如果能讓李博證實老叔是幕後黑手，或哪怕是讓民眾有足夠理由這樣認為，整個形勢立刻就能翻盤。北京失去合法性，各省自治或聯省自治自然就是理所應當，再下一步就可以把生米煮成熟飯。副廳長當即把自治派其他高層人物從夢中叫起，協商結果是無論如何都要把李博搶到手，不惜經受北京的任何制裁。

就在各方都圍繞著李博打主意時，李博完全不知道。不過他也在那個時間做出了決定。

「給我點水。」他對好奇貓說。

好奇貓拿起前端固定了一個不鏽鋼碗的竹竿，往碗裡到了水。那是專給像李博一樣四肢被銬的犯人餵水的。「給我開個頭——你做的是啥夢？」好奇貓的好奇心真是十分執著，把碗伸到李博探頭剛剛搆不到的距離。

李博舔了舔嘴唇。

「變女人。」

「變女人？」好奇貓來勁兒了。「咋變？真變假變？是你變……」

李博張開嘴。

好奇貓撓撓蓬亂的頭髮。「再多說一句嘛！——是你做的夢？」

「不是夢，真變。」

好奇貓大驚。「逗咱吧，不信不信！」

「現在的科學技術，你們根本跟不上。」李博閉上眼睛。

「快講，快講，我信，給你水！」好奇貓生怕李博又陷入沉默，把碗伸到了李博嘴邊。

李博一口氣喝光水。好奇貓眼巴巴地等著他。

「其實我沒犯什麼大事，也就是跟你差不多，好奇心重了點。問題出在那個儀器，上面怕被人知道的也是那儀器。」李博朝放在證物柗上的夢造儀撅了撅下巴。「那儀器能變性。」

「是這個？」好奇貓拿起夢造儀。「能變性？變女人？咋變？咋變？」

「你可不能往外說。」

「不說，不說，我保證……說了我的姓倒過來寫。」

「你姓王吧？」

「你咋知道？」好奇貓大驚。

「行了，行了，我已經到這分上，你就是往外說也不用我操心了。那儀器是國安委的『中國夢』祕密工程研發的產品，能讓人短時間內換性別。我是參加研發的，親身試過後上癮了。等到項目叫停，要把儀器封存，我就把儀器偷出來了……」

對於李博講案件，好奇貓已經沒興趣，全被變性吸引了。

「說說變性是咋回事吧！男人真能變女人？是感覺變，還是真變？」

「從感覺到身體都變。」

「都變？會出乳房？」

「我說了，都變。」

「……怪哉，怪哉……」好奇貓仰脖灌了一杯酒，在轉椅上擰來擰去。用腳猛蹬讓轉椅轉圈，又突然用腳煞車，瞪大眼睛：「下面變不變？」

「說過了，都變。」

「還能再變回來？」

「看儀器使用時間的長短，照射十分鐘，可以變性半小時，然後自己就會變回來。」

好奇貓又猛仰脖灌了一杯酒，眼中已有朦朧，好奇之光卻越加閃爍。他手拿夢造儀來回琢磨。難道真有這種玩意？怪不得北京這麼重視，一個勁兒強調電子設備。即使好奇貓沒喝多，他也不會懷疑搞中國夢需要研發這種儀器。若是國家給每個派出所配備一台這種設備，人們就不會去琢磨什麼維權、抗議示威、顛覆政權那些事，都會到派出所來排隊體驗。多奇特的體驗啊！如果收錢，得發多大的財！國家不用收稅都能富得不得了！

一聲鐘音，門上方掛的ＬＥＤ燈電子鐘顯示凌晨三點半。「……快到了……快到了……」好奇貓看著電子鐘嘀咕。「頂多再有兩三個小時北京的車就到了。」他站起身，戴上了警帽，整理一下制服。

「我是當班民警，有權力也有義務對查獲的贓物進行驗證。告訴我怎麼開這個儀器。」

到了這一刻，對自己應該怎麼做，李博已經想好。以他所知道的祕密，即使最終查明他沒有私藏記錄，沒有做備份，沒有轉移材料，也沒有告訴任何人，他仍然活不成。無論如何他都不可能被放掉，有絲毫理性就不會抱幻想，哪怕他發盡誓言絕不外傳，弄權者又怎麼會相信？只有死亡最可靠，祕密隨屍體焚化才最放心。李博對自己會死已不害怕，後悔的是早晚是死卻沒在被抓前下決心。那時死了，老叔就不會知道有緣妹，也不需要動伊好。一切如同沒發生，只是世上無聲無息地少了他這個人，像蒸發了一滴水。而現在他還活著，手腳被銬，已無法自己做到肉身死，那就只有讓精神死。當他們面對一個忘掉了一切的人，綠妹根本不存在，伊好是誰想不起來，國家和政權更不可理喻，整個世界都是一片空白……跟一個死人還有什麼區別呢？

李博指點好奇貓打開夢造儀下面的小蓋，撥開保險滑片，露出遺忘功能的紅色按鈕。

「……按住十秒後會要求輸入密碼。」

夢造儀的顯示屏上出現輸入密碼的介面。

李博先是跟好奇貓連續叮囑了兩遍：「輸入密碼按下確認後，夢造儀的輻射頭要一直對準我的頭，距離始終不能超過兩米。最關鍵的是保證時間，必須達到十分鐘才能看到變化。」

聽到好奇貓無誤地重複了這叮囑，李博才把密碼告訴他。

好奇貓看著李博兩腿間的衣服，稍顯不好意思：「那衣服是不是得拿開，要不怎麼能證明？」

李博晃晃被銬的手表示無能為力。好奇貓看看周圍，其他人都在酣睡。他在餵水的竹竿碗裡放了幾塊吃剩的豬頭肉，伸進去倒在鐵椅扶手前面的突出部分。他不是為了給李博吃的，而是往回收竹竿時把蓋住李博下身的衣服碰掉在地上。

能看到男人變女人讓好奇貓好激動。這麼奇妙的事以後能吹多少年啊！現在不看，人被帶走就再沒可能了。此時機會絕妙，啥都不耽誤，啥痕跡都不會落。反正人也跑不了，儀器只是隔著距離照一下，不會有任何風險。好奇貓再次看周圍，一切沒問題。他拿出手機放好位置，打開視頻拍攝，那可以證明他不是吹牛。「好了，咱們開始！」好奇貓輸入密碼。「一、二、三！」按下確認，開始計時。

李博看到了伊好抱著女兒，好像聖母抱著嬰兒。他感到了一種要把他拉開的力量，風聲在耳邊低吼。他使出全身力氣，用想像中的鋼刀要把那形象刻下，如刻在石頭上那樣刻進大腦。刻下的石屑夾雜著鋼鐵的火星如煙花四濺。鋼刃撞擊的聲音變成雷鳴。然而她們輕輕飛起，剛剛刻下的卻什麼都未留下。她們向遠方飛去，越來越遠。女兒一直回頭看他，小手擺動，而伊好已是背朝他，面向正在飛往的遠方。他向深淵墜落的一刻，最後的欣慰是，隨著記憶離他遠去，伊好在走向新的生活，女兒不會失去母親呵護。雖然丈夫和父親去了哪會是終生解不開的謎，但是那又有什麼？這世界被帶走的、永不解的謎，豈不是太多太多……

十分鐘到了，好奇貓按停遺忘功能的紅按鈕。他的眼睛一直在李博的胸脯和兩腿間來回掃視，可是那個IT宅男沒有胸毛的胸脯並無變化，扁平照舊，肋骨照舊，乳頭也未從紅豆變成葡萄。兩腿間那個軟趴趴的陰莖也未縮小，反而逐漸膨脹，硬硬地翹了起來。他抬眼看李博的臉，倒是跟前面的臉發生了變化。在骯髒和中年男人的皺紋之下，浮現出一種無比純潔和天真的神態，其中再無焦慮與痛苦，沒有對世界的任何牽掛，如同在夢遊中的夢中人。當與他的視線對在一起，李博向好奇貓嬰兒般嫣然一笑，讓好奇貓恐懼得跳了起來，一溜煙退到房間的另一端。

李博隨後發現了好奇貓放在鐵椅扶手上的豬頭肉。手腕被銬住，手指可以動。他用手指撥動幾下，隨即用拇指和食指拈住，低下頭湊近眼睛仔細看，再伸著鼻子認真聞，便津津有味吃起來。他並不狼吞虎嚥，一片醬豬頭肉分成好幾口。與其說充饑，不如說欣賞，似是初次品嘗到的天下最美滋味，讓他欣喜，讓他的臉上隨著咀嚼蕩漾起波光粼粼的幸福。

當新一天的晨曦開始降臨地球的這個角落，楊副總隊長一行三輛越野車已離目的地不遠，卻意外看到山下兩三公里處有五輛閃著燈的警車從小路插到了前面；接著聽到山影幢幢的小鎮方向傳來數聲槍響，那是綠妹哥帶著上百聯防隊員包圍了派出所，鼓譟著要搶走李博，據守派出所的武警在鳴槍示警。派出所警察都被武警繳械看押，因為所長接到公安廳副廳長的電話，命令把犯人移交給即將趕去的屏南縣公安，忠於職守的武警指揮官當即先發制人，翻臉不認前夜還交杯換盞的酒友。公安廳副廳長不得不向武警副司令允諾獎金翻倍，要他命令派出所內的武警指揮官把李博交給公安。而綠妹哥招來的更多聯防隊員正從四面八方趕到，先頭趕到的摩托車已把小鎮道路塞得水泄不通，其他車都無法通行。

鐵籠卻如同風暴中心紋絲無擾。鐵椅中落入睡鄉的李博萬事不知，鐵銬腳鐐沒有痛苦，塵世煩惱全無牽掛，相伴他的只有初生兒那般純潔和甜蜜的夢境……大地透明，天空五彩，花香鳥語，雨露滋潤，幸福人的幸福世界宛如母親溫柔的子宮……

《大典》後序

1

讀者也許想知道我為什麼寫這樣一部《大典》，其中沒有希望，沒有出路，沒有英雄，似乎實現了民主，卻與民主運動無關，甚至沒有一個真求民主的人，一切出於私利算計，轉型結果只是換了一種形式和說法，本質照舊。總之，《大典》寫的是小人物、平庸輩、謀利者的世界，由他們的欲望和野心驅使並決定。我以前寫故事不是這樣，即使在《黃禍》的大毀滅中，也是遍地英雄，可歌可泣，結局慘烈，希望仍然萌芽。

我的寫作計劃原本沒有《大典》。從二〇一〇年到二〇一四年，我在寫另一部長篇小說《轉世》，完成了五十萬字初稿，網上連載了十六萬字，但是在二〇一四年中停止連載，出版進程也擱置。原因是我希望政治幻想小說應該起步於社會現實，如同現實主義小說，然後按邏輯推演一步步走向未來，讓讀者不是當做幻想，而如從今日現實走入未來現實，不被聳人聽聞所刺激，而是留下對社會的思考。我希望如此將我的小說與無中生有的幻想區分。

然而在《轉世》接近完成時，四年的寫作時間中現實發生很大變化，原有的小說開端與四年後的現實出現了較大差距。這對我便如房子蓋好後發現房基有錯位一樣不能交件。想按現實的變化修改小說是困難的，因為開端是小說結構和脈絡的基礎，牽一髮動全身，因此擱置下來。

當時我只是想等一等，不清楚該如何解決，是等現實發展再回到原本小說的開端？還是利用小說與現實的脫節引起讀者更豐富的思考？然而現實與小說的差距繼續擴大。到二〇一五年底，我決定另寫一部小說作為《轉世》的補充或修正，即《大典》。

《大典》以今日中國的現實狀況為開端，從這種現實推演的邏輯是悲觀的。但是表達悲觀不是我的目的，不如說相反。若從另一角度反觀——當極權統治日益嚴密，挑戰力量不斷式微，專制似乎日久天長，看不到任何變化可能時，《大典》中的當權者卻那麼不堪一擊，紅色帝國可以被幾個自我盤算的小角色輕易掀翻。《大典》描寫的這種狀況到底是悲觀還是樂觀？很可能又會被認為過於樂觀了。然而凡是符合邏輯推演的，內容可以不同，故事遲早發生，後果也不會相差太遠。只是那種政權變色、統治者換位不意味著就是變好，更可能是從一種不好換到了另一種不好，《大典》表現的這一層才是更深的悲觀。

本質上我不是一個悲觀者，至少不甘於悲觀。我把《大典》寫成無希望的反烏托邦，是因為有《轉世》在先。《大典》所缺的樂觀《轉世》都有。寫《大典》是對《轉世》的平衡，可以避免《轉世》被視為過於樂觀。從這個角度來說，擱置《轉世》寫出《大典》可算壞事變好事。有了《大典》，《轉世》開端與現實的脫節便可以不再視為障礙而是互補，讓我能解除顧慮盡快完成《轉世》並出版。

2

鞋聯網、夢造儀、電子蜂、神經阻斷劑、攝像頭、大數據、算法、網格化……當專制統治有了這些現代科技手段，與被統治者之間的關係會發生一個根本變化。以往的專制依靠軍隊警察和對武器的壟斷，雖然強大，卻始終有一個軟肋——無法以少制多。統治機器無論怎麼擴大，人數上也比被統治者少很多，因此總有眼看不見、手伸不到之處，百密一疏，或是生長出反叛力量，或是出現導致潰壩的蟻穴，或是生出不穩定的萌芽，最終導致專制垮台。如西方諺語所說，斷了馬蹄釘摔了馬，傷了將軍輸了戰爭，最終亡了國。以往專制的難題在於，它不可能給每個馬蹄釘派上看守的兵，因此便杜絕不了從馬蹄釘導向滅亡的鏈條。

然而若有鞋聯網，給每個馬蹄釘加上SID，提前發現任何斷裂的前兆，或更換，或停跑，或讓將軍換座騎，那麼從馬蹄釘到亡國的鏈條便不會再出現。《大典》中的鞋聯網眼下尚屬幻想，現實中的技術卻無困難。電腦和互聯網時代把人類納入數位狀態，專制者便能利用數位技術實現以少制多。大數據可以捕捉全部痕跡，算法可以發現所有可疑。專制權力人數雖少，電腦的能力卻比人強萬倍。專制權力擁有最強大的科技，以前專制者做不到的，今天的專制者能做到；以前的反抗者能做到的，今天已經做不到。科技不但提供專制手段，也給專制提供物質基礎——現代科技確保不再發生饑餓，且能讓民眾維持小康，歷史上最大的革命動力便會退出舞台。那麼還有什麼能挑戰專制？甚至隨人工智能發展，專制權力不僅能早早預測危機，發現威脅，還能建立起絕對服從且能力超強的機器人警察和軍隊。當專制達到那一步時，還有什麼變革的可能？當一切威脅和危機都能消滅，不變也能地久天長，被絕對權力絕對腐蝕的專制者便絕對不會變。看當今世界的現實，原本的專制統治更加專制，民主轉型的社會也在退向專制，原因之一便是科技專制能讓當權者以少制多。

科技會不會威脅民主可以另做討論，對我們更有現實意義的是：專制權力能否因為掌握科技而變成萬年鐵桶江山。《大典》正是在這個層面推演的故事。那不是我先有結論後寫的故事，而是在故事自身邏輯展開中導出的結論。科技專制可以比以往任何專制都嚴密，幾乎天衣無縫，看上去毫無破局可能，然而《大典》中沒有梟雄出場，沒有集團謀劃，沒有軍隊倒戈，沒有大廈將崩的跡象，只有一個想自保的官僚，一個有野心的商人，一個邊疆小警察加上一個政治白痴工程師，便讓龐大的專制機器土崩瓦解，連點像樣的反應都沒有。

出現這種情況，是因為科技專制有一個自身的死穴——當專制權力必須依賴日新月異的科技時，專制者自己卻一定無法掌握那些科技，也無親自操作的時間精力，只能依賴專家，託付下屬，而那些處於將科技與專制機器結合之節點位置上的人，便具備了對專制機器以少制多的能力。專制自古發明的制約內部人方法對那些人將無效，因為專制者對新科技的懵懂，根本看不到哪些節點可能產生何種威脅，甚至不知節點在何處，因此對發自內部的攻擊無從設防，或即使補牢也是在亡羊之後。而隨著新科技的不斷發展，總會有新的亡羊跑在舊的補牢之前。

以往權力的力量是線性的，如軍隊強弱與士兵和武器數量成正比。要想顛覆權力也需同比的線性力量以及支付線性增加的成本。防範顛覆只需控制顛覆力量及其支付能力的線性增長。然而科技力量卻非線性，尤其從專制機器內部進行的顛覆，有時只需節點的一個指令，便可成本為零地無限複製和擴散；或是一個格式化操作，就把已有一切變成空白，讓系統重新啟動。

理論上，保證內部成員的絕對忠誠可以防止這種危險。問題在於，最可靠的忠誠——信仰是今日專制機器沒有的，只有利益和恐懼的維繫。而專制權力的必然不公除了傷害被統治者，也一定免不了傷害內部成員。那時利益不再維繫，制約只剩恐懼。恐懼源於一旦失敗遭到的懲罰，如果恰好是節點之人，有百分之百成功的把握（正是科技的特點），那又何須恐懼？而因為一被發現亡羊就會補牢，決定了只要出手必須一招致命，而不再留有舊式權力鬥爭的周旋和漸進。從這個角度來看，科技專制能使專制者前所未有地強大，亦會使其面臨更難防範的危險。科技既可以讓專制權力固若金湯，也可使其垮塌突如其來。科技專制面對的不確定，一點不比傳統專制少。

歷史上專制機器雖充滿內鬥，至今鮮有如《大典》中的被小人物輕易顛覆的先例，那是因為以往處於科技專制前的時代，以少制多尚未解決。科技專制是隨著數位化時代而來。目前正是兩個時代交替的開始，性質的變化逐步才會顯露出來。

按照上述邏輯，科技專制時代的專制機器一定會發生《大典》式的內部破局，且往往都是出人意料和突如其來。只是破局之後，專制性質往往不變，即使打著民主的旗號，當新上台者繼承了科技專制的手段，獲得了以少制多的能力，也會換湯不換藥地重蹈專制。缺少科技要素的傳統民主——普選、多黨競爭、自由言論等，沒有能力對付科技專制，卻很容易被科技專制所操控。

專制從內部破局的另一種可能，是分裂為多個相互爭鬥的專制集團，那往往會同時伴隨暴民四起，造成社會動盪，無法控制的災難接踵而來，最終滑向崩潰。我未在《大典》描寫那種前景，是因為我在《黃禍》中已經寫得夠多。展望《大典》之後會發生什麼，《黃禍》至今仍是我認為最可能成真的前景。

3

《大典》寫了科技專制無法從外部破局，從內部破局又落入新瓶裝舊酒，那麼爭取民主的方向在哪裡？如果從外部不能破局，處於外部的我們還能做什麼？這當然不能簡單回答。我只說一個方面——當專制與科技結合，追求民主也須與科技結合。當專制日新月異地更新，故步自封的民主不可能與之抗衡，只有科技民主才能最終戰勝科技專制。

民主自打超過部落規模就離不開操作的技術。民主的最大難點在規模。民主技術始終圍繞解決這個難點。競選、表決、代議制等都是此種技術。科技時代以前的民主技術只是對規模進行簡化，如採用「是」或「否」的兩極表決，或由當選人替代民眾參政掌權。而弊病也出在這種簡化。尤其當社會規模日益龐大，社會生活日益複雜，千頭萬緒攪為一體，傳統民主技術的弊病更為突出，也更易淪為科技專制的玩物。

真正的民主必須讓每個人表達完整意志，能夠充分協商，並讓每個人的意志都加入決策。以往理論皆斷言大規模社會不可能做到，只能用簡化方式。然而到了電腦和互聯網時代，這樣的斷言不再成立。專制能用科技實現以少制多，為何民主不能用科技實現以多制少？畢竟多比少更有力量，以多制少應該勝過以少制多。政府能用大數據實施專制，為什麼民眾不能用大數據產生民主？畢竟大數據的源泉在民不在官，憑什麼只能被專制所用而不能用於民主？

對科技民主的探索正是我們現在該做的和能做的，而且只能在專制機器的外部做。讓科技民主不斷生長，逐步取代科技專制，無疑是大工程。作為起步，首先要瞭解什麼是科技民主？需要從哪裡做起？應該如何著手？以我的嘗試舉例——我多年思考構建了一種自下而上的遞進自組織方法，我稱為「遞進民主」（見《遞進民主》，大塊文化二〇〇六年出版）。我將這種方法用於互聯網，得到美國專利及商標局（USPTO）授權的兩個專利——《網絡共同體自組織系統》（SELF-ORGANIZING COMMUNITY SYSTEM 專利號 US 9,223,887）和《電子信息篩選系統》（ELECTRONIC INFORMATION FILTERING SYSTEM 專利號 US 9,171,094），並基於專利的思路，設想了從信息整合到業主自治到合作消費等諸多項目，皆是在解決規模困境基礎上生成的市場功能和商業產品。對那些項目的開發不需要考慮民主，只從商業和市場出發，我相信只要採用相應的科技，便會帶來相應的民主。科技民主是最有可能被市場力量驅動而突破的。今天的信息技術提供了科技基礎，互聯網提供了廣闊空間，數位文明的演進則提供無窮機遇，這將是民主徹底戰勝專制的戰場，同時也會產生商業上的網絡新王者。

科技民主不是僅僅在傳統民主結構中增加科技手段，而是要在科技手段之上建立新的民主結構。新的民主結構一定有對世界新的認識，改變世界的操作體系也需要重新詮釋世界的理論支撐。我於二〇一六年出版的《權民一體論——遞進自組織》（大塊文化出版）便是討論規模的困境和傳統民主的缺失，論證遞進自組織何以正當，何以可操，何以能解決難題，從問題繼而談到主義。我甚至用這個理論及專利的思路勾畫過「建立民間力量的網絡共和國」，雖是紙上談兵，卻可說明如何實踐科技民主，也相信有助於台灣社會形成第三力量，突破藍綠分裂，實現社會共識。今後我會在這方面繼續探索，並願意為任何嘗試提供協助。我將「建立民間力量的網絡共和國」與我的兩份美國專利放到以下網址：http://smarturl.it/111lR084 。有興趣的讀者可閱讀下載。如需與我聯繫，請電郵：dijinminzhu@gmail.com 。

國家圖書館出版品預行編目 (CIP) 資料

大典 / 王力雄 著 . -- 初版 . -- 臺北市 : 大塊文化 , 2017.12
面； 公分 . --（R ; 86）
ISBN 978-986-213-845-8（平裝）

857.7 106021078

LOCUS

LOCUS

LOCUS

LOCUS